LADY EMMA

LADY EMMA

LOS MILFORD II

Charlotte Grey

VERGARA

Papel certificado por el Forest Stewardship Council®

MIXTO
Papel procedente de
fuentes responsables
FSC® C117695

Penguin
Random House
Grupo Editorial

Primera edición: noviembre de 2021

© 2021, Charlotte Grey
© 2021, Penguin Random House Grupo Editorial, S. A. U.
Travessera de Gràcia, 47-49. 08021 Barcelona

Printed in Spain – Impreso en España

ISBN: 978-84-18620-22-5
Depósito legal: B-15.150-2021

Compuesto en Comptex & Ass., S. L.

Impreso en Black Print CPI Ibérica
Sant Andreu de la Barca (Barcelona)

VE 20 2 2 5

1

Londres, primavera de 1816

Lady Emma Milford, bella, inteligente y rica, con una familia más que acomodada y un buen carácter, parecía reunir en su persona los mejores dones de la existencia, y había vivido casi veinte años sin que apenas nada la afligiera o la enojase.

Eso era, al menos, lo que la mayoría de sus contemporáneos pensarían sobre aquella jovencita de cabello castaño y ojos verdes, hija del conde de Crampton, que se presentaba aquella noche en sociedad después de haberse perdido su primera temporada. Aquel parecía el destino de las jóvenes Milford, acudir tarde a su primera cita con la alta sociedad londinense. Su hermana Jane, felizmente casada con el marqués de Heyworth, había hecho su debut dos años después de lo esperado debido a la muerte de la madre de ambas. Ahora era el turno de Emma de acudir, también tarde, a aquella cita. En su caso por motivos distintos.

A decir verdad, a Emma no le habría importado postergar aquel acontecimiento por los siglos de los siglos, pues estaba muy lejos de su ánimo contraer matrimonio con nadie. Si había accedido había sido únicamente para contentar a su padre y a su hermano mayor, Lucien, a quienes había prometido al menos una temporada antes de decantarse por la soltería, como era su deseo.

Lucien, el pobre Lucien, que había sido el objeto de uno de los mayores escándalos que se recordaban. Un mes antes de su boda con lady Clare, la hija del conde de Saybrook, su prometida se había fugado a Gretna Green con el secretario de su padre, y allí ambos se habían casado en secreto. Aquello había sucedido a finales de 1814 y Emma se negó a hacer su debut a la primavera siguiente, sabedora de que tanto ella como su hermano, que la acompañaría en la mayoría de las ocasiones, serían el centro de atención de cualquier evento al que acudiesen. Cuando expuso las razones por las que se negaba a ser presentada en sociedad, casi le pareció ver como su hermano suspiraba de alivio.

Sin embargo, existía otra razón por la que prefirió esperar un año; una razón que no podía confiarle a nadie, ni siquiera a su hermana, que en ese momento la ayudaba a vestirse.

—Estás muy pensativa —le dijo Jane mientras le colocaba un par de horquillas más. A ese paso, pensó, acabaría pareciendo un puercoespín.

—Es que esto me parece una pérdida de tiempo.

—Emma, por favor.

—No entiendo por qué he de participar en esta pantomima.

—¿Porque se lo has prometido a papá y a Lucien?

—Ah, sí. No sé en qué estaba pensando cuando lo hice...

—Sabes que ellos solo quieren que seas feliz.

—¿Y no lo sería si me quedara soltera? —refunfuñó—. ¿Nuestra tía te parece infeliz?

Emma aludía a lady Ophelia Drummond, que se ocupaba de muchos de los asuntos de la familia desde la muerte de su prima Clementine Milford, la madre de Jane y Emma.

—Te recuerdo que es viuda —comentó su hermana.

—Bueno, estuvo casada tan poco tiempo que es casi lo mismo. ¿Crees que es una persona triste?

—¡No! —sonrió Jane—. Más bien al contrario.

—Y no necesita a ningún hombre para ser feliz —prosiguió Emma—. Siempre está deslumbrante, luminosa, risueña...

—Sí, tienes razón en eso, pero...

—Si me vuelves a decir que tu matrimonio con Blake es lo mejor que te ha pasado nunca, te juro que te tiro del pelo.

Jane soltó una risita. Era cierto que lo comentaba a menudo, y Emma se alegraba mucho por ella. Blake era un buen hombre y ambos habían traído al mundo a su primera sobrina, Nora Clementine, a la que adoraba. Pero si volvía a escucharla mencionar lo feliz y dichosa que era en su matrimonio no respondía de sus actos. Jane había tenido suerte, eso era todo. Ella no. Y tampoco Lucien. Tal vez el cupo de fortuna de los Milford ya se había cumplido, porque su hermano Nathan había sobrevivido a la guerra contra los Estados Unidos de una pieza, y eso valía más que cualquier matrimonio, por muy dichoso que este pudiera ser.

En fin, debía resignarse y mantener su palabra. Tendría su temporada y, cuando esta hubiese finalizado, podría comenzar su vida de verdad. La vida con la que llevaba años soñando.

Solo serían unos meses. ¿Qué podía suceder en tan poco tiempo?

Hacía calor, le dolían los pies y se aburría. Y no necesariamente en ese orden. Su tía Ophelia y ella se habían situado en uno de los rincones de la enorme estancia de la mansión de los duques de Oakford, y Emma contemplaba con aire de fastidio el concurrido salón.

—No lo entiendo —musitaba su acompañante—. Cuando

Jane fue presentada apenas quedó espacio en su carnet de baile. Eres una Milford, los caballeros deberían estar haciendo cola para solicitarte una pieza.

—Ya he bailado demasiado —sentenció, sin mirarla. Cuatro bailes, se recordó mentalmente.

Emma temía que pudiera adivinar el motivo por el que solo un puñado de los jóvenes asistentes se habían atrevido a aproximarse, aquellos a los que no había intimidado con su furibunda mirada en cuanto se habían acercado lo suficiente. Había prometido asistir a una temporada, eso era todo. No pensaba socializar ni pretendía tampoco que su casa se convirtiera cada mañana en una sucesión de visitas inoportunas con el propósito de conocerla mejor. Recordaba con absoluta nitidez cómo había sido con su hermana Jane, y ella no estaba dispuesta a participar en aquel juego.

—Será mejor que nos movamos —le aconsejó lady Ophelia—. Permanecer en el mismo lugar demasiado tiempo indica que no has recibido suficiente atención.

Emma quiso contestar que aquello le importaba tanto como el precio de las sardinas en el mercado, pero siguió a su tía en su errático deambular por el salón. Se fueron deteniendo aquí y allá para charlar con los invitados y para que lady Ophelia la presentara debidamente a quien consideró oportuno. Emma ni siquiera se molestó en retener sus nombres y nadie despertó en ella ni el más mínimo interés. Nadie excepto lady Ethel Beaumont, una viuda de buen ver que se encontraba en uno de los saloncitos adyacentes, rodeada de un pequeño grupo de damas y caballeros de todas las edades. Recordó que Jane le había hablado de ella y convino en que era una dama peculiar, con aquella forma de hablar tan desinhibida y que tanto le envidiaba. En cuanto Emma vio que uno de los caballeros se levantaba para abandonar la estancia, hizo ademán de ir a ocupar el asiento que había dejado libre. Los pies la estaban matando. Su tía la agarró con fuerza del brazo.

—No —musitó.

—Los escarpines me hacen daño —se quejó, como si volviese a ser una niña pequeña.

—Una dama jamás ocupa el asiento que acaba de abandonar un caballero.

—¿Eh? —Emma miró hacia la silla vacía—. ¿Por qué no?

—Aún estará caliente.

—Oh, por Dios. Eso es lo más absurdo que he escuchado jamás —bufó.

—Mira cuántas mujeres hay en la habitación —siseó su tía—. ¿Ves a alguna dirigirse hacia él?

Emma echó un rápido vistazo a las damas y, en efecto, comprobó que ninguna de ellas acudía a ocupar la plaza vacía, como si no estuviera allí. Peor aún, como si se hubiera convertido en ese invitado indeseado al que uno no quiere mirar, pero cuya presencia es un recordatorio constante.

—Lady Emma... —escuchó decir a su lado.

Ambas mujeres se volvieron para encontrarse a un joven poco mayor que ella, alto y espigado, de cabello oscuro y ojos castaños. Clifford Lockhart, vizconde Washburn, recordó Emma. Se lo habían presentado al inicio de la velada y había sido uno de los pocos nombres que había retenido sin esfuerzo. Tal vez porque entonces su tía aún no le había llenado la cabeza de rostros y títulos.

—Lord Washburn... —respondió al saludo.

—¿Me haría el honor de concederme un baile? —preguntó, con una sonrisa que incluso a ella le resultó atractiva.

—Oh, por supuesto que sí, milord —contestó su tía por ella.

—¿Un vals, quizá?

—Eh, sí, claro.

Emma reprimió la sonrisa. Apenas hacía unos meses que el vals se había puesto de moda en los salones, y aún había quien lo consideraba una danza inmoral debido a la intimidad que representaba. Sabía que a su hermana Jane le encantaba, pero, claro, ella ya era una mujer casada, y que su marido la rodease con sus brazos no estaba tan mal visto. Para las jóvenes solteras, sin embargo, era aconsejable limitarse a las cuadrillas o a los cotillones. Pero aconsejable no significaba prohibido, y Emma estaba deseando probar cómo era aquello.

Clifford Lockhart debía de haber practicado mucho. Eso fue lo primero que pensó Emma en cuanto sintió como él se colocaba en posición, con una gracilidad de movimientos encomiable. Ella también lo había hecho, por supuesto, con su hermana Jane y con sus hermanos, e incluso con su padre, que tuvo que aprender aquella nueva danza «a sus años», como no había cesado de repetir. No es que el conde de Crampton se prodigara demasiado en los salones, prefería con mucho la intimidad de su hogar y sus estudios sobre geología y gemología, pero en ocasiones se veía obligado a asistir a alguna velada, como era el caso esa noche. La había acompañado al baile de debutantes y luego la había dejado en manos de la prima de su difunta esposa, igual que dos años atrás había hecho con Jane.

La música comenzó a sonar y el vizconde se movió con elegancia, tirando suavemente de ella. Emma casi logró olvidar el dolor de pies y lamentó, una vez más, no haber hecho caso a Jane y haberse comprado aquellos escarpines que se habían convertido en una tortura. ¿No podía haber acudido con bailarinas planas y cómodas, como todas las jóvenes asistentes y como dictaba la moda del momento? ¿Por qué se empeñaba siempre en marcar la diferencia, en hacerlo todo de un modo distinto?

—Es usted la joven más encantadora del salón, lady Emma

—le dijo entonces su compañero de baile, con una mirada lánguida que a ella casi le causó risa.

—¿Ya ha bailado con todas las jóvenes debutantes? —inquirió, con sorna.

—No ha sido necesario.

—Es decir, ha extraído esa conclusión basándose en un porcentaje mínimo de ensayos —replicó.

—¿Eh? —El vizconde parecía contrariado con su respuesta.

—Para sentar la base de una hipótesis, milord, uno debe realizar cuantas pruebas sean precisas para sustentarla —respondió Emma, a quien le parecía estar escuchando a su padre cuando hablaba sobre sus estudios.

—Comprendo su razonamiento —repuso él, que pareció captar el sentido de sus palabras—, aunque insisto en mi premisa. No me hace falta conocer toda la península itálica para asegurar que es una tierra maravillosa y llena de cultura.

—¿Conoce Italia?

—Hace unas semanas que regresé de mi Grand Tour —respondió, ufano—, y he tenido la fortuna de pasar unos meses en Roma, Florencia y Venecia.

—Es una suerte que los jóvenes de su edad tengan la ocasión de poder viajar durante un año entero por donde deseen, ¿no le parece?

—Por su tono, es a usted a quien no le parece una buena idea —aseguró él, con cierto deje de burla.

—Oh, al contrario. Es solo que es una lástima que las mujeres no disfrutemos también de esa oportunidad.

—Es peligroso que una dama viaje sola, lady Emma, como sin duda ya debe usted de saber.

—Ha viajado usted solo entonces.

—En efecto —contestó Washburn con un gesto de complacencia.

—Sin ayuda de cámara, ni secretario, ni un hombre de confianza, ni...

—Bueno, excepto por esas personas, claro. —Su aplomo parecía haberse esfumado.

—Comprendo...

Intuyó que a su pareja de baile no se le ocurría qué más añadir sin temor a que ella pusiera de nuevo en entredicho sus palabras y casi se alegró por él cuando la pieza finalizó y la acompañó hasta el lugar donde los esperaba lady Ophelia. El joven se despidió con cortesía y se alejó de inmediato.

—Oh, Emma, ¿qué has hecho esta vez? —le susurró su tía.

—¿Yo? ¿Por qué supone que he hecho algo reprobable?

—¿Porque te conozco?

Emma quiso contestar, pero entonces su mirada se posó en una pareja que se encontraba a poca distancia de donde ellas estaban, y toda la saliva de su boca se secó. Allí estaba la segunda razón por la que no había querido participar en la anterior temporada, una razón que tenía nombre y apellidos: Phoebe Stanton, ahora Phoebe Wilcox, condesa de Kendall.

A Emma aún le costaba asimilar que aquella sofisticada mujer fuese la misma con la que había compartido gran parte de su vida. Ella y Amelia Lowell habían sido sus mejores amigas desde la infancia, al menos hasta que habían crecido para convertirse en las mujeres que ahora eran, hasta el momento en el que sus caminos habían comenzado a distanciarse. A los diecisiete años, sus dos amigas habían estado tan ansiosas por iniciar su primera temporada social que Emma apenas era capaz de reconocerlas. Ella, en cambio, solo quería alargar aquellos años, estancar el tiempo en los relojes y disfrutar de incontables momentos junto a Phoebe, su primer amor.

Lo que para su amiga había sido solo un pequeño pasatiempo sin importancia, para Emma lo había supuesto todo. Sin apenas esfuerzo, aún podía recordar el sabor de los labios de Phoebe sobre los suyos, y sentir el temblor de su cuerpo pegado al de ella. No sin vergüenza, recordaba como había intentado provocar situaciones en las que ambas pudieran quedarse a solas para disfrutar de unos minutos de intimidad, convencida de que Phoebe sentía lo mismo que ella, aunque jamás se lo hubiera insinuado siquiera. Cuántas noches había pasado fantaseando con volver a besarla, con construir un futuro juntas escondidas del mundo.

Pero Phoebe, como Amelia, había planeado una vida muy distinta, una vida en la que sería cortejada por algún aristócrata que la colmaría de atenciones y que acabaría convirtiéndola en su esposa. Y Emma se vio incapaz de ser testigo de aquel proceso, de ver como la mujer a la que amaba se le escurría para siempre entre los dedos. Oh, por supuesto que había estado al tanto de todo lo que sucedía. Sus amigas la habían visitado con la suficiente frecuencia como para ponerla al corriente, visitas que se fueron espaciando cada vez más hasta que, simplemente, dejaron de producirse.

Amelia se había casado con un vizconde, vivía en Sussex y visitaba Londres con asiduidad. Phoebe, por su parte, había cazado a uno de los condes más ricos de su entorno, diez años mayor que ella y mucho menos atractivo de lo que la muchacha había soñado. Sin embargo, no parecía importarle demasiado, porque el conde la adoraba y la colmaba de atenciones.

—¡Emma! —exclamó su amiga al verla. Phoebe se acercó, radiante como una estrella, y le dio un corto abrazo y un beso en la mejilla.

—Veo que ya habéis regresado de vuestra luna de miel —comentó ella, con una sonrisa tan falsa como un penique de piedra.

15

—Oh, sí. ¡Ha sido maravilloso, Emma! —confesó su amiga, que se colgó del brazo de su esposo—. Richard es un compañero de viaje estupendo.

—No podría ser de otra manera si era a ti a quien acompañaba —repuso él, meloso.

Emma tuvo que reprimir una arcada.

—Un día de estos tienes que venir por casa —le dijo Phoebe—. A tomar el té.

—Eh, sí, por supuesto —contestó Emma, sabiendo que no lo haría.

—No puedo creerme que al fin hayas sido presentada —continuó—. Pero, bueno, dicen que más vale tarde que nunca, ¿verdad?

—Sí, eso dicen.

—Oh, mira, Richard. —Phoebe se había vuelto hacia un punto indeterminado del salón—. Ahí están los Smithson. Creo que deberíamos ir a saludarlos.

—Por supuesto, querida.

—Oh, Emma, lady Smithson es una mujer encantadora. Nos conocimos en Roma, y no imaginas lo divertida que es.

Emma no tenía ni idea de quién era la dama que mencionaba, y no tenía ningún interés tampoco en conocerla. Lo único que deseaba en ese instante era marcharse de allí, porque toda la situación le resultaba tan dolorosa como irreal. ¿De verdad aquella joven había sido su mejor amiga? ¿La persona a la que más había querido, exceptuando a su propia familia? Ni siquiera recordaba por qué, excepto por el hecho de que era hermosa como una flor, de cabello rubio y rizado y con unos ojos celestes que parecían dos pedazos de cielo.

Echó un vistazo alrededor para ver dónde se encontraba su tía, cuya presencia parecía necesitar justo en ese instante. Se hallaba a pocos pasos, charlando con los Hinckley, una pareja bien avenida a la que ya conocía. La mujer, lady Pauline, le dirigió una mirada de simpatía, como si hubiese podido asomarse a la tristeza de su pecho.

—Me ha encantado verte, Emma. —Phoebe la cogió de la mano—. Ahora que ya has iniciado la temporada seguro que coincidiremos en más de una ocasión.

—Claro, seguro que sí —sonrió.

La pareja se despidió y Emma se negó a ver como se alejaban de ella. Con un poco de esfuerzo, tal vez lograría olvidar que con ellos se marchaba parte de su corazón.

—De verdad, tía, no tenía por qué haber venido —comentó Emma.

Lady Ophelia se encontraba esa mañana en su casa para hacer de anfitriona en el caso de que algún joven acudiese a presentar sus respetos a su sobrina. Con ella iba su inseparable dama de compañía, lady Cicely, que no tardó en probar los dulces que la señora Grant había mandado preparar para la ocasión.

—¿Cómo que no? —inquirió su tía—. Te recuerdo que, cuando Jane fue presentada, también estuve aquí.

—Me temo que en esta ocasión no va a ser necesario.

—No pretenderás quedarte a solas con los jóvenes que vengan a verte.

—Lucien estará aquí.

—Pero no habrá ninguna otra dama presente —comentó su tía—. Emma, de verdad, ¿es que durante todos estos años no has aprendido nada sobre etiqueta?

—Lo cierto es que no espero ninguna visita —confesó al fin—. Apenas bailé con nadie y no creo que haya ningún joven especialmente interesado en mí.

—Oh, eso son tonterías. Eres una Milford, motivo más que suficiente para despertar el interés de algún caballero.

Emma reprimió las ganas de soltar un bufido y cruzó una breve mirada con lady Cicely, que parecía divertirse con la situación. Lucien apareció unos minutos más tarde, después de que las tres mujeres hubieran dado buena cuenta de la primera taza de té.

—Sabéis que esos pastelitos eran para los posibles invitados, ¿verdad? —comentó, mirando el plato medio vacío que descansaba sobre la mesita frente al sofá.

—La señora Grant ha guardado un par de bandejas —comentó su hermana—, aunque no sé para qué.

—Emma, límpiate la boca. Parece que acabes de zamparte a nuestra cocinera.

Su hermana se pasó el dorso de la mano por los labios y contempló los restos de azúcar glasé.

—¿No hay servilletas? —le recriminó su tía, que en ese momento le tendía una.

—Ya no hace falta.

—Ay, por Dios —suspiró lady Ophelia—. ¿Te has criado en una granja?

Lucien soltó una carcajada y se dejó caer sobre una de las butacas.

—Ya debería conocer a Emma, tía. Le gusta ser rebelde.

Emma sacó la lengua a modo de burla y se metió otro dulce en la boca. Estaban deliciosos, y era una lástima que se desperdiciaran. Se reclinó en el sofá, aburrida. ¿Cuánto tiempo tendría que esperar antes de que todos se diesen cuenta de que no iba a recibir ninguna visita? Ella no era su hermana Jane. Ni Phoebe o Amelia.

Pero su tía tenía razón, como siempre. Un rato más tarde, comenzaron a llegar los jóvenes, muchos menos que los que había recibido su hermana Jane dos años atrás, pero desde luego más de los que esperaba. Y entre ellos se encontraba Clifford Lockhart, vizconde Washburn.

—He de confesarle que no esperaba verlo por aquí —le dijo ella más tarde.

—¿Por qué no? —se sorprendió—. Me parece usted una joven encantadora y de buena familia.

—Como la mayoría de las damas que había anoche en el baile —puntualizó Emma.

—Sin duda, pero posiblemente ninguna tan interesante como usted.

—¿Interesante?

—He de reconocer que nuestra charla fue bastante inusual, y que revela un carácter poco convencional.

—¿Y eso le resulta atractivo? —Lo miró con las cejas alzadas.

—Ya lo creo que sí —reconoció el joven con un guiño—. Es usted todo un reto, lady Emma. Y a mí me encantan los desafíos.

2

A Hugh Barrymore, ahora convertido en sir Hugh Barrymore, se le hacía extraño encontrarse en Londres y a salvo. Al menos todo lo a salvo que uno podía encontrarse en una urbe de aquellas dimensiones. Sin embargo, el hecho de que nadie le disparara balas de mosquete y de que los cañonazos no sobrevolaran su cabeza suponía todo un avance. Aún había ocasiones en las que, al despertar, no conseguía reconocer el lugar en el que se encontraba y siempre volvía la cabeza hacia la derecha, donde hasta hacía bien poco habían estado sus compañeros de pelotón. Casi dos meses habían transcurrido desde que se había licenciado del Ejército y aún no lograba acostumbrarse a la paz que rodeaba su vida ni al silencio que reinaba en su casa de Baker Street, en Marylebone.

También le había costado habituarse a los nuevos horarios que ahora regían su rutina; rara era la mañana en la que no abría los ojos antes del alba, y más rara la noche en la que no caía rendido de sueño a las nueve o las diez. Su hermano mayor, Markus, parecía dispuesto a subsanar ese contratiempo a la mayor brevedad y lo había convencido para acudir a uno de los clubes de los que era miembro para tomar una copa y, tal vez, jugar alguna partida de cartas. Hugh estuvo a punto de enviarle una nota cancelando la salida nocturna, porque después de una frugal cena lo único que deseaba era leer un rato y meterse en la cama. No lo hizo, por supuesto. Cuanto antes se reincorporase a la vida que lo aguardaba en el futuro, mejor para todos.

Los Barrymore eran una de las familias más ricas y respetadas de Londres, aunque ninguno de sus miembros perteneciera a la aristocracia. Su padre, Ambrose, era banquero de cuarta generación. Markus le sucedería llegado el momento, y para ello contaba con Hugh, que estaría a su lado igual que su tío Percival había estado junto a su padre. Y es que la familia había expandido sus intereses al comercio y poseían incluso una compañía naviera, un patrimonio tan ingente que ni siquiera el todopoderoso Ambrose Barrymore podía abarcar. Decir que estaba contento con el regreso de su segundo hijo habría sido injusto. Estaba eufórico, y no solo porque hubiera regresado de la guerra sano y salvo y con un título de caballero que le había concedido el mismo rey por méritos en la batalla.

Hugh era consciente de que, en el mundo en el que a partir de ese momento iba a moverse, era esencial cierta vida nocturna. Acudir a fiestas y a cenas, a clubes y a acontecimientos deportivos de toda índole iba a formar parte de su nueva rutina porque, como decía su padre, los contactos lo eran todo. Ambrose Barrymore había firmado más acuerdos en los salones de baile y en los clubes de caballeros que en sus oficinas de Threadneedle Street, a pocos números del mismo Banco de Inglaterra.

Había quedado con Markus en el club Anchor, en Holborn, y su carruaje lo llevó allí en pocos minutos. No era un establecimiento tan exclusivo como los que podían encontrarse en St. James y rara vez algún aristócrata se dejaba caer por él. Sí había en cambio hombres de negocios y banqueros, médicos, empresarios, abogados, comerciantes... y cualquiera que pudiera permitirse la abultada cuota anual.

No tardó en encontrar a su hermano, que charlaba amigablemente con otro colega de profesión. Hugh se unió a ellos, aunque apenas intervino. Le dolía reconocer que todavía se encontraba un tanto desubicado con respecto a esa parte del negocio familiar y escuchó con atención como ambos comentaban la situación de la banca, que se recuperaba lentamente de la inestabilidad que habían provocado las guerras napoleónicas y el conflicto contra los Estados Unidos.

Sin darse cuenta, su mente se fue evadiendo de la conversación, probablemente porque el tema no le interesaba lo suficiente. Él iba a ocuparse de otra de las ramas del árbol de los Barrymore, una que le resultaba infinitamente más atractiva, y estaba casi ansioso por que su padre le cediera al fin las riendas. Tenía un montón de ideas nuevas que estaba deseando poner en práctica.

Su mirada vagó por la sala en la que se encontraban, bastante abarrotada a aquellas horas, y reconoció a la mayoría de los asistentes. Recordó que solo habían transcurrido cuatro años desde que había estado allí por última vez. Cuatro años, aunque le hubieran parecido cuatro décadas, no eran tantos en realidad, y no era inusual que se dieran cita las mismas personas. Sí detectó algunas caras nuevas y una en especial le llamó la atención. Se trataba de un joven menudo, con un fino bigotito y una abundante mata de cabello oscuro y engominado, peinado hacia atrás. Parecía acompañarlo otro joven algo mayor, aunque con un aspecto muy distinto. Era alto, y con las espaldas anchas como un armario. Se movía con cierta torpeza, como si no se sintiera del todo cómodo en aquel ambiente, y el trato que dispensaba al más joven resultaba revelador. Si no fuera por las costosas ropas que lucía, habría asegurado que se trataba de un sirviente.

Los observó a ambos durante unos minutos y comprobó que no se relacionaban demasiado con el resto de los socios. Intrigado, se levantó con disimulo y se acercó a saludar a un par de caballeros que se encontraban muy próximos al lugar de los desconocidos. Desde allí podía observarlos mucho mejor. La mirada del más joven, cómodamente instalado en uno de los butacones junto a la ventana, se cruzó un instante con la suya. Tenía unos increíbles ojos verdes y un rostro delicado y casi hermoso.

Hugh alzó los hombros, un tanto incómodo, y con el rabillo del ojo vio como un par de caballeros se aproximaban a los dos jóvenes.

—Señor Mullins, ¿le apetece unirse a una partida de cartas? —le preguntó uno de ellos.

—Oh, por supuesto —contestó el muchacho, con la voz un tanto ronca, demasiado para el gusto de Hugh.

Lo vio levantarse, hacer un breve gesto a su compañero y unirse a los dos hombres, que recorrieron el salón en dirección a alguna de las habitaciones dedicadas a los juegos de azar. Hugh no les quitó la vista de encima. Vio que el joven cojeaba un poco, tal vez había sufrido algún tipo de enfermedad en la niñez, o algún accidente. Era tan menudo como le había parecido allí sentado, aunque no debía de tener más de dieciocho años. Quizá aún estaba a tiempo de crecer un poco más.

Hugh podría haberse olvidado con facilidad de aquel extraño joven que ya no se encontraba a la vista, y podría haber regresado junto a su hermano, que aún mantenía una conversación muy animada con el otro banquero. Parecía estar disfrutando, aunque a él se le escapaba el atractivo que podía tener hablar de finanzas. Entre las dos opciones, eligió la que en ese momento se le antojó más entretenida, y se dirigió hacia el fondo de la sala, donde comenzaba un pasillo con varias puertas, todas ellas abiertas. Varios rumores de conversaciones se superponían unos a otros y fue asomándose como al descuido a cada una de ellas, hasta que encontró la partida que buscaba. Cuatro hombres, entre ellos el joven Mullins, ocupaban una de las mesas. Había otras personas en la habitación, quizá media docena, y allí estaba también el acompañante.

Saludó a los presentes, que observaban el inicio de la partida con bastante interés. Pidió a un camarero que le sirviera una copa y trató de concentrarse también en el juego que se desarrollaba ante él. Mullins resultó ser un joven bastante avezado, rápido de mente y que arriesgaba hasta el último momento. Lo vio ganar un buen puñado de libras sin que su rostro se alterara lo más mínimo. Hablaba poco, apenas alzaba la mirada y parecía tan concentrado en la partida que ni un cañonazo lo habría sacado de ella. Y no se había quitado los guantes, de un blanco inmaculado.

Tuvo la oportunidad de observarlo a su antojo. La curva de su mandíbula y sus pequeñas y delicadas orejas, los labios bien formados bajo aquel ridículo bigote y las cejas tan bien delineadas que parecían pintadas. Y aquellos ojos verdes rodeados de espesas pestañas que le daban a su mirada una profundidad poco habitual.

Hugh alzó las cejas e inclinó la cabeza ligeramente hacia un lado. No, no podía ser. Era imposible. Miró al resto de los presentes en la sala, pero ninguno parecía notar nada extraño, y entonces clavó la mirada en el acompañante, que permanecía unos pasos retirado y firme, como un soldado de guardia. Cruzó con él una mirada y enseguida bajó los ojos. Hugh volvió a centrar su atención en el joven Mullins.

Se habría jugado su mano derecha a que aquel muchacho era en realidad una mujer.

Había transcurrido casi una hora y Hugh no se había movido de allí. Markus, sorprendido por su ausencia, lo encontró al fin, aunque no logró entender qué tenía de especial aquella partida para que su hermano no apartara los ojos de ella. No se estaban jugando grandes cantidades de dinero, ni parecía haber un ganador que hubiera acumulado ganancias suficientes como para llamar la atención. Hugh no se atrevió a contarle sus sospechas. Podría estar equivocado y provocar una situación de lo más incómoda para todos, aunque cada vez estaba más convencido de que, en efecto, bajo aquel disfraz se ocultaba una joven. ¿Qué estaría haciendo allí y por qué? ¿De quién sería hija, hermana, esposa o amante?

La observó con disimulo hasta que al fin se levantó de la silla y poco después la siguió hasta la sala principal. Ahora le resultaba evidente que aquella cojera era fingida, probablemente para que sus andares femeninos no la delatasen. Cuantas más cosas descubría, más seguro estaba de su intuición.

La vio sentarse en una de las butacas y mirar su reloj de bolsillo. Era bastante tarde, así es que probablemente no tardaría en marcharse. ¿No había nadie que la estuviera echando de menos? Se aproximó como al descuido y ocupó uno de los sofás cercano a su posición.

—El señor Mullins, ¿verdad?

—Eh, sí —contestó, con aquella voz ronca que ahora Hugh sabía era también impostada—. ¿Nos conocemos?

—Creo que no —contestó él, y le tendió la mano—. Hugh Barrymore.

—Evan Mullins. —Respondió a su apretón con bastante energía.

—Mullins... —repitió Hugh—. Creo que no conozco a nadie con ese nombre en Londres.

—Oh, mi familia es de Durham —señaló el falso joven—. Llegué hace apenas unos meses, ya sabe, para conocer un poco la ciudad.

—Por supuesto. —Durham, una de las regiones más alejadas de la capital. La chica era lista—. Y tal vez para buscar esposa, supongo.

—¿Esposa? —Aquellos ojos verdes se abrieron desmesurados.

—Disculpe mi falta de modales. A lo largo de los años he conocido a muchos jóvenes de su edad que vinieron a Londres en busca de esposa —señaló, con toda la intención—. Deduje que podría usted formar parte de ese grupo.

—No lo descarto, desde luego. —Se estiró la manga de la camisa con aquella mano enguantada que ocultaba sin duda unos dedos largos y finos—. Aunque en este momento no entra dentro de mis planes.

—Claro, siempre hay tiempo para atarse a una mujer de por vida, ¿cierto?

—En efecto —contestó, sin muestras aparentes de que el comentario malicioso la hubiese molestado.

—Hace bien. Disfrute cuanto pueda antes de que alguna joven de aspecto sumiso y con un carácter del infierno le corte las alas.

—No parece tener usted en mucha consideración a las damas.

—Las mujeres solo sirven para una cosa, ya me entiende —le dijo, con un guiño cómplice.

Ahí estaba. La vio fruncir los labios y un destello de furia atravesando su mirada, pero mantuvo la templanza y el pulso apenas le tembló.

—Supongo que ellas deben de pensar algo muy parecido de nosotros, ¿no le parece? —comentó, con una falta de pasión en la voz que le resultó casi divertida.

Hugh intuyó que, por dentro, estaría deseando soltarle cuatro frescas, que bien se merecería por aquellos comentarios tan fuera de lugar y tan alejados de su sentir verdadero. Solo estaba tratando de provocarla, aunque la treta no le había dado el resultado que esperaba. La vio levantarse y hacerle un gesto a su compañero, en el que no había vuelto a reparar.

—Si me disculpa, señor Barrymore, ha llegado la hora de retirarme.

Hugh no se levantó. Se limitó a alzar su vaso de brandy en su dirección.

—Ha sido un placer, señor Mullins. Espero que volvamos a vernos.

—Oh, seguro que sí.

La vio alejarse con aquel andar renqueante y observó al resto de las personas congregadas en el salón. Ninguna de ellas miraba a aquella joven disfrazada y apenas un puñado le dirigieron un gesto de despedida. ¿Es que acaso, durante su ausencia, todos los hombres que conocía se habían quedado ciegos?

Emma abrió los ojos en cuanto su doncella, Maud, descorrió las cortinas. Se dio media vuelta en la cama y se resistió a abandonar la calidez de su lecho. Estaba muerta de sueño, pero no podía perderse el desayuno. Se había acostado a una hora bastante temprana, o al menos había fingido hacerlo. No podía justificar su ausencia en la mesa, a no ser que alegara encontrarse indispuesta. Y ya había utilizado esa excusa la última vez.

Se arrastró fuera de la cama y, mientras se aseaba y dejaba que su doncella la ayudara a vestirse, pensó en los acontecimientos de la noche anterior. Aquel hombre, Hugh Barrymore, casi había logrado desestabilizarla. Emma había reparado en su presencia de inmediato. Era una cara nueva, una muy atractiva, de hecho, con el cabello castaño, los ojos oscuros y una mandíbula tallada en granito. No era un hombre guapo, sus rasgos eran demasiado abruptos, pero desprendía un magnetismo arrebatador. Alto y de hombros anchos, parecía dominar cualquier estancia en la que se encontrase. Lo había visto llegar en compañía de Markus Barrymore, a quien conocía de forma superficial, y le resultó evidente que eran familia; hermanos o, al menos, primos.

Fue consciente de su presencia en la sala de juego y casi se le detuvo el corazón cuando más tarde se sentó tan cerca de ella. Sin embargo, todo el atractivo que había visto en él se esfumó en cuanto hizo el primer comentario despectivo hacia las mujeres. Con gusto se habría levantado y le habría abofeteado allí mismo si con ello no hubiera echado a perder su tapadera, una que le había costado varios meses crear y mantener. Era un hombre despreciable, despreciable y abyecto, y rogó no volverse a cruzar con él en el futuro.

Bajó a desayunar y compuso su mejor sonrisa, aunque ni siquiera así se libró del agudo sentido de observación de su hermano Lucien.

—Parece como si te hubieras caído rodando por una colina —le dijo, en cuanto la vio aparecer.

—Gracias, hermano —masculló ella—. Buenos días a ti también.

—¿Has vuelto a pasar la noche entera leyendo?

—Hola, papá. —Emma ignoró el comentario de Lucien y le dio un beso en la mejilla a su padre, ya concentrado en el periódico matutino.

—Emma, en serio, tienes un aspecto horrible —continuó Lucien.

—¿Estás enferma? —Oliver Milford, conde de Crampton, abandonó la lectura y observó a su hija con aire preocupado.

—Estoy bien, papá —lo tranquilizó ella, mientras untaba mantequilla en una de sus tostadas—. Lucien es un exagerado.

—Yo también te encuentro algo pálida, hija. Y tienes ojeras. —Dejó el periódico a un lado—. ¿Quieres que llamemos al médico?

—¿Qué? ¡No! —Emma bufó—. No estoy enferma.

—¿Seguro?

Emma suspiró con fastidio.

—Me dormí tarde leyendo, como ha dicho Lucien.

—¡Ja! ¡Lo sabía!

—Ya, eres muy listo —se mofó ella.

—¿Alguna de esas novelas que tanto te gustan?

—Un tratado sobre política —contestó ella.

—¿De verdad? —Lucien la miró con una ceja alzada.

Emma soltó una risita y le dio un buen mordisco a la tostada. ¡Qué fácil le resultaba tomarle el pelo a su hermano! Este, que comprendió de inmediato la broma, arrugó la nariz y volvió a concentrarse en su desayuno.

—Mañana por la noche es el baile en casa de los Waverley —anunció, sin mirarla siquiera—. Te aconsejo que descanses bien esta noche, o nadie querrá acercarse a ti por miedo a contagiarse de tisis o de algo aún peor.

—¿Cómo no se me había ocurrido? —comentó con malicia.

Lucien clavó sus ojos en su hermana, y no había ni rastro de humor en ellos.

—No estás obligada a participar en la temporada —le dijo—. Te recuerdo que accediste de buen grado, pero, si no vas a tomártela en serio, será mejor que lo dejemos ahora, antes de que logres ridiculizar a toda la familia.

—¡No tengo intención de hacer tal cosa! —espetó ella, herida.

—Lucien, no seas tan duro con Emma —intervino el padre.

—¿Duro? —se mofó su hermano—. La mimas demasiado, papá. Es una consentida y una caprichosa y...

—¡Basta! —El conde apenas necesitó alzar la voz, pero fue suficiente para interrumpir la diatriba de Lucien—. Tengamos el desayuno en paz, por favor.

A Emma le habría gustado dedicarle a su hermano un gesto de triunfo, pero eso habría resultado mezquino, y ella no era ese tipo de persona. Pero sí le dolía que su hermano mayor, a quien idolatraba, tuviera tan pobre opinión de ella. ¿Tanto le costaba entender que no deseara el tipo de vida insulsa y sin sentido de todas las jóvenes de su edad?

Casi engulló lo que quedaba en su plato y se levantó de la mesa. Se aproximó al lugar donde el mayordomo había dejado el correo y vio que había llegado nueva correspondencia, sin duda más invitaciones a bailes y eventos. Entonces vio una carta dirigida a ella, sin remite, con sus señas escritas con una letra ligeramente inclinada y muy femenina. No provenía ni de Phoebe ni de Amelia, cuya escritura conocía muy bien. Miró hacia la mesa, tentada de hacer algún comentario al respecto, pero tanto su padre como su hermano estaban concentrados en sendos periódicos, ajenos por completo a ella. Ni siquiera sabía si se habían dado cuenta de que ya no se encontraba sentada con ellos. Con una mueca de contrariedad, abandonó la estancia y subió a su cuarto, con una sombra de tristeza pegada a los talones.

Querida lady Emma:

El debut de una joven en sociedad siempre es un motivo de celebración, y sin duda uno de los acontecimientos más esperados por las muchachas de su edad. En los meses venideros, asistirá usted a infinidad de bailes y eventos con el propósito de encontrar un marido adecuado.

Si bien es cierto que las mujeres no precisamos de un esposo para alcanzar nuestra felicidad, también lo es que, en muchos aspectos, hacen nuestra vida más fácil. Por desgracia, aún existen demasiados ámbitos en los que no podemos desenvolvernos sin una figura masculina que nos respalde. Tal vez, con el andar del tiempo, podamos ser consideradas iguales, pero aún no. Todavía no ha llegado ese momento.

Aunque la idea del matrimonio le pueda resultar arcaica e incluso innecesaria, estoy convencida de que, en algún lugar, existe el hombre apropiado para usted, aquel que sabrá comprenderla, aceptarla y llenar su vida de pasión.

No tema usted ahondar en las sensaciones que le provocan los caballeros con los que tenga la oportunidad de bailar o de compartir un rato de charla. No se centre exclusivamente en las cosas que los separan y trate de indagar si tienen, por el contrario, intereses o gustos en común. El matrimonio, con la persona adecuada, puede ser fuente de dicha.

Suya afectuosa,

LADY MINERVA

3

Habían transcurrido más de veinticuatro horas desde la llegada de aquella carta, y Emma aún no había logrado quitársela de la cabeza. En un primer momento, había soltado una carcajada ante el contenido de aquella misiva, e incluso había pensado que su hermana le estaba gastando una broma y que había hecho que su doncella la escribiera. Una segunda lectura, sin embargo, le hizo darse cuenta de que Jane no habría utilizado aquel medio para hablarle sobre el matrimonio y la pasión. ¿Acaso no se lo decía de continuo, sin necesidad de esconderse tras un papel? ¿No lo adivinaba Emma cada vez que la veía junto a su marido, el guapísimo marqués de Heyworth? No, aquella carta tenía otro origen, aunque aún no había logrado dilucidar cuál podía ser. Lo que resultaba evidente era que debía de tratarse de alguien lo bastante cercano como para conocer su falta de entusiasmo ante la idea de casarse. O quizá no. En ningún momento había ocultado sus sentimientos al respecto, y cualquiera podía haberla escuchado hablar con Lucien y con lady Ophelia. Con la cantidad de gente que acudía a los bailes, no sería de extrañar.

—¿Podrías dejar de hacer muecas? —Su tía, que se encontraba a su lado, le dio un golpecito con el codo.

—¿Qué?

—Llevas toda la noche de lo más extraña —señaló lady Ophelia—. Más de lo habitual.

—Estaba pensando en mis cosas —se defendió. ¿De verdad había estado haciendo muecas?

—Pues piénsalas más adentro si no quieres espantar a todos los jóvenes del salón.

—Es una exagerada, tía.

—¿De verdad? —Lady Ophelia la miró y luego volvió la cabeza hacia su dama de compañía, lady Cicely, que aquella noche llevaba un precioso vestido en tonos verdes—. ¿Tú qué opinas, querida?

—Estaba poniendo caras raras.

—¡Yo no pongo caras raras! —Emma sintió la tentación de llevarse las manos al rostro, pero se contuvo a tiempo.

—Te muerdes el labio y frunces la nariz.

Esta vez sí alzó una de sus manos enguantadas y se tocó la zona. No podía ser. Había trabajado a conciencia su lenguaje corporal para poder jugar a las cartas y que sus oponentes no pudieran adivinar ni uno solo de sus movimientos. Claro que esa noche no se encontraba en medio de ninguna partida y no había estado concentrada en mantener su rostro totalmente pétreo.

En ese momento se aproximó lord Washburn, con una sonrisa tan auténtica que Emma se descubrió devolviéndosela.

—Lady Emma, un placer verla de nuevo —la saludó, y a continuación hizo lo mismo con las dos damas que la acompañaban—. ¿Tendría el honor de concederme un baile?

Lo cierto era que a Emma no le apetecía lo más mínimo bailar, ni siquiera esa noche, que se había puesto un calzado cómodo, pero quedarse junto a sus carabinas se le antojó en ese momento aún menos apetecible, así que aceptó.

Clifford Lockhart era un bailarín consumado, volvió a pensar Emma. En algún momento entre el final de sus estudios y el Grand Tour debía de haber tomado clases, sobre todo de vals. Se movía con tal soltura y elegancia que ella se sentía flotar.

—¿Ha estado en Roma por casualidad, lady Emma? —le preguntó.

—No he tenido la oportunidad, aunque espero hacerlo algún día —respondió ella, que siempre había soñado con visitar Italia. De hecho, había soñado con visitar tantos lugares que había perdido la cuenta.

—No debe perdérsela —aseguró el joven—. El Papa continúa restaurando los monumentos de la ciudad, y se ha empeñado en salvar el Coliseo, que está a punto de derrumbarse.

—¿El Coliseo?

—Es un gigantesco anfiteatro que se construyó en tiempos del emperador Vespasiano y donde se celebraban todo tipo de espectáculos, incluidas las luchas de gladiadores.

—Oh, debe de ser fastuoso.

—Debió de serlo, sí —contestó, con pesar—. Ahora no queda en pie más que una parte.

—Tiene siglos de antigüedad. Imagino que es normal que no haya aguantado en pie —repuso ella, más interesada en la conversación de lo que estaba dispuesta a admitir.

—Eso y que, en siglos pasados, se convirtió en una cantera. De allí se sacó mucha de la piedra y del mármol con los que se construyeron los grandes palacios renacentistas.

El joven hizo una pausa y la miró con algo más de intensidad.

—Se preguntará por qué he sacado este tema a colación —comentó—. Usted me recuerda al Coliseo.

—¿Cómo dice? —Emma lo miró con una ceja arqueada.

—Maravillosa, pero solo con una pequeña parte visible.

Emma sintió un pellizco en el estómago. Aquello era, sin duda, lo más bonito que le habían dicho jamás. A su pesar, notó que las mejillas le ardían y fue incapaz de sostenerle la mirada. La pieza finalizó apenas unos segundos después y lamentó de veras tener que despedirse de lord Washburn.

Después de bailar otras dos piezas con un marqués viudo y un vizconde no mucho mayor que ella, Emma estaba deseando abandonar la fiesta. En ese momento, se encontraba junto a lady Ophelia y su dama de compañía, como casi durante toda la velada. ¿Sería ella la única que lo encontraba todo tan tedioso? ¿Cómo podía haber disfrutado tanto su hermana durante su presentación? No recordaba que hubiera hecho ningún comentario sobre lo aburridos que le parecían los bailes o las conversaciones banales con los invitados. Claro que Jane había tenido al marqués de Heyworth para animar las fiestas. En su caso, ¿sería el vizconde Washburn el hombre que llenara de chispa aquellas noches tan insípidas?

Lo había visto bailar con algunas otras muchachas, entre ellas lady Marguerite Osburn, hija del vizconde Ashland, que celebraba su tercera temporada. Jane le había hablado de ella. Habían sido presentadas el mismo día y, poco después, la había acusado de acaparar la atención de un número demasiado elevado de caballeros, como si su hermana los alentara de algún modo. En su caso no podría esgrimir semejante argumento, porque Emma recibía muy pocas visitas y bailaba aún menos. Vio a la joven aproximarse hasta ellas en compañía de su madre, lady Philippa, cuya sonrisa le pareció tan forzada como el corsé que embutía sus carnes prietas. Hasta ese día no habían intercambiado palabra y se preparó para recibir cualquier ataque verbal proveniente de ellas.

—Lady Ophelia —dijo la vizcondesa—, qué gusto volver a verla.

—Lady Philippa... —Emma conocía bien a su tía, y sabía que en ese momento se esforzaba por mostrarse amable. La mujer saludó a lady Cicely y luego se volvió hacia ella.

—Y usted debe de ser la encantadora lady Emma —le dijo.

—Milady... —Emma inclinó la cabeza con cortesía, como sabía que era su deber. El gesto abarcó también a su insulsa hija, que parecía un postizo de su progenitora de tan pegada que iba a su cuerpo.

—Una velada encantadora, ¿no le parece? —continuó la vizcondesa—. Los Waverley siempre dan unas fiestas estupendas.

—Sí, desde luego —contestó Emma, que no se le ocurría qué otra cosa decir.

—Imagino que, al ser su primera temporada, todo esto le resultará un tanto extraño.

—Tengo la ventaja de que mi hermana fue presentada no hace mucho —comentó Emma.

—Ah, sí, lady Heyworth. —La vizcondesa mantuvo la sonrisa, pero percibió un destello en su mirada. Era evidente que no le había gustado que mencionara a Jane—. En todo caso, sería un placer recibirla una tarde en nuestra casa a tomar el té, lady Emma. Tal vez necesite un poco de orientación para desenvolverse por nuestros salones.

Emma tuvo que morderse la lengua con fuerza, porque en ese momento se le atropellaron un montón de palabras en la boca. Le habría gustado comentarle, con su tono más cáustico, que teniendo en cuenta que su hija iba ya por la tercera temporada era muy probable que sí, que tuviera más experiencia que ella, aunque no le hubiera servido de mucho. Junto a esas palabras se le enredaron otras, con las que le habría encantado decirle que ya contaba con ayuda suficiente. Lady Ophelia y lady Cicely llevaban tantos años frecuentando aquel tipo de eventos que nada se les escapaba. Y también estaba Jane, claro. No dijo nada de eso, por supuesto, habría sido una falta de etiqueta imperdonable, y se limitó a sonreír como una boba, sin aceptar abiertamente su invitación.

—Le enviaré una nota a la mansión Milford —continuó la dama.

Emma pensó en la cantidad de correspondencia que se recibía en su casa a diario desde que la temporada había dado inicio y supo, sin lugar a dudas, que aquella invitación se amontonaría junto a otras muchas y que se declinaría con un par de frases de disculpa. Ya se encargaría ella de que así fuese.

La vizcondesa y su hija se despidieron y comenzaron a alejarse. En el último momento, la mujer se volvió hacia ella.

—Por supuesto, será un placer recibir en nuestra casa a su hermano, el vizconde Danforth, si desea acompañarla.

Así que se trataba de eso. No era la primera invitación que Emma recibía que, «amablemente», se hacía extensiva a Lucien, aunque sí la más evidente. Ahora era un soltero sin compromiso, heredero de un buen título y de una considerable fortuna. Antes de que hubiera tenido tiempo de reaccionar, la dama ya había desaparecido de su vista.

—Antes me rompería una pierna que...

—¡Emma! —Su tía la tomó con fuerza del brazo.

—Pero... ¿ha visto...? —Sentía la boca pastosa y el pulso latirle furioso en las sienes.

—Será mejor que te acostumbres a este tipo de encerronas —apuntó lady Cicely, sin alzar la voz—. Desde que el compromiso de Lucien se rompió, se ha convertido en uno de los solteros más cotizados de Londres. Y tú en la llave perfecta para abrir esa puerta.

Emma apretó los labios y sujetó con tanta fuerza su abanico que notó una de sus delicadas varillas romperse entre sus dedos.

Ahora no solo tendría que lidiar con los caballeros que pretendían convertirla en su esposa, sino también con todas las matronas que esperaban convertir a sus hijas en miembros de la familia Milford.

A Hugh continuaba asombrándole lo que aquellas máquinas de vapor alimentadas con carbón eran capaces de hacer. Había visitado a uno de los magnates de la industria textil y se había quedado extasiado con aquellos artilugios capaces de hilar el algodón a una velocidad vertiginosa, lo que convenía mucho a sus planes. Durante su estancia en Norteamérica había aprovechado el permiso que le concedieron al finalizar la contienda para recorrer algunos de los estados del Sur y entrevistarse con un puñado de los algodoneros más importantes de Georgia y Alabama. Ninguno de ellos le hizo ascos a la idea de volver a comerciar con el Reino Unido, aunque acabasen de enfrentarse a ellos. De hecho, Inglaterra había sido, y seguiría siendo, el principal mercado para su producto y durante la contienda el precio del algodón había caído tan en picado que a muchos plantadores les costaría volver a recuperarse.

Hugh negoció con ellos el que consideró un precio justo. La industria textil británica, que no había dejado de crecer en las últimas décadas, necesitaba la materia prima con urgencia. Con ella confeccionaban todo tipo de productos, que luego se enviaban a todos los rincones del mundo, incluidos los Estados Unidos. Y acababa de vender una importante partida de ese algodón a uno de los industriales más boyantes del sector, que disponía de varias fábricas repartidas entre Manchester y Lancashire. El empresario se había mostrado encantado con la idea de hacer negocios con la familia Barrymore, y Hugh regresó a Londres muy satisfecho consigo mismo. Aquel era el primer trato que cerraba desde que su padre lo había puesto al frente de la rama comercial de sus múltiples negocios.

Esa noche, pocas horas después de su vuelta, se encontraba en la casa familiar, en St. James. Su padre presidía la mesa, con su madre situada a su izquierda. Candice Barrymore no era en realidad la madre de Markus y Hugh, que habían perdido a la suya a muy corta edad, pero desde que se había casado con su padre los había tratado como a sus hijos y era la única madre que él había conocido y querido. Jamás había hecho distinciones entre ellos y los dos hijos que le había dado a Ambrose Barrymore: Owen, que en ese momento estudiaba Leyes en Oxford, y Grace, la única niña de la familia. Candice parecía tan orgullosa de él como su padre, que ya lo había felicitado en dos ocasiones.

Markus, situado a la derecha de la cabecera, había secundado el brindis de su progenitor con verdadero entusiasmo y hasta Grace, que a sus catorce años los negocios de la familia no le interesaban lo más mínimo, se mostraba feliz por él. Hugh, por fin, iba encontrando su sitio.

—No sé si habéis tenido la oportunidad de ver trabajar una de esas máquinas de vapor —comentó Hugh, que llevaba horas barruntando sobre el particular.

—Según tengo entendido, hacen el trabajo de varias personas —dijo el padre.

—Cierto, pero las implicaciones podrían ser mucho mayores.

—¿Implicaciones? —preguntó Markus—. ¿Qué implicaciones?

—Esos artilugios están funcionando extraordinariamente bien en las fábricas textiles y en otro tipo de industrias —contestó Hugh—. Me he estado preguntando si podrían emplearse en los grandes buques.

—¿Una máquina de vapor en un barco? —Grace abrió los ojos y soltó un bufido.

—Imagina la cantidad de leña o carbón que habría que llevar a bordo para alimentar una máquina que debería tener el doble de tamaño que las que usan ahora en la industria —apuntó el padre—. Los pocos nudos que se alcanzaran con ese medio se perderían con el peso extra de la nave.

—Tal vez. —Hugh se mordió el labio—. Sin embargo, ya se han hecho algunas pruebas y en los Estados Unidos vi un barco desplazarse a vapor.

—¿En el mar?

—En el río Hudson. Hace años que funciona de forma continua.

—¿Y cómo era? —preguntó Grace, curiosa.

—He de confesar que era una embarcación extraña —contestó su hermano—, con una alta chimenea de la que salía el humo y dos enormes ruedas de madera en la popa, accionadas por el vapor.

—¿Y qué velocidad alcanzaba? —se interesó Markus.

—No tuve oportunidad de averiguarlo, pero, al parecer, bastante más que con el método tradicional.

—Navegar por un río no es lo mismo que hacerlo en alta mar.

—Estoy de acuerdo, padre, pero la navegación a vela depende constantemente del capricho de los vientos. ¿Y si hubiera un modo de garantizar el desplazamiento de la nave sin necesidad de supeditarse a la meteorología? Imagine la de tiempo que se podría ganar en el transporte.

—Si nadie lo ha puesto aún en práctica será por algo —señaló la madre.

—Pues yo estoy convencido de que, a no mucho tardar, los barcos navegarán a vapor —insistió Hugh.

Ambrose Barrymore tomó su copa de vino y dio un sorbo, sin apartar la vista de su hijo. Mostraba iniciativa y era inteligente y despierto.

—¿Sabes quién fabricó ese barco del río Hudson? —preguntó al fin.

—Sí, eso sí pude averiguarlo. Un ingeniero llamado Robert Fulton.

—Tal vez esté trabajando en algo como lo que mencionas.

—Lo dudo mucho, murió el año pasado según creo —dijo Hugh—. Pero estoy convencido de que otras personas habrán tomado el relevo.

—Bien, sería interesante estar al tanto de esos avances —comentó Ambrose, que confiaba en el instinto de su vástago—. Podría ser una lucrativa inversión llegado el caso.

—Sí, padre. —Hugh asintió, satisfecho.

—¿De verdad crees que en el futuro los barcos navegarán a vapor? —le preguntó Markus más tarde.

—Sí, lo creo —contestó Hugh, que observó a su hermano sumirse en sus pensamientos, sin duda valorando las implicaciones de aquella posibilidad. Hugh no pudo evitar sonreír.

Ambos iban cómodamente instalados en el interior de un carruaje que los conducía a The Dove, una de las más famosas tabernas de Hammersmith, en la parte oeste de la ciudad. Su huésped más ilustre, según decían, había sido el rey Carlos II, que la visitaba con cierta frecuencia acompañado de una de sus amantes. El vehículo se detuvo frente al edificio de dos pisos, construido en ladrillo junto al Támesis, y ambos hermanos accedieron al interior. Era un local amplio y elegante, decorado en maderas nobles y donde servían buena cerveza y excelente whisky. El local estaba bastante concurrido, con varios grupos de caballeros charlando, tomando una copa y, probablemente, cerrando algún negocio. Los Barrymore ocuparon una pequeña mesa al fondo después de intercambiar saludos con algunos de los presentes. Durante un rato conversaron acerca de todo y de nada, aunque no volvieron a mencionar los barcos. Acababan de servirles la segunda copa de la noche cuando Hugh volvió a ver a aquella extraña mujer, que había entrado en el establecimiento en compañía de aquel gigantón.

Lo cierto era que, desde aquella noche en el club, no había vuelto a pensar en ella. Bueno, solo una o dos veces, pero únicamente para preguntarse qué motivos podría tener una joven para disfrazarse de hombre y frecuentar un establecimiento vedado a las mujeres. Curiosidad, sin duda alguna, no se le ocurría un motivo de más peso. Podía haberla desenmascarado aquel día, o haberlo comentado con alguno de los caballeros que regentaban el club, pero prefirió no hacerlo. Él también albergaba curiosidad hacia ella y se preguntaba durante cuánto tiempo sería capaz de mantener su ardid.

—¿Conoces mucho a Mullins? —le preguntó a su hermano.

—¿A quién?

Hugh señaló con la cabeza hacia el otro lado del local y Markus siguió su gesto con la mirada.

—Ah, Mullins. Hemos charlado un par de veces, y jugado alguna partida de cartas. Poco más. ¿Por qué?

—¿No te parece... algo extraño?

—¿Extraño? —Markus miró con disimulo—. Bueno, solo es un muchacho y sí, tal vez un poco joven para frecuentar clubes y tabernas pero, eh, ¿quién soy yo para juzgarlo? —rio—. Te recuerdo que, a su edad, nosotros recorríamos lugares mucho peores que este.

Hugh sonrió. Por supuesto que lo recordaba, y también recordaba que, en alguna ocasión, habían terminado formando parte de alguna reyerta y volviendo a casa con un ojo morado. Dudaba mucho que aquella joven fuese a meterse en un lío de tamaña magnitud. Optó por no seguir ahondando en aquel pensamiento. No quería ni imaginarse lo que podría llegar a ocurrirle. Aquella joven era la hija de alguien, la hermana de alguien, tal vez incluso de alguno de sus conocidos.

No quería saberlo. No necesitaba saberlo.

Aquel no era su problema.

4

Emma siempre había adorado el jardín trasero de la mansión Milford. Las buganvillas que trepaban por las paredes y los enramados de rosales que cubrían el pequeño cenador situado en uno de los extremos. La extensión de césped delimitado por peonías y prímulas, donde en ocasiones la familia se reunía para jugar al críquet, y el estrecho camino enlosado que trazaba un perfecto rectángulo alrededor de la mansión, con varios bancos diseminados por doquier. Su madre, Clementine Milford, había cuidado personalmente de aquel jardín, incluso cuando cayó enferma después del nacimiento del más pequeño de sus hermanos, Kenneth.

Emma siempre la recordaba allí, cubierta con una pamela y con las manos protegidas por gruesos guantes, mientras alguna criada permanecía a su lado con un cesto plano en el que su señora iba depositando las flores que luego adornarían el interior de la casa. O arrodillada en algún parterre, ocupada en plantar nuevas especies o en arrancar las malas hierbas. Con frecuencia, la había visto discutir con el jardinero, el señor Gibbons, que no lograba entender cómo una dama de su categoría prefería ocuparse de aquellas tareas de las que podía encargarse él mismo.

Cada vez que Emma salía al jardín esperaba encontrarse a su madre allí, y que los últimos cuatro años no fuesen más que un mal sueño. Eso nunca sucedía, por supuesto, pero en cuanto asía el pomo que abría las puertas que conducían al exterior, contenía la respiración. Por si acaso.

Esa tarde, el milagro tampoco tuvo lugar. Soplaba una brisa refrescante que movía los tallos y mecía las ramas de los árboles. Emma aspiró hondo y creyó que el aire le traía un tenue rastro de perfume, el mismo que su madre había usado hasta el día de su muerte. Aún guardaba el frasco con las últimas gotas de su contenido en el cajón de su tocador y, de vez en cuando, lo abría y aspiraba su aroma con los ojos cerrados. Aquello era lo más cerca que volvería a estar de ella. Lo más cerca que volvería a estar de aquella vida que tanto echaba de menos.

Hacía un día demasiado bonito como para dejarse vencer por el desánimo. Echó un vistazo al cielo, donde las nubes blancas y esponjosas formaban figuras imposibles, y bajó los tres escalones de la terraza. Sintió bajo sus pies la mullida alfombra de tierra y hierba y pensó incluso en quitarse los zapatos. Fue entonces cuando distinguió, a lo lejos, una figura cerca del cenador, junto a un arbusto de azaleas, las flores favoritas de su madre. Era Kenneth.

Mientras se aproximaba, pudo comprobar que su hermano pequeño parecía muy concentrado en la lectura de un grueso volumen que permanecía sobre sus piernas flexionadas. ¿Dónde estaría su tutor?, se preguntó Emma, antes de caer en la cuenta de que el señor Mullens libraba las tardes de los domingos. A él le debía su apellido masculino, del que solo había variado una vocal. No sin cierta tristeza, pensó que su hermano debería estar jugando y correteando por ahí con sus amigos. Solo tenía diez años, aún era un niño.

—¿Qué lees? —le preguntó al llegar a su altura.

Kenneth se sobresaltó y la miró con aquellos enormes ojos verdes que eran su vivo reflejo.

—Me has asustado —contestó con una risita—. Estoy leyendo la *Ilíada*.

—¿En serio? —Emma alzó una ceja.

—Sí, el señor Mullens dice que ya es hora de que conozca a los clásicos.

—¿Y te gusta?

—Me gustan las aventuras de Aquiles y la guerra de Troya, pero el autor escribe de una forma muy extraña.

—¿Con expresiones como «las broncíneas lanzas», por ejemplo? —Emma se rio y le guiñó un ojo.

—¿Lo has leído?

—Oh, sí, y recuerdo que pensé exactamente lo mismo que tú.

Kenneth sonrió de nuevo y ella tomó asiento a su lado. Un segundo después, se tumbó sobre la hierba.

—¿No te parece que esa nube tiene forma de mariposa? —le preguntó a su hermano, al tiempo que alzaba un dedo en dirección al cielo.

—¿Cuál?

—Túmbate a mi lado y mira hacia dónde apunto.

Kenneth hizo lo que le pedía.

—Ah, sí, ¡es verdad! Y mira, aquella parece la nariz del señor Gibbons —comentó el niño un instante después.

Ambos comenzaron a reírse. El jardinero poseía una napia de considerable tamaño y en la casa siempre habían bromeado con la idea de que aquella era su arma secreta para conseguir que el jardín Milford fuese uno de los más esplendorosos de todo Londres.

Durante un rato buscaron formas en las nubes, algunas de las cuales requirieron de una gran dosis de imaginación por ambas partes.

—¿No te gustaría ir a un colegio, Kenneth? —le preguntó Emma, sin apartar los ojos del firmamento.

—¿A un colegio? —El niño volvió la cabeza hacia ella—. ¿Como Eton?

—Sí, como Eton. Allí estudiaron Lucien y Nathan.

—No lo sé —contestó, dubitativo.

—Harías amigos, muchos amigos.

—Tendría que dejar solo a papá.

—Papá no está solo —contestó ella—. Yo estoy aquí, y Lucien también.

—Y Nathan volverá pronto.

—Exacto. En menos de dos meses habrá finalizado su servicio en la Marina y regresará.

—¿Y no se marchará de nuevo?

—No.

—¿Aunque haya otra guerra?

—Aunque el mundo entero se caiga por un barranco.

Kenneth rio ante su ocurrencia. Emma sintió que su pequeña manita buscaba la suya, y la agarró con fuerza. Tuvo que tragar saliva para espantar las lágrimas que de repente pedían paso. Allí, después de todo, junto a aquellas flores maravillosas, había vuelto a reencontrarse con un pedacito de su madre.

Aquello era una encerrona. Hugh lo sabía, y Markus también. Ambos hermanos se hallaban de nuevo en la mansión familiar de St. James, donde su madre había organizado una pequeña recepción para algunos amigos de los Barrymore. Amigos que acudían acompañados de sus hijas solteras, por supuesto. Candice Barrymore estaba empeñada en encontrarles esposa, aunque a ninguno de los dos le sedujera ni un ápice la idea del matrimonio.

Hugh no tenía muy claro cuáles eran los motivos de su hermano mayor, pero sí conocía los suyos. Acababa de volver de la guerra, y necesitaba tiempo para sí mismo, para encontrar su lugar y poder dejar atrás el lastre que había supuesto luchar primero en el continente y luego más allá del océano. Disfrutaba de su soledad por primera vez en años, sin compartir habitación con nadie, sin racionar la comida y sin el miedo a despertar con una bayoneta clavada en el vientre. Pero nadie le decía que no a Candice Barrymore, sobre todo cuando todo en ella era dulzura y amabilidad.

Conocía a la mayoría de los presentes, se había cruzado con ellos en el club o en alguna taberna, no así a gran parte de las muchachas que llenaban el espacioso salón. Sin saber muy bien por qué, Hugh recorrió los rostros con cierta premura, esperando encontrarse con un par de ojos verdes, porque estaba convencido de que la joven disfrazada debía de ser pariente de alguno de aquellos caballeros. Solo había dos candidatas que parecían responder a la imagen mental que se había hecho de ella, y descartó a la primera casi enseguida. La tal señorita Mullins era más delgada. La otra candidata, en cambio, tenía más posibilidades y, en cuanto sus miradas se cruzaron, creyó ver en aquellos ojos cierto destello. ¿Reconocimiento tal vez? Su madre fue haciendo las debidas presentaciones y al fin llegó el turno de conocer a aquella beldad, porque era una mujer ciertamente hermosa. De un cutis fino y perfecto, unas cejas bien delineadas y aquellos ojos de un intenso color verde que lo atravesaron de parte a parte. Todo aquello, pensó él, podía disimularse. La joven sin duda oscurecería su rostro con algún producto de maquillaje, y pintaría sus cejas para que parecieran más gruesas, sin contar con aquel bigote que impedía apreciar con claridad el contorno de su boca. Patrice se llamaba. Patrice MacArthur, hija de un naviero escocés que se había enriquecido durante la guerra.

—Así que usted es uno de los Barrymore que busca esposa

—le soltó ella a bocajarro en cuanto se encontraron a solas, en un rincón de la estancia.

—¿Cómo? —A Hugh le había sorprendido aquella franqueza, que cuadraba perfectamente con alguien capaz de salir a escondidas por la noche, disfrazada de hombre.

—No pretenderá hacerme creer que esto no es una suerte de exposición para que usted y su hermano elijan a su gusto —le dijo, con una mueca burlona.

—Puedo asegurarle que yo no he tenido nada que ver. —Hugh alzó las manos, como si se encontrase frente a un enemigo apuntándole con un arma.

—Por desgracia, los involucrados en este tipo de cuestiones nunca participamos en ellas, ¿no le parece?

—Deduzco que usted también tiene una madre decidida a encontrarle un marido.

—¿Hay alguna joven en esta sala que no tenga una madre así?

—Hummm, posiblemente no.

—¿Y bien? —Ella clavó en él aquellos ojos verdes y Hugh se deleitó un segundo en su contemplación—. ¿Ha visto ya algo que le guste?

—Muchas cosas en realidad —contestó—, aunque me temo que en este momento no entra en mis planes comprometerme con nadie.

—Por supuesto. Acaba usted de regresar de la guerra.

—Eh, sí, en efecto.

—Necesita tiempo para aclimatarse.

Hugh asintió, con media sonrisa. No solo era bonita, era perspicaz y, al parecer, bastante inteligente.

—¿Cuánto tiempo ha estado fuera? —preguntó Patrice de nuevo.

—Cuatro años y cinco meses. —Hugh ni siquiera necesitó

pensárselo. Llevaba esa cifra grabada en cada centímetro de su piel.

—Es mucho tiempo.

—Una eternidad.

La joven hizo una pausa y aprovechó para beber un sorbo del vaso de limonada que tenía entre las manos, que a esas alturas debía de estar ya caliente.

—¿Quiere que le traiga otra bebida? —preguntó, amable.

—No es necesario, gracias —Ella le sonrió. Tenía bonitos dientes, pensó Hugh, que de inmediato recordó la frase anterior de la joven, en la que había mencionado que aquello era como una exposición para elegir esposa. Como una exhibición de ganado—. Tampoco desearía robarle mucho tiempo, señor Barrymore. Ya que usted no parece interesado en el matrimonio y yo no tengo tampoco ningún interés en su persona, creo que lo más apropiado sería que continuara su recorrido por el salón.

—Eh, oh, sí, por supuesto —balbuceó él, un tanto incómodo.

—No pretendía ser grosera, le ruego que me disculpe. —Las mejillas de la joven se enrojecieron y volvió a llevarse la copa a los labios.

—Buenas noches, señorita MacArthur. —Markus había llegado junto a ellos y se llevó la mano enguantada de la muchacha a los labios.

Hugh habría jurado que el rubor de la chica había aumentado de intensidad y que sus ojos volvían a emitir aquel destello que lo había confundido al llegar. Así que era eso. La señorita Patrice MacArthur estaba enamorada de su hermano Markus y, por el modo en que él la contemplaba, el sentimiento podía ser recíproco. Aunque con Markus nunca se sabía.

¿Ese era el motivo que llevaba a aquella muchacha a disfrazarse por la noche y acudir a los lugares que su hermano frecuentaba? ¿Para disfrutar de algún encuentro furtivo con él? ¿Para vigilarlo? Esperaba que no se tratase del primer supuesto. Admiraba a su hermano mayor y lamentaría descubrir que se comportaba como un crápula, aprovechándose de aquella muchacha inocente.

Se despidió de ellos y pasó el resto de la velada charlando con otras jóvenes. De reojo, veía la mirada aprobatoria de su madre, que parecía encantada con su maniobra. Si supiera lo lejos que se encontraba él de comprometerse con ninguna de las presentes, sin duda habría dado por finalizada la fiesta mucho antes.

—¿Hay algo que deba saber con respecto a la señorita Mac-Arthur? —le preguntó Hugh a Markus en cuanto ambos se acomodaron en un par de butacas de la biblioteca. La fiesta había finalizado y sus padres se habían retirado ya. Su hermano y él habían decidido tomarse una última copa antes de regresar a sus respectivos hogares, Hugh en Baker Street y Markus cerca de Leicester Square.

—¿Algo como qué?

—He visto cómo te miraba... y cómo la mirabas tú a ella.

—Es una mujer preciosa.

—¿Y qué más?

—Eh, no sé. ¿Agradable?

—Markus, espero que tu comportamiento sea tan honorable como siempre he supuesto que era.

—¿Qué quieres decir con eso? —Su hermano alzó sus cejas oscuras, y su amplia frente se arrugó.

—¿Os estáis viendo a escondidas?

—¿Es que te has vuelto loco? —Markus despegó la espalda del sillón y le lanzó una mirada furibunda—. ¿Crees que sería capaz de comprometer así a una joven de buena familia?

—De acuerdo, de acuerdo —se disculpó Hugh. Se pasó una mano por el cabello y se rascó detrás de la oreja.

—Creo que esta noche has bebido demasiado.

—Tal vez.

Hugh observó el contenido casi intacto de su copa. Durante un breve segundo, estuvo tentado de compartir sus sospechas con su hermano, pero, cuando abrió la boca para contárselas, se arrepintió. ¿Y si estaba equivocado? ¿Y si todo aquello no era más que producto de su imaginación?

—¿Qué? —Markus lo miraba, esperando que hablase.

—Nada. Creo que esta noche estoy cansado.

—Pareces un anciano, Hugh —rio su hermano—. Te emborrachas con dos copas y te acuestas temprano.

—La verdad es que estoy deseando meterme en la cama —confesó Hugh, ocultando un bostezo con la mano.

—Lo que yo decía —se carcajeó Markus—. Un anciano.

Hugh no lo contradijo. Lo cierto es que se sentía tan cansado que calibró incluso la posibilidad de quedarse en la mansión. Su antigua habitación siempre estaba lista y la idea de regresar a su casa vacía se le antojó una tarea hercúlea.

—Creo que pasaré la noche aquí.

—Hummm. La señora Miniver podría hacernos esas tostadas francesas por la mañana —comentó Markus, refiriéndose a la cocinera.

—¡Me había olvidado por completo de ellas! —La boca de Hugh se hizo agua.

—Has estado fuera demasiado tiempo, hermano.

Hugh se imaginó desayunando de nuevo con la familia. Aunque faltase su hermano Owen, la idea se le antojó tan apetitosa como esos dulces que había mencionado Markus.

Estaba decidido. Esa noche se quedaría en la mansión Barrymore. En su hogar.

⤙ 5 ⤚

Amelia había regresado de Sussex para la temporada y Emma tenía muchas ganas de verla. Esa misma mañana le había enviado una nota para que fuese a tomar el té a su domicilio en Bloomsbury y había aceptado encantada. La mansión que su esposo, el vizconde Armington, poseía en Londres era mucho más modesta que la de los Milford, pero no carecía de encanto, y su amiga siempre lograba que se sintiera como en casa. Sin embargo, en cuanto el mayordomo la condujo a la salita y vio allí a Phoebe, esa sensación desapareció.

—¡Emma! —Phoebe se levantó y le dio un beso en la mejilla, y Amelia hizo lo mismo—. ¡Qué alegría volver a verte! Le estaba hablando a Amelia de nuestro viaje de novios.

Emma se obligó a sonreír. No sabía por qué había pensado que la invitación de Amelia la incluía a ella sola. Ni sabía tampoco por qué experimentaba esos sentimientos tan negativos cada vez que se encontraba con su otra amiga. Se conocían desde siempre y lo que había sucedido entre ellas, en realidad, no había sido gran cosa si uno se paraba a pensarlo con detenimiento. Un par de besos y algunas caricias por encima de la ropa, poco más.

—Nuestra Phoebe me estaba hablando de su viaje por Italia —comentó Amelia después de servirle el té a su amiga.

—Oh, ¿estuviste en Roma?

—Ya lo creo que sí, aunque es una ciudad llena de ruinas. Prefiero Venecia, o Florencia —suspiró Phoebe.

—Dicen que el Papa está restaurando el Coliseo.

—Ah, sí, esa especie de teatro que se cae a pedazos —comentó su amiga con cierto desdén—. En Roma coincidimos con lord Gleenwood y su esposa lady Aileen.

—¡No me digas! —exclamó Amelia.

Emma recordaba a lord Gleenwood. Había sido uno de los pretendientes de su hermana Jane y hacía unos meses se había casado con lady Aileen Lockport, después de que la joven hubiera rechazado multitud de ofertas de matrimonio durante tres temporadas. Ambos eran tan agraciados físicamente, con el cabello rubio y los ojos azules, que parecían hermanos más que marido y mujer.

—Ella es muy simpática —continuó Phoebe—, y llevaba un vestido fabuloso, con una hilera de pequeños diamantes auténticos alrededor del escote. Os juro que estuve a punto de preguntarle quién era su modista.

—¿No lo hiciste?

—Por supuesto que no. Hubiera parecido una envidiosa.

—¡Qué tontería! —replicó Emma.

—Oh, querida, tú no estás casada, así que no puedes entender ciertas cosas.

—¿Qué cosas? —preguntó, molesta.

—Como que mi marido no puede proporcionarme vestidos de esa categoría —explicó Phoebe, condescendiente—. Le habría avergonzado.

—No creo que la fortuna de lord Gleenwood sea mayor que la de tu esposo. Todo el mundo sabe que lord Kendall posee una considerable renta anual.

—¿Y dónde la viste? —intervino Amelia, que parecía dispuesta a cortar de raíz aquella conversación.

—En una fiesta que dio nuestro embajador en Italia —contestó Phoebe—. Había mucha gente, pero casi todo eran italianos. Había algunos ingleses más, pero creo que eran hombres de negocios. No estoy muy segura, apenas hablé con ellos.

—Tengo que convencer a Basil para que me lleve a Italia —comentó Amelia, refiriéndose a su marido.

—Dicen que Escocia es maravillosa —terció Emma, que sabía que la había llevado allí en su luna de miel.

—Sí, bueno, hace frío y la gente es... ruda.

—En Italia había un clima maravilloso. ¿Os imagináis vivir en un lugar en el que casi siempre hace sol?

—¡Me encantaría! —suspiró Amelia.

—Coincidimos un par de veces más con los Gleenwood e incluso viajamos juntos hasta Florencia, aunque luego ellos iban a París porque ya habían estado en Venecia —continuó Phoebe—. Una pena.

—Dicen que ella es muy sofisticada —señaló Amelia.

—Oh, sí, y encantadora. Nos hemos hecho muy buenas amigas. A final de mes dan una fiesta en su casa, ya veréis qué mansión más maravillosa tienen en St. James.

—¿Ya has estado en ella?

—Ayer mismo estuvimos tomando el té.

Emma observaba a sus amigas. Phoebe contaba en ese momento cómo eran los muebles y las cortinas del salón de visitas de lady Gleenwood y Amelia parecía entusiasmada por conocer los detalles. Luego hablaron de algunos conocidos comunes —la mayoría de los cuales Emma aún no conocía—, de fiestas, de recepciones, de tardes de té y pastas y de qué dama organizaba mejores veladas.

—Oh, Emma, perdónanos —dijo al fin Amelia, que se había dado cuenta de que la habían excluido sin querer.

—Ay, sí, a veces se me olvida que aún no te has casado... —comentó Phoebe.

—¿Qué tal la temporada? ¿Has conocido a alguien interesante?

Emma estuvo a punto de hablarles de Clifford Lockhart, el vizconde Washburn, pero de repente se dio cuenta de que no le apetecía. De hecho, no le apetecía continuar allí sentada, escuchando aquel intercambio de chismes banales. Las miró a ambas y comprendió que apenas tenía nada que ver con aquellas dos mujeres que tanto habían significado para ella en el pasado.

—Lo siento, chicas, pero me temo que he de marcharme ya. —Emma se levantó y se alisó la falda.

—¿Tan pronto?

—He quedado con mi hermana para ir a comprar algunas cosas para mi sobrina.

—¡Es cierto! —exclamó Phoebe, posando una mano sobre su vientre plano—. ¿Qué tal está Nora Clementine?

—Absolutamente preciosa. —Emma sonrió, como hacía siempre que pensaba en su adorable sobrina.

—Es una pena que tengas que marcharte tan temprano. —Emma se despidió de Phoebe y Amelia la tomó de la mano para acompañarla hasta la puerta—. Espero que no tardes en hacerme otra visita. Estaremos aquí hasta finales de julio.

—Claro.

Emma le dio un beso en la mejilla y salió a la calle. El cielo presentaba un aspecto deslucido, como si alguien hubiera derramado tinta sobre él y luego hubiera tratado de limpiarla con un trapo sucio. Se quedó inmóvil unos minutos, sin saber qué hacer. Le había pedido al cochero que fuese a recogerla una hora más tarde, así es que no disponía de un vehículo. Pensó en acercarse hasta casa de su tía Ophelia, en Marylebone, pero no tenía ganas de ver a nadie. En ese momento su ánimo estaba del mismo color que el cielo.

No tenía más amigas que las dos mujeres a las que acababa

de dejar, y acababa de descubrir que cada vez tenía menos en común con ellas.

«Pero no estás sola», se recordó. Siempre podía contar con su hermana, con su familia, con sus libros, con sus sueños.

En cuanto Emma cruzó el umbral de la mansión Milford, sus ojos se dirigieron de inmediato a la bandeja del correo, situada sobre una mesa taraceada en el recibidor. Allí, como si hubiera estado aguardando su llegada, la esperaba una nueva carta de la misteriosa lady Minerva.

La cogió al vuelo al pasar por delante y subió las escaleras con ella en la mano, sin cruzarse con nadie. Solo cuando se hubo quitado el vestido de tarde y soltado el cabello, se sentó en una butaca junto a la ventana, se quitó los zapatos y se dispuso a leerla. Estaba intrigada por lo que aquella mujer tuviera que decirle.

Querida lady Emma:

Es posible que aún no se haya cruzado con el caballero capaz de hacer despertar en usted todo tipo de emociones. No desespere. Dice un viejo refrán que Roma no se conquistó en un día, y solo acaba de dar sus primeros pasos en esta temporada social.

Procure acudir a las fiestas y eventos con la mente abierta y con buena disposición. Es muy posible que muchos de los hombres a los que conocerá durante estos meses alberguen los mismos sentimientos que usted acerca de la idea del matrimonio y, sin embargo, entre ellos puede encontrarse su compañero ideal.

Diviértase, lady Emma, porque solo así podrá disfrutar de la alegría que supone sentirse deseada y admirada. Ser el centro de atención de vez en cuando es bueno para el espíritu, y usted es una joven de grandes cualidades, que sin duda otros sabrán apreciar.

*Permítase conversar de forma relajada y conocer a los caba-
lleros que se aproximen a usted. Estoy convencida de que más de
uno logrará sorprenderla. No tema si alguno de ellos busca cierta
intimidad con usted y aproveche para ahondar en las sensaciones
que pueda experimentar; le indicarán si puede encontrarse frente
al hombre adecuado. En ocasiones, nuestro corazón y nuestra
piel descubren antes que nuestra cabeza lo que es mejor para nosotras.*

Suya afectuosa,

LADY MINERVA

Emma torció el gesto y volvió a leer la misiva. ¿Tendría razón aquella desconocida? Era evidente que la conocía o, al menos, que la había observado, y que había descubierto lo poco
dispuesta que se hallaba a participar en la temporada. ¿Acaso no
procuraba espantar a todo posible pretendiente? ¿Sería verdad
que, quizá, y solo quizá, existiría alguien apropiado para ella?

«No», se dijo, al tiempo que sacudía la cabeza. Había decidido permanecer soltera para poder manejar su vida a su antojo, y
no iba a caer en esa trampa. Sin embargo, sí que podía divertirse
mientras tanto, porque bien sabía Dios que, después de esa temporada, no iba a participar en ninguna más.

Sus salidas nocturnas le procuraban un palpable esparci-
miento, pero también era cierto que no llegaba a disfrutarlas del
todo, siempre temerosa de que alguien descubriera su disfraz y
se produjera un escándalo. En muchas ocasiones se había planteado abandonar aquellas aventuras, porque el daño que podría
llegar a causar a su familia sería descomunal, pero luego descar-
taba la idea. Eran los momentos en los que más libre se sentía, y
no estaba dispuesta a renunciar a ellos.

Aún no.

—Jane, ¿puedo preguntarte algo?

Ambas hermanas se encontraban de compras por Bond Street y ya habían adquirido un par de sombreros y unos guantes para ella. En ese momento, Emma se probaba un chal en tonos crema con un precioso bordado en rosa pálido.

—Es precioso. —Su hermana le sonrió.

—No era eso lo que quería preguntarte. —Emma dejó la prenda sobre el aparador—. Es sobre la temporada.

—Claro.

—¿Tú te divertiste?

—Eh, sí, supongo que sí —respondió Jane tras pensarlo un instante.

—¿Supones?

—Bueno, no me gustaba recibir tantas visitas, ya lo sabes, pero al mismo tiempo era muy emocionante —confesó Jane—. Y conocí muy pronto a Blake.

—¿De verdad? —Emma alzó las cejas—. Creí que apenas le habías visto antes de su extravagante propuesta de matrimonio.

Emma hacía alusión a la idea que había tenido el marqués de Heyworth para pedir la mano de su hermana, contratando una orquesta entera que se plantó delante de la mansión Milford.

—En realidad, nos habíamos visto unas cuantas veces.

—Creo recordar que solo habías bailado con él en un par de fiestas.

Vio como las mejillas de Jane se encendían y como esquivaba sus ojos.

—Oh, Emma, mira este chal. ¡Es una maravilla! —exclamó, sosteniendo una pieza de seda de color negro con enormes rosas estampadas. Era horrible.

—Jane, o tu impecable gusto por la moda ha sufrido un catastrófico revés o estás intentando desviar mi atención.

—¿Qué? ¡No! ¿Por qué piensas eso?

—Dime que ese chal es para alguna anciana a la que conoces y no tienes en gran estima y te creeré.

Su hermana soltó la prenda de inmediato y le dedicó una tímida sonrisa.

—Blake y yo habíamos hecho algo más que bailar cuando vino a pedirme matrimonio —le susurró.

—¿Algo como qué? —Emma inclinó la cabeza, dispuesta a las confidencias—. ¿Os habíais besado?

—Hummm, sí.

—Oh, *diablos*. ¿Y qué más?

—¡¡¡Emma!!! ¿Pero qué vocabulario es ese?

—¿En serio te preocupa mi vocabulario en este instante? —La tomó del brazo y la condujo hasta la puerta—. Creo que será mejor que vayamos a tomar un té.

—No me apetece. —Jane trataba de resistirse.

—Pero te apetecerá, créeme. Tienes muchas cosas que contarme, hermanita.

—Ni hablar. —Habían salido a la calle y Jane se detuvo con firmeza—. Eres una joven soltera, Emma. Hay cosas que no puedo contarte, que no debo.

—Ni se te ocurra decirme que no voy a entenderte porque aún no soy una mujer casada.

—Eh, bueno, no es exactamente eso...

—De acuerdo —bufó Emma—. Pues ahórrate los detalles escabrosos.

—Cuando se te mete algo en la cabeza...

—Ya.

Cogidas del brazo, comenzaron a caminar.

—Entonces repito mi pregunta, Jane —dijo Emma tras unos metros—. ¿Te divertirse durante la temporada?

—Como una loca.

Emma soltó una carcajada, que ocultó con presteza tras su

mano enguantada, aunque no antes de llamar la atención de un par de damas con las que se cruzaron y que les lanzaron una mirada reprobatoria.

Jane había sido más discreta, aunque también se reía. En un impulso, Emma se inclinó y le dio un beso en la mejilla.

—Te quiero —le dijo—. Y eres la mejor amiga del mundo.

—O la peor... —Jane le devolvió el beso—. Y yo también te quiero. Siempre.

—Siempre —repitió Emma, con el corazón ligero.

Esa misma noche, mientras se vestía para salir, pensaba en la conversación que había mantenido unas horas atrás con su hermana. Al final, Jane no le había contado muchos detalles, pero sí los suficientes como para saber que había disfrutado de la temporada, mucho más de lo que hubiera creído posible. Emma no tenía a mano a ningún Blake Norwood, marqués de Heyworth, pero había un buen puñado de jóvenes interesantes y atractivos a su alcance, entre ellos el vizconde Washburn. Quizá, después de todo, lady Minerva tenía razón y podía divertirse un poco, o al menos intentarlo.

Se contempló en el espejo y revisó cada detalle de su atuendo. En aquel tocador improvisado, en el viejo cobertizo, era donde guardaba su vestimenta masculina y sus útiles para maquillarse y disfrazarse. Desde que su hermana había estado a punto de pillarla una noche, había comprendido que era demasiado arriesgado andar con las ropas de Nathan de un lado para otro. Allí, en un par de arcones olvidados, disponía de cuanto necesitaba para sus pequeñas escapadas.

Escuchó un par de golpes suaves en la puerta. Su compañero de aventuras ya estaba listo. Brett Taylor, el ayudante del jardinero, actuaba como su compinche y la protegía durante sus salidas nocturnas. Era tres años mayor que ella, alto, fuerte y, sobre todo, leal y discreto. Con él al lado se sentía inmune.

Le había costado convencerlo, mucho de hecho. La primera vez que se lo propuso el joven creyó que se trataba de una broma. En cuanto comprendió que no era así, trató por todos los medios de hacerla desistir. Entonces todavía no la conocía demasiado bien.

A Emma le había costado decidirse y había calibrado muy bien a quién pedirle aquel servicio. En un principio pensó en buscar a alguien fuera de la mansión, pero era demasiado arriesgado. En cuanto tuvo claro ese aspecto, se centró en los hombres que trabajaban en ella. La mayoría eran demasiado mayores para sus propósitos o demasiado apegados a su padre o su hermano, a los que sin duda pondrían al corriente de sus planes. Brett le pareció el indicado una tarde que lo vio trabajar en el jardín, podando las ramas de los árboles. Sus brazos musculosos se dibujaban bajo su camisa, y aquellas anchas espaldas disuadirían a cualquiera que tratara de aprovecharse del jovencito que se suponía que era ella bajo su disfraz.

—Es una locura, lady Emma —le había dicho entonces.

—Es posible, Brett, pero lo haré, contigo o sin ti.

—Si su padre se entera, o su hermano, me despedirán.

—No lo harán, no es culpa tuya. Y a mí no pueden despedirme. Además, te pagaré muy bien. —Emma poseía una cuantiosa asignación proveniente de una propiedad que le había legado su abuela materna, sin contar con la que su padre le entregaba cada mes y que ella gastaba casi íntegramente en libros.

—Si le sucede algo, jamás me lo perdonaré, lady Emma.

—Por eso te necesito, Brett. Contigo a mi lado, ¿qué podría ocurrirme?

El joven continuó buscando argumentos para negarse, que ella fue desmontando uno a uno, hasta que no le quedó más remedio que acceder. Al principio, solo habían salido una noche de vez en cuando, y luego una cada mes. En cuanto supo que el joven pretendía casarse con Lucy, una de las criadas de la casa, supo que necesitaría dinero extra y las salidas aumentaron. Era consciente de que, cuando el joven se casara, no podría disponer de él con la misma libertad. No se le ocurría quién podría sustituirlo cuando llegara el momento, ni si encontraría a alguien apropiado que se prestase a ello.

Pero ese momento todavía no había llegado, y esa noche iban a salir de nuevo. Brett arrugó el ceño en cuanto supo cuál era el destino de aquella salida nocturna, pero había aprendido a no cuestionar las decisiones de Emma. Con su traje hecho a medida, que Emma había costeado, parecía un joven caballero, igual que ella.

Abandonaron los jardines por una pequeña puerta trasera, casi oculta bajo las enredaderas. Allí los aguardaba un coche de punto que el ayudante del jardinero había alquilado, como cada vez que salían.

Emma frunció los labios, y los pelos del falso bigote le hicieron cosquillas en la nariz. Ciertamente, Brett Taylor iba a ser un compañero difícil de sustituir.

6

Hugh no lograba explicarse cómo había accedido a acompañar a Markus a aquel combate de boxeo. Aquella actividad nunca le había gustado de forma especial: ver a dos hombres golpearse, a veces durante horas, hasta que uno de los dos era incapaz de levantarse le parecía una salvajada. Sin embargo, entendía que muchos de sus contemporáneos disfrutaran del espectáculo, resultaba algo tan visceral que no era extraño que los hombres se alteraran al contemplarlo. Los gritos de ánimo se mezclaban con las apuestas a voz en grito en aquel local en Holborn, al que le hacía falta una buena limpieza.

Hugh había mirado con cierto asco su silla antes de ocuparla, como si tuviera vida propia y fuese a saltarle a la yugular de un momento a otro. Observó los muros deslucidos, con abundantes manchas de humedad, y los pesados y viejos cortinajes de color burdeos que cubrían la puerta de acceso. A nadie más que a él parecía importarle aquel ambiente decadente y probablemente ilegal, en el que reconoció a algunos hombres de negocios. La mayoría, sin embargo, eran desconocidos y, por sus ropajes y su comportamiento, de clase media.

Sobre el cuadrilátero, dos hombres de fuertes brazos y anchos pectorales se golpeaban sin descanso. De vez en cuando, una lluvia de gotas de sangre salía despedida del ring y salpicaba al público más cercano, lo que elevaba los gritos de júbilo. Por fortuna, Markus y él no se encontraban en las primeras filas.

Miró a su hermano de reojo y comprendió que estaba divirtiéndose tan poco como él. El ambiente se había ido caldeando y, en diagonal adonde ellos se encontraban, dos grupos de hombres se habían puesto en pie y parecían a punto de iniciar un altercado. Hugh estaba a punto de pedirle a Markus que se marcharan cuando vio a alguien que le resultaba enormemente familiar.

—Maldita sea —masculló.

—¿Qué? —Markus se volvió hacia él.

—Ahora vuelvo.

Sin tiempo para darle explicaciones, Hugh abandonó su silla, se dirigió hacia el fondo del local y avanzó pegado a la pared. En cuanto llegó a su destino, cogió con fuerza el brazo de su objetivo y tiró de él.

—Señorita MacArthur, ¡tiene que salir de aquí!

—Eh, ¿se puede saber qué está haciendo? —El hombretón que la acompañaba lo cogió de la solapa de la chaqueta.

—¡Tiene que sacarla de aquí!

—El señor Mullins no se va a ningún sitio, caballero.

—Venga ya. —Hugh sacó pecho y se irguió cuan alto era, pero aquel joven aún le sacaba casi una cabeza—. Ambos sabemos quién se esconde bajo ese falso bigote.

Ni siquiera había mirado a la joven, aunque en ese momento notó que se desasía de su agarre.

—¿Cómo se atreve a insultarme? —La voz impostada le salió un poco demasiado aguda, prueba evidente de que estaba nerviosa.

Hugh continuó sin dirigirse a ella y apeló a su compañero.

—Me temo que la situación se va a descontrolar de un momento a otro y...

Alguien lo empujó con fuerza y estuvo a punto de desestabilizarlo. La pelea había comenzado. Sin pensárselo, volvió a sujetar al tal Mullins y tiró de él en dirección a la puerta. Su acompañante trató de seguirlos, pero dos hombres habían logrado tumbarlo al suelo mientras se peleaban entre ellos.

Hugh atravesó la cortina y se internaron en el pasillo medio en penumbra.

—¡Es usted una insensata! —le espetó.

Ella plantó los pies con firmeza en el suelo y Hugh estuvo a punto de trastabillar.

—Usted es el señor Barrymore —le espetó, furiosa—. No sé qué le ocurre esta noche, sin duda ha bebido demasiado y tiene la mente nublada. Haga el favor de soltarme, tengo que volver a por mi amigo.

—No voy a consentir que vuelva a entrar ahí.

—¡No voy a abandonarlo!

—¡Maldita sea! —gritó él—. ¿Se puede saber qué diablos tiene en la cabeza? ¿Melaza? ¿Cómo se le ocurre venir a un sitio así? ¿Y qué pensaría Markus?

—¡¿Qué?! ¡¡¡Oiga!!! Yo voy adonde quiero.

—De eso nada, señorita MacArthur. Su padre me mataría si...

Hugh la tenía ahora cerca, muy cerca, y se habían aproximado lo suficiente a una de las lámparas del pasillo como para poder contemplar su rostro. Tenía los ojos verdes que él recordaba, pero eran de un tono más oscuro, la línea del mentón algo más suave y los pómulos menos marcados.

Aquella no era la señorita Patrice MacArthur.

A Emma le había parecido divertida la idea de ir a un combate de boxeo, aunque la experiencia no le había resultado tan gratificante como esperaba. ¿De verdad los asistentes disfrutaban contemplando a dos hombres golpearse hasta la extenuación? Sin embargo, permaneció allí, e incluso se atrevió a vitorear a uno de los contrincantes y apostar un puñado de libras. Quería vivir la experiencia al completo, aunque, conforme avanzaba la velada, las náuseas comenzaron a dominarla y luego, al ver como muy cerca de ella los ánimos se soliviantaban, experimentó cierto temor. Estaba a punto de decirle a Brett que había llegado la hora de marcharse cuando aquel energúmeno la cogió del brazo. No la sorprendió tanto ese hecho como que la tratara en femenino, y que se empeñara en llamarla señorita MacArthur. ¿Quién diantres sería aquella mujer?

En ese momento lo tenía frente a ella, y casi podía contar las pestañas de sus ojos oscuros y las hebras de su cabello castaño claro. El mentón, cuadrado y firme, permanecía en tensión, y sus labios finos apretados en una pálida línea. Era su forma de mirarla, entre sorprendida y cautelosa, lo que la tenía subyugada.

—Oh, menos mal, estás aquí —sonó una voz a espaldas de él.

Era Markus Barrymore y solo entonces Emma volvió a escuchar la algarabía del interior del local. Algunos hombres salían de él con paso apresurado y distinguió entre ellos a Brett, que se palpaba la mejilla derecha y que la buscaba con la mirada, casi aterrado. Su gesto se suavizó en cuanto comprobó quiénes la acompañaban, aunque se aproximó a ella de inmediato.

—Creo que será mejor que nos vayamos de aquí —señaló Markus—. Señor Mullins, no tenía ni idea de que se encontraba usted en el combate.

Lo vio lanzar una mirada interrogadora a su hermano, que aún sujetaba su brazo y que soltó de inmediato.

—¿Ocurre algo, Hugh?

—Eh, no, el... señor Mullins y yo acabamos de salir y casi nos tropezamos con otro grupo que huía.

Emma estuvo a punto de dirigirle una mirada de agradecimiento por no haberla descubierto, pero él mantenía la vista al frente, clavada en su hermano.

—Está bien. —El mayor de los Barrymore echó un vistazo alrededor—. Hummm, ¿nos vamos un rato al club? Aún es temprano.

—Seguro que el señor Mullins no...

—Oh, una idea excelente —apuntó ella, que no iba a consentir que aquel hombre le arruinara la noche.

Él le lanzó una mirada fulminante que ella ignoró por completo.

—Señor Taylor, ¿se encuentra bien? —le preguntó a Brett, guardando las formas.

—Eh, sí, solo ha sido un golpe de nada —contestó el jardinero, volviendo a masajearse la mejilla—. Iré a buscar un coche.

—Oh, no hace falta —intervino Markus—. Nosotros tenemos nuestro carruaje fuera, y vamos al mismo sitio, ¿no?

—No es necesario, señor Barrymore.

—Por favor, insisto.

Emma no encontraba una excusa plausible para rechazar su amabilidad, aunque la idea de compartir un espacio tan pequeño con el tal Hugh Barrymore se le antojó absurda. Parecía convencido, si no de su identidad, al menos de su género. Debía tratar por todos los medios de hacerle creer que se equivocaba.

Hugh se pasó las dos horas siguientes observando con detenimiento al dichoso señor Mullins. Ahora que había descartado a Patrice MacArthur como la mujer que se escondía bajo aquel disfraz, no estaba del todo convencido de tener razón. ¿Y si solo se trataba de uno de esos jóvenes de aspecto delicado? En sus años en la escuela había tenido un compañero así, un tal Joseph

Sicamore, que atraía las burlas de todos sus compañeros. Si ese era el caso, había insultado a aquel joven, solo que su reacción no había sido la esperada ante una situación semejante. Y eso solo podía deberse a dos motivos. O estaba acostumbrado a recibir ese tipo de comentarios o se trataba en efecto de una mujer.

Hugh no se disculpó por ello, sin embargo. Todavía no. Si al final llegaba a la conclusión de que se había equivocado, le presentaría todas las disculpas posibles, amontonadas una sobre la otra.

Cuando el joven se despidió de ellos, le estrechó la mano con firmeza e incluso le agradeció haberlo sacado del apuro durante el combate de boxeo. No mencionó nada más, como si hubiera olvidado el resto de la escena. Hugh le dedicó unos minutos más de su pensamiento, pero luego se olvidó del asunto.

En los días siguientes, anduvo demasiado ocupado haciéndose cargo de varios negocios que tenía entre manos como para pensar en el señor Mullins. Y así habría continuado siendo si tres noches más tarde no hubiera acudido a aquella fiesta en casa de los condes de Willingham. El conde era un viejo amigo de la familia y había llevado a cabo algunos negocios con su padre. Aunque los Barrymore no pertenecían a la aristocracia, tampoco era extraño encontrárselos en alguna fiesta. Algunos banqueros y hombres de negocios prominentes contaban con el beneplácito de muchos miembros de la alta sociedad y se codeaban con duques y marqueses sin pudor. Bien era cierto que aún había demasiados miembros de aquella élite que se negaban a invitar a sus mansiones a personajes sin título, aunque no le hicieran ascos a la idea de pedirles prestado dinero o a cerrar un ventajoso negocio.

Ambrose Barrymore rechazó la invitación porque en esos momentos sufría uno de sus ataques de gota, y Markus tenía otro compromiso previo, así es que Hugh fue el encargado de representar a la familia en aquella fiesta. No era la primera vez que eso ocurría, aunque sí la primera desde que había regresado del frente. Se comportó como se esperaba de él: acudió ataviado con un traje nuevo y elegante, charló con varios nobles sobre temas diversos y se abstuvo de bailar con ninguna joven. Era consciente de que la mayoría de los asistentes a aquellas veladas deseaba para sus hijas un marido con título, o al menos a alguien cuya familia fuese poseedora de alguno. El hecho de que aceptaran a un plebeyo en sus fiestas no implicaba que estuvieran dispuestos a estrechar lazos hasta ese punto. Había excepciones, por supuesto, sobre todo si el noble en cuestión padecía problemas de liquidez y el candidato poseía una fortuna considerable, como era el caso de los Barrymore. Sin embargo, Hugh nunca había anhelado ningún título y, por lo que sabía, su padre y su hermano tampoco. Pese a todo, ahora que el rey lo había nombrado caballero, su estatus parecía haber aumentado, así que hizo caso omiso a las miradas insinuantes de un par de matronas y deambuló por el salón conversando con unos y con otros.

Hasta que se tropezó con par de ojos verdes.

Emma estaba disfrutando de la velada, a la que había acudido con su hermano Lucien. Había bailado con el vizconde Washburn y con algunos otros jóvenes, y había charlado un rato con Amelia y Phoebe, que habían asistido en compañía de sus esposos. Sin embargo, fue lady Ethel Beaumont quien acaparó su atención. La bella viuda, ataviada con un lujoso vestido en tono melocotón, siempre parecía tener una opinión acerca de cualquier asunto, aunque fuese una opinión trasgresora. Lo que llamaba la atención de Emma, no obstante, era que los demás la escuchaban y que, aunque no estuvieran de acuerdo con sus palabras, la respetaban.

Se había formado un corrillo en una de las esquinas del salón y Emma se había ido aproximando con disimulo hasta formar parte de él, aunque no se atreviera a intervenir. Solo había pillado las últimas frases de la conversación anterior, que parecía versar sobre algún tema político, y en ese momento hablaban de una cantante de ópera.

—Creo que Madame Vestris es una cantante notable —comentaba lady Ethel en ese instante, mientras retocaba los dorados rizos de su peinado.

—A mí me parece una de tantas —señaló una matrona bien entrada en carnes.

—Es muy joven y aún no ha interpretado ningún papel relevante, pero estoy convencida de que cosechará grandes éxitos —aseguró lady Ethel.

—¿Sabía que se casó muy joven con un bailarín francés? —Emma miró hacia el caballero que había formulado la pregunta.

—¿Y eso es relevante para su faceta como cantante y actriz? —Lady Ethel pareció molestarse con aquel comentario.

—Eh, no, desde luego que no... es solo una curiosidad.

—Una mujer es mucho más que el apellido de casada que lleve.

—En eso le doy la razón, lady Beaumont. —El caballero inclinó la cabeza—. Y usted es sin duda alguna el mejor ejemplo.

—Es usted un adulador, lord Carlton —rio lady Ethel Beaumont.

Emma se perdió el resto de la conversación, porque en ese instante sus ojos se encontraron con los de Hugh Barrymore, el hijo del famoso banquero. Su pose, con los brazos cruzados a la altura del pecho y las piernas firmemente apoyadas sobre el pavimento, la alertó. Y el modo en que la observaba le puso el vello de punta. ¿Qué estaba haciendo aquel hombre en casa de los condes de Willingham?

Desvió la vista de inmediato y, con el mismo disimulo que había empleado para acercarse a aquel grupo, se alejó de él. Buscó a lord Washburn con la mirada y lo vio bailando con una joven a la que reconoció de inmediato: lady Marguerite Osburn, la misma cuya madre la había invitado a tomar el té e incluido a su hermano Lucien en el lote. Por el gesto de hastío del vizconde, supuso que no estaba disfrutando de la danza. A Emma no se le ocurrió a quién más acudir para que la invitase a bailar y esquivar así al señor Barrymore, y no veía tampoco a Lucien en el salón.

A paso apresurado se dirigió hacia la terraza. Pequeños grupos de invitados charlaban y bebían al fresco, y pasó junto a ellos sin saludar siquiera, para internarse un poco en el jardín. Con un poco de suerte, igual el señor Barrymore se había marchado cuando volviera al interior.

Deambuló sin ton ni son, no muy segura de dónde ocultarse, ni tampoco por qué le parecía importante hacerlo. Era poco probable que la hubiese reconocido, aunque el modo en que la había mirado indicaba otra cosa. Oh, por Dios, si decidía desenmascararla delante de todos los invitados el escándalo sería mayúsculo. De esos que ni el tiempo lograría borrar.

—¿Se está escondiendo de mí? —preguntó una voz a su espalda, y supo de quién se trataba antes incluso de volverse para enfrentarse a él.

La suerte estaba echada.

7

—¿Disculpe? —Emma compuso un auténtico gesto de sorpresa, lo bastante convincente para verlo dudar.

—No finja que no sabe quién soy.

—Lo siento, milord. Me temo que no hemos sido presentados.

—¿De verdad va a continuar jugando a esto?

—No sé de qué me está hablando, caballero. —El pulso de Emma le atronaba en los oídos—. Pero, como bien sabe, que estemos aquí solos podría causar un escándalo.

—¿Ahora le preocupa el escándalo... señor Mullins?

—¿Qué? ¿Señor? —Emma abrió mucho los ojos. La había descubierto—. ¿Me ha llamado *señor*? ¿Está borracho?

En dos zancadas, Hugh Barrymore se había aproximado a ella. Lo tenía tan cerca que su aliento le rozaba la mejilla.

—Así que, después de todo, no es usted más que una niña caprichosa, hija de uno de esos nobles de alcurnia que encuentra divertido disfrazarse y acudir a lugares inapropiados.

—Usted no sabe nada de mí, Barrymore.

—Ah, después de todo veo que sí me conoce.

Emma se mordió el labio. ¡Qué estúpida había sido! Se había dejado provocar por aquel engreído y había caído en su trampa. Ambos volvieron la cabeza hacia la izquierda, desde donde les llegó con nitidez el sonido de unas risas. Alguien se aproximaba y, si los pillaban allí solos, se convertirían en la sensación de la noche. Emma notó como él la sujetaba con firmeza de una mano y tiraba de ella para internarse en un grupo de setos. ¿Por qué habría hecho aquello? Un segundo antes la estaba acusando de un comportamiento impropio y ahora parecía pretender salvaguardar su reputación. Allí, semiocultos entre los setos de boj, le echó una mirada de reojo. ¡Qué elegante y atractivo estaba con aquellas ropas!

Volvió a centrar la atención en el sendero. Frente a ellos, vieron pasar a un pequeño grupo de jóvenes, tres chicas y dos chicos, que parecían divertirse mucho por cómo continuaban riéndose, aunque no pudo apreciar el contenido de la conversación que tanto los complacía. Cuando se encontraron lejos, Barrymore se volvió hacia ella.

—¿Y bien?

—¿Qué quiere de mí? ¿Dinero?

—¿Dinero? ¡Yo no quiero su maldito dinero!

—¿Entonces qué pretende?

—¿Por qué lo hace?

—¿Qué? —Emma lo contempló, atónita.

—¿Por qué se esconde bajo ese disfraz? ¿Tiene algún amante con quien se encuentra en algún lugar?

—Pero ¡por quién me toma! —Emma le propinó un bofetón, uno que logró que los ojos de Barrymore centellearan.

—No vuelva a hacer eso —siseó él.

—No vuelva a insultarme.

—No soy yo quien hace tal cosa... señor Mullins.

—Sabe perfectamente que no me llamo así.

—No me interesa conocer su verdadero nombre —le dijo—. Solo pensar que su padre, su marido o su hermano puedan ser conocidos míos me da dolor de estómago.

—Dudo mucho que haya tenido la oportunidad de conocer a ninguno de ellos —le espetó ella, orgullosa.

—Se extrañaría de la cantidad de aristócratas a los que conozco, milady —replicó él, burlón—. Y ahora dígame por qué lo hace.

—Usted no lo entendería.

—Pruébeme.

—¿Por qué quiere saberlo?

—Porque aún no he decidido si voy a delatarla.

Emma lo miró con el ceño fruncido. ¿Estaba mintiendo? Ese hombre tenía su vida en sus manos, aunque le resultaría difícil sostener una acusación de ese calibre sin pruebas. Cualquier cosa que él dijera ella podría refutarla, aunque el daño que ese tipo de información pudiera causarle sería irreversible.

—Solo quiero saber cómo es el mundo —acabó confesando.

—¿El mundo? ¡No me haga reír!

—¿Le parece divertido? —Emma se enfureció.

—¿Para usted, conocer el mundo es frecuentar clubes masculinos, tabernas y combates de boxeo? ¿Se está burlando de mí?

—En absoluto.

—Es usted una joven caprichosa que no mide las consecuencias de sus actos.

—Le repito que usted no sabe nada de mí. —Emma sentía arder sus mejillas de rabia.

—Oh, créame, sé más de lo que me gustaría.

—¿En serio? —preguntó, mordaz.

—Seguro que, después de cada noche de juerga, se levanta usted tarde por las mañanas, después de descansar adecuadamente.

—A la hora que yo me levante no...

—Sin embargo —la interrumpió—, estoy casi seguro de que su acompañante, que es con toda probabilidad uno de sus sirvientes, hace ya horas que está trabajando, sin apenas haber dormido después de que su señora lo haya tenido toda la noche de un lado para otro.

—Eh...

—¿Me equivoco? —Él se inclinó un poco hacia ella, con aquella media sonrisa de suficiencia a la que Emma no podía replicar, porque tenía toda la razón—. ¿Ha pensado en algún momento en ese muchacho o solo se preocupa por usted misma, por «conocer mundo» como asegura?

—Yo...

—Si quisiera de verdad hacer lo que dice, milady, hay otros barrios a los que debería haber dedicado su atención, tal vez con algún tipo de obra benéfica. Usted no sabe cómo es el mundo porque, a pesar de su disfraz y de sus ínfulas, no se ha alejado del que ya conoce más que unas pocas calles.

Emma sintió el escozor de las lágrimas, aunque logró mantenerlas a raya.

—Para usted es muy fácil, señor Barrymore.

—Nada es fácil para nadie.

—Pero usted es un hombre.

—Con problemas de hombres, de los que usted nada sabe.

—Pero puede hacer lo que desee. Puede salir adonde quiera, frecuentar a las personas que desee y no rendir cuentas a nadie.

—¿En serio se cree todo eso? —La miró con una ceja alzada—. No niego que los hombres poseemos más libertad que las mujeres, pero no es cierto que no debamos justificar nuestros actos. Nos debemos a nuestras familias, a nuestros negocios, a nuestra reputación y a nuestros principios.

Emma lo miró con una ceja alzada, calibrando aquella respuesta. Sí, tal vez tenía razón, aunque no pensaba dársela.

—¿Qué barrios son esos? —preguntó en cambio.

—¿Qué?

—Los que ha mencionado antes. Supongo que se referirá al East End, ¿verdad? —preguntó ella, que sabía, como todo buen londinense, que en aquella parte de la ciudad se encontraban los barrios más pobres.

—Ni se le ocurra acercarse por allí. —La apuntó con el dedo índice.

—Acaba de acusarme de ser frívola y superficial.

—Y lo mantengo, maldita sea. Pero usted y su amigo no durarían allí ni un minuto.

—¿Y usted sí? —inquirió, sarcástica.

—De acuerdo. ¿Quiere conocer esa parte del mundo? Está bien, yo la llevaré.

—No...

—No es una sugerencia, milady. Pero iremos de día.

—¿De... día?

—¿Algún problema?

—No..., ninguno —masculló.

—La espero pasado mañana a las diez en mi casa, en el 220 de Baker Street.

—Pero...

—¡Y no olvide su disfraz!

Sin darle tiempo a réplica, el señor Barrymore abandonó el refugio de los setos y se perdió por el sendero, dejando a una Emma perpleja y al borde del llanto. Había sido cruel con ella, muy cruel de hecho. Pero, por más que le pesase, tenía razón en muchas cosas. En más de las que estaba dispuesta a admitir.

Hugh no sabía por qué se había comportado de esa manera. ¿Por qué no la había desenmascarado en medio del salón de baile? Ganas no le faltaban, y era justo lo que aquella insensata se merecía. Y lo que él ansiaba hacer en cuanto la reconoció en aquel grupito. Quizá, pensó, su belleza le había nublado el sentido, porque era hermosa, una de las mujeres más hermosas que había visto jamás. Sin aquel disfraz había podido apreciar la frescura de su rostro, su perfecta forma ovalada y aquellos ojos tan verdes como la campiña inglesa y tan profundos como una sima. Quiso darle una oportunidad, eso era todo. De algún modo, reconoció, deseaba protegerla, igual que había hecho cuando sintió gente aproximándose y la llevó a esconderse junto a los setos. No había duda de que se trataba de una joven de carácter, osada y aventurera. De todas las mujeres a las que había conocido a lo largo de su vida, no se le ocurría ninguna que se hubiera atrevido a comportarse de forma semejante. Sin duda la familia de esa joven debía de estar deseando casarla para olvidarse del problema que seguro representaba.

Pese a todas las tonterías que había esgrimido para justificar sus actos, tenía que reconocer que, en parte, no le faltaba razón. Era muy cierto que los hombres disfrutaban de una serie de libertades totalmente vedadas a las mujeres, pero, por muy injusto que a él le pareciese, no estaba en su mano cambiar las reglas. Pensó en su hermana pequeña, Grace, quien, como todas las mujeres de su época, debería plegarse a las circunstancias de su nacimiento y comportarse como se esperaba de ella. Deseaba de todo corazón que fuese capaz de encontrar su propio espacio de libertad sin necesidad de recurrir a medidas tan drásticas como las de la señorita Mullins.

Lo esperaba de todo corazón.

—Estás muy seria —apuntó Lucien—. ¿No te has divertido?

—Eh, sí, no ha estado mal.

Ambos hermanos viajaban en el carruaje de los Milford, que los llevaba de regreso a la mansión familiar. Apenas habían transcurrido un par de horas desde su conversación con el señor Barrymore, al que no volvió a ver en el resto de la noche. Casi dos horas en las que su cuerpo se resistió a abandonar su estado de tensión, temiendo que reapareciera en cualquier momento y la acusara delante de todos.

—Creo que nunca te había visto bailar tanto como esta noche —comentó Lucien.

—He decidido darle una oportunidad a la temporada. —Emma sonrió con dulzura, porque no era del todo mentira. Había resuelto que intentaría divertirse un poco más y eso incluía confraternizar con los caballeros que le solicitaran un baile. No había conocido a nadie lo bastante interesante, pero solo acababa de empezar.

—Me alegro.

—Lucien, ¿de verdad piensas que soy una caprichosa y una consentida?

—Emma...

—¿De verdad lo crees?

—Reconoce que no eres una persona fácil y que tienes por costumbre salirte con la tuya —contestó su hermano—. Que te burlas de nuestras tradiciones y que crees saber más que nadie.

—Ya veo. —Emma bajó la cabeza.

—Sin embargo, todo eso te hace también sumamente especial.

Miró a Lucien, que le sonreía con afecto.

—Eres un fastidio, hermanita, pero también eres una de las mujeres más increíbles que conozco... cuando no me vuelves loco.

—Volverte loco figura entre mis pasatiempos favoritos.

—Soy consciente.

Emma no resistió la tentación, se levantó y se sentó junto a su hermano, a quien cogió de la mano. Él se la apretó con fuerza.

—¿Tú te has divertido? —le preguntó.

—No de forma especial.

—¿Echas de menos a lady Clare? —No habían vuelto a mencionar el nombre de su antigua prometida desde que ella lo había abandonado, así que pronunció aquellas palabras casi en un susurro.

—Lo cierto es que no —contestó él tras unos segundos en los que Emma pensó que no lo haría—. Me temo que no nos conocíamos tanto como para extrañarla.

—Me gustaría que algún día conocieses a la mujer apropiada para ti, Lucien.

—Lady Clare era apropiada.

—Oh, de eso nada.

Lucien volvió la cabeza y la miró con una ceja alzada.

—Era tediosa, Lucien. Pregúntale a Jane, ambas pensábamos lo mismo.

—Era discreta, que no es lo mismo.

—¡Ja! Era aburrida, y su familia también. Habrías llevado una vida de lo más insípida.

—Una vida tranquila, querrás decir.

—¿Eso es lo que quieres para el resto de tus días? ¿Una vida tranquila? ¿Sin pasión, sin alegría, sin emociones?

—¿Es eso lo que buscas tú?

—Hummm, tal vez.

—¿Por eso no quieres casarte?

—No quiero un hombre que controle mi vida, que me diga lo que debo hacer y cuándo hacerlo. Quiero viajar, tomar mis propias decisiones...

—Emma, me temo que tienes una visión equivocada del matrimonio —la interrumpió—. ¿Tú crees que Heyworth le dice a nuestra hermana lo que tiene que hacer?

—Bueno, seguro que Jane es una excepción.

—Y probablemente el marqués también lo sea —señaló Lucien—. Tal vez, en algún lugar, exista alguien así para ti.

Sin saber por qué, el rostro de Hugh Barrymore asomó al pensamiento de Emma. ¡Qué absurdo!, se dijo. Justamente él sería el hombre menos indicado del mundo para ella.

—Tal vez —mintió, y se recostó contra el hombro de su hermano, dando por zanjada la conversación.

Emma había dudado mucho durante los dos últimos días. No estaba segura de querer acudir a la cita con el señor Barrymore, y menos sola, pero tampoco encontraba ninguna razón para no hacerlo. Era muy probable que volviesen a verse en el futuro, a menos que ella abandonara totalmente sus salidas nocturnas, y quería demostrarle que estaba equivocado con ella. Por otro lado, le intrigaba conocer esos barrios a los que él se había referido. ¿No había presumido ella precisamente de querer saber más cosas sobre el mundo que la rodeaba?

Pensó en llevarse a Brett con ella, pero no encontraba el modo de conseguir que se ausentara del trabajo y tampoco deseaba que lo despidiesen por su causa. Había pensado mucho en las palabras de Barrymore —y en su cabello castaño y ondulado, y en sus ojos oscuros y brillantes—, y había recordado todas las noches en las que había salido con el criado que, tal vez en más de una ocasión, ni siquiera había tenido la oportunidad de descansar unas horas. Oh, Dios, se sentía terriblemente mal por ello. Era cierto que le pagaba una buena suma, y que era un joven sano y fuerte al que una noche en vela no afectaría demasiado, pero, aun así, se sintió mortificada. Decidió que, la próxima vez, le preguntaría a Brett si deseaba acompañarla y, si detectaba el menor rastro de duda, abandonaría sus salidas nocturnas o buscaría a un sustituto apropiado.

Tras pasar dos jornadas navegando en un mar de dudas, el día convenido se encontraba lista. Había planeado aquella salida al detalle. A su familia le había dicho que pasaría el día con su amiga Amelia, lo que no sorprendió ni a Lucien ni a su padre, y salió de la casa ataviada con su vestido más sencillo y con una pequeña bolsa de viaje en la que introdujo su disfraz. Si alguien le preguntaba, se dijo, diría que le llevaba algunos libros y un par de chales para la fiesta en casa de los Gleenwood. Era arriesgado, pero comprendió que era imposible salir de la mansión Milford durante el día vestida de hombre, ni siquiera por la puerta trasera del jardín, donde algún criado podía descubrirla.

Hizo que el carruaje de los Milford la llevara a casa de su amiga y, una vez allí, simuló buscar algo en el interior de la bolsa, al tiempo que ordenaba al cochero que se marchase y le aseguraba que el de Amelia se ocuparía de llevarla de regreso por la tarde. Cuando el vehículo dobló la esquina, se alejó de la fachada y echó un rápido vistazo a las ventanas del piso inferior. No sabía si Amelia se encontraba en casa, aunque tenía preparada una excusa por si casualmente la descubría por allí.

Avanzó con cierta premura hasta la siguiente intersección y paró a un coche de punto, a cuyo conductor entregó las señas de Barrymore. El corazón le latía tan fuerte que pensó que le iba a saltar del pecho.

«Estoy loca», se dijo, no por primera vez en las últimas horas. Se llevó los dedos a la frente y se la masajeó con fuerza. Estuvo tentada, al menos un par de veces, de cambiar de opinión y regresar a su casa. Que Barrymore pensara lo que quisiera de ella. Solo que Emma quería de verdad conocer aquella parte de la ciudad que parecía no existir para todos los que vivían en barrios como el suyo.

Con las manos cerradas con fuerza en torno al asa de su pequeña bolsa de viaje, se mantuvo con la espalda recta hasta que alcanzaron su destino. Antes de bajar del vehículo observó el edificio. Se trataba de una construcción de estilo neoclásico en ladrillo rojo y piedra, adornado con varias columnas dobles y con dos hileras de ventanales triples. Alzó la vista y contempló los dos frontones de forma triangular que adornaban las dos esquinas del edificio, aunque no pudo distinguir los relieves que los adornaban. El conductor le abrió la puerta y la ayudó a bajar y, durante un segundo, estuvo de nuevo tentada de olvidarlo todo, de volver a subir al carruaje e indicarle las señas de su casa en Mayfair.

Pero no lo hizo.

Abonó el importe del trayecto, se alisó la falda y se quedó allí, inmóvil. Ni siquiera miró a su alrededor, temerosa de encontrarse con alguien conocido. Marylebone no era Mayfair, St. James o Belgravia, pero allí vivían muchas buenas familias. Y en aquel barrio vivía también su tía, lady Ophelia Drummond.

Inclinó la cabeza, cubierta por un sombrero lo bastante grande como para ocultar parte de su rostro, y cruzó los escasos metros que la separaban de la puerta. Una vez que accionó el llamador, supo que ya no había vuelta atrás.

8

Hugh había albergado serias dudas acerca de la señorita Mullins, como había decidido llamarla por el momento. Estaba convencido de que no acudiría a la cita y, cuando su mayordomo le informó de que tenía una visita, no pudo disimular un gesto de sorpresa.

Abandonó el despacho y se dirigió a la salita situada a la izquierda de la entrada, y allí estaba ella, ataviada con una sencillez que no lograba ocultar su belleza.

—Habíamos acordado que vendría disfrazada —le dijo, más hosco de lo que pretendía.

—No... no podía salir de mi casa vestida de hombre.

—Comprendo, pero no voy a llevarla así vestida. Será mejor que...

—He traído mis cosas. —La joven alzó una pequeña bolsa de viaje en la que Hugh no había reparado—. Puedo cambiarme ahora mismo.

Hugh tragó saliva. Imaginarse a aquella beldad desnudándose a pocos metros de él logró acelerarle el pulso.

—¿Qué necesita? —logró preguntarle.

—Una habitación con un espejo.

Él asintió y le ordenó que lo siguiera. Cruzaron el recibidor y comenzaron a ascender por la escalera en dirección al piso su-

89

perior. Con el rabillo del ojo vio que ella lo observaba todo con interés y Hugh trató de imaginarse qué impresión le causaría su casa. Él ya se había acostumbrado a ella, pero intentó contemplarla con nuevos ojos. La madera pulida de los suelos y las gruesas alfombras, los paneles que decoraban las paredes y los escasos pero valiosos adornos que las embellecían, el pasamanos de cedro y latón y los amplios ventanales que llenaban de luz todos los rincones. Sí, no había duda de que era un lugar bello y elegante.

La condujo hacia una de las habitaciones de invitados y la dejó sola unos minutos. Acto seguido se fue a su propia alcoba, a solo dos puertas de distancia, y se cambió de ropa. Cuando regresó, ella aún no había salido. ¿Necesitaría ayuda? No había pensado en ofrecerle a alguna de las criadas de la casa para que hiciera de doncella. Consideró picar a la puerta y hacerlo en ese momento, pero entonces esta se abrió y el señor Evan Mullins apareció en el umbral. La miró un instante.

—¿Se ha pintado con una escoba? —preguntó, mordaz. La capa de maquillaje que se había puesto cubría su rostro solo a medias, y una de las cejas era más gruesa que la otra. El bigote estaba ligeramente torcido, igual que la peluca.

—Creo —carraspeó y se llevó una mano al rostro—. Creo que estoy un poco nerviosa.

—¿Ese es el traje que ha traído? —La miró de arriba abajo.

—Eh, sí, solo tengo dos, y el otro es demasiado elegante. No lo consideré apropiado.

—Ya, pues este tampoco lo es.

—¿No? ¿Por qué no? —Se contempló a sí misma y luego lo miró a él, que había cambiado sus elegantes pantalones por unos de lanilla y su camisa de seda por una mucho más basta. Un chaleco y una chaqueta de paño completaban su atuendo—. Entiendo.

—Si va así vestida llamará la atención de todo el mundo. —La miró a los ojos y estuvo a punto de cancelar aquel plan absurdo. Sin embargo, fueron otras las palabras que salieron de su boca—. Creo que guardo algunas prendas de cuando era joven. Aguarde aquí unos minutos.

Mientras regresaba a su habitación, Hugh no pudo evitar sonreír. Se estaba divirtiendo, divirtiendo de verdad, y aquello no había hecho más que comenzar.

Emma regresó al interior del cuarto en cuanto el señor Barrymore desapareció por el pasillo. Se contempló en el espejo y se dio cuenta de que había hecho un trabajo espantoso con su maquillaje. Pero es que le temblaba tanto el pulso que no había sido capaz de hacerlo mejor. Trató de arreglarlo y rellenó un poco más la ceja derecha, hasta que se dio cuenta de que se había excedido y que ahora era la otra la que parecía más delgada. Se centró entonces en la izquierda y pasó el lápiz negro por la parte superior hasta que logró igualarla aunque, cuando se alejó un poco del espejo, comprobó que de nuevo se había sobrepasado. Soltó un bufido y contempló los productos alineados sobre el tocador, que eran los que usaban los actores para sus representaciones. Respiró hondo un par de veces y volvió a intentarlo.

—¿Tiene intención de unir las cejas con la peluca? —La voz del señor Barrymore la sobresaltó y provocó que el lápiz se le escapara y trazara una gruesa línea que cruzaba la sien derecha—. ¡Se está pintando toda la frente!

Cuando se volvió hacia él descubrió, mortificada, que se estaba riendo de ella.

—Ya le he dicho que estoy nerviosa.

—¿Salir de día le causa mayor desazón que hacerlo de noche?

—Cuando salgo de noche sé adónde voy y conozco bien a quien me acompaña.

—Puede marcharse si lo desea. No la estoy obligando a hacer nada que no quiera.

—Lo sé. —Emma resopló.

—Será mejor que vuelva a comenzar. Y póngase esto. —Miró su rostro con atención y ella resistió la tentación de bajar la cabeza—. Pediré que le suban agua para que pueda lavarse.

Le tendió algunas prendas que cogió sin mirarlas siquiera y lo vio desaparecer de nuevo. Esperó el agua y luego se embadurnó de jabón y de crema, hasta que no quedó ni rastro de maquillaje. Y volvió a empezar. El ritual había logrado calmar sus nervios y logró un resultado más que aceptable. Luego tomó las ropas, que había dejado sobre el respaldo de una silla. Eran sencillas, pero de buena tela y excelente confección, aunque le quedaban un poco grandes. Incluso así, eran mucho más apropiadas que las que ella había traído. Cuando estuvo lista, salió al pasillo.

El señor Barrymore estaba apoyado sobre la barandilla y se incorporó para observarla con detenimiento.

—Le aconsejo que no se le ocurra utilizar su disfraz para salir durante el día —le dijo.

—¿Qué?

—Ninguno de los lugares que frecuenta por las noches dispone de una luz muy intensa —le explicó—, pero no pasaría la prueba si acudiera a un acto diurno.

—Supongo que no —reconoció, aunque tampoco se le habría ocurrido nunca hacer algo semejante—. ¿Alguien se dará cuenta?

—Tal vez no sospechen que es una mujer, pero es probable que se pregunten por qué diablos lleva toda la cara pintarrajeada.

—Oh, por Dios.

Barrymore soltó una risotada.

—No se preocupe, es poco probable que nadie la mire tan de cerca como yo. Y una buena gorra hará el resto, yo le prestaré una.

—¿No me vendrá grande?

—Mejor.

Emma se mordió el labio, indecisa, y asintió.

—Por cierto, ¿sabe usar una pistola? —preguntó Barrymore, que comenzó a caminar en dirección a la escalera.

—¡¿Qué?! —Emma se quedó paralizada en mitad del pasillo.

—Imagino que eso es un no. —Barrymore comenzó a bajar—. ¿Viene?

—¿Una... pistola? ¿Para qué diantres necesitamos un arma?

—Seguramente para nada... pero me sentiré más seguro si llevamos un par de ellas.

Barrymore continuó descendiendo, pero Emma era incapaz de moverse del sitio. ¿En qué descabellado plan se estaba metiendo?

Hugh tenía que aguantarse la risa. Su intención no era llevar a la señorita Mullins a ningún lugar potencialmente peligroso y, aunque él nunca visitaba el East End sin llevar protección, ella no tenía por qué saberlo. Sin embargo, estaba descubriendo que le divertía provocarla y observar su desconcierto. Y tenía que admirar su entereza porque, pese a todo, no se había amilanado. Al menos aún no.

Su plan consistía en viajar en carruaje hasta la Torre de Londres y luego continuar a pie por los barrios de St. George in the East, Shadwell y, tal vez, Ratcliffe, todos junto al Támesis. No pretendía llevarla hacia el interior, hacia Whitechapel o Spitalfields. Para lo que pretendía, los distritos portuarios serían suficiente. Y lo que pretendía era que esa joven cabeza hueca entendiera que el «mundo real» comprendía escenarios mucho menos elegantes y sofisticados que los que ella visitaba en sus salidas nocturnas. Tal vez necesitaba una cura de humildad para comprender que su modo de comportarse no era más que un capricho.

Hugh había alquilado un coche de punto para su salida y la señorita Mullins y él se instalaron en el interior. La vio acomodarse con cierta timidez y no le dirigió la mirada en todo el tiempo que duró el trayecto, mientras las grandes mansiones de los barrios adinerados daban paso a viviendas más modestas.

—A partir de aquí continuaremos a pie —le dijo cuando el carruaje se detuvo, más allá de la Torre.

—¿Cree que es prudente? —Vio como echaba un vistazo alrededor. Aún se encontraban en una zona buena, con edificios sólidos y calles bastante limpias.

—¿Tenía intención de recorrer estos barrios en carruaje?

—¿No sería apropiado?

—El coche no cabría por alguna de esas calles, milady, y llamaríamos demasiado la atención.

—Claro. Veo que ha pensado en todo.

—En todo lo que se me ha ocurrido.

—¿Cómo es que conoce usted esta zona? —Hugh había pagado al cochero y ambos comenzaron a caminar por la calle, ella con aquella disimulada cojera.

—Mi familia se dedica a multitud de negocios, y he tenido que acudir a los muelles en más de una ocasión.

No dio más explicaciones y ella no se las pidió. A medida que avanzaban, el paisaje a su alrededor se fue transformando. Muchas de aquellas barriadas se habían ido construyendo sobre la marcha, a medida que la ciudad crecía sin control. Los edificios de piedra y ladrillo se alternaban con otros de madera, de aspecto endeble, apoyados los unos contra los otros y con dos o tres pisos de altura. Los transeúntes vestían ropas sencillas y bastas, y algunos niños jugaban en la calle descalzos. Cerdos y vacas ocupaban los corrales situados junto a las casas. Las calles, estrechas y oscuras, no poseían ningún tipo de drenaje y los desperdicios se acumulaban en las esquinas. La visión fue empeorando a medida que se internaban en el East End.

—Oh, Dios, ¿a qué huele? —La señorita Mullins se cubrió la boca y la nariz con una de sus manos enguantadas.

—Por aquí hay muchas industrias textiles, mataderos, hornos de cal... y un sinfín de negocios que desprenden un tufo que impregna toda la zona.

—Jamás había olido nada tan nauseabundo.

—Creo que los tejedores utilizan orines en sus talleres.

—No habla en serio. —Lo miró, casi espantada.

—Eso es lo que he oído. —Hugh se encogió de hombros—. El viento acostumbra a soplar de oeste a este, así es que son muy raras las ocasiones en que estos olores llegan al West End.

De vez en cuando, se encontraban con alguna plaza o con alguna iglesia, y con calles en mejor estado, pero la sensación dominante era la de hacinamiento y suciedad. En Shadwell vivían los marineros y comerciantes de todo tipo, desde cordeleros a carboneros o toneleros, y el trajín era continuo y constante. A menudo tenían que pegarse a las mugrientas paredes para dejar paso a alguna carreta que transportaba mercancías desde los muelles o hacia ellos.

Hugh, de tanto en tanto, le echaba un vistazo. Incluso bajo aquella capa de maquillaje, podía apreciar la palidez de su rostro. Caminaba con la cabeza gacha y apenas levantaba la vista de sus pies, como si temiera enfrentarse a los ojos de las personas con las que se cruzaban. Un grupo ruidoso de mujeres les lanzaron una serie de piropos y los invitaron a adentrarse en una de las muchas tabernas que había por la zona.

—Creo que ya hemos tenido suficiente por hoy, ¿no le parece? —le preguntó Hugh una vez que se hubieron alejado de ellas.

—Eh, sí, como usted desee.

—Si quiere continuar...

—No, no, me parece que ya hemos caminado bastante.

Hugh se tragó la sonrisa que estaba por aflorarle a la cara. No habían visto demasiado, aunque sí lo suficiente como para que ella fuese capaz de comprender cómo era una parte del mundo en el que vivía. No es que los Barrymore la frecuentasen tampoco muy a menudo, pero al menos conocían su existencia y dedicaban una parte de sus ganancias a los menos favorecidos. Un hospital, dos escuelas y un orfanato funcionaban en ese momento en el East End con los fondos de su familia.

Iniciaron el camino de regreso cuando se tropezaron con un par de borrachos, o al menos con dos hombres que aparentaban estarlo. Uno de ellos fingió tropezarse con Hugh, que de forma instintiva se había colocado delante de la joven. Pudo notar como los ágiles dedos del hombre trataban de hurgar en sus bolsillos. Le dio un empellón que estuvo a punto de derribarlo y el otro acudió a sujetar a su compañero. Hugh se llevó la mano al cinto y rodeó con fuerza la culata de su pistola. Aquel era un gesto que los rufianes conocían bien, así que se alejaron con premura.

—¿Qué sucede? —La muchacha no se había percatado de nada.

—Un par de borrachos, nada más —contestó él. No sabía por qué le había mentido, quizá porque la veía desbordada por la situación y no quiso añadir más leña al fuego.

Hugh avivó el paso y la joven le siguió el ritmo sin rechistar. Estaba deseando salir de allí. En cuanto tuvo oportunidad, paró un carruaje y le dio las señas de su casa. La señorita Mullins se dejó caer sobre el mullido asiento con un resoplido.

—Ahora ya sabe lo que hay al otro lado del muro, señorita Mullins.

—¿Muro? —Ella alzó aquellas ridículas cejas pintadas—. ¿Qué muro?

—El que separa su pequeño mundo del resto.

—Ya.

—Solo le he mostrado una pequeña parte, y desde luego no la más sórdida.

—Aquellas mujeres...

—Prostitutas.

—Lo había imaginado.

La joven desvió la vista y pareció concentrarse en el paisaje que se desplegaba más allá de la ventana, donde las calles y los edificios volvían a serle familiares.

—No le he agradecido que... —comenzó a decir pasados unos minutos.

—No es necesario —la interrumpió él.

Hugh siempre se había sentido incómodo ante las muestras de agradecimiento de los demás y, en este caso, tenía la sensación de que, más que agradecida, aquella joven debería estar furiosa con él por haberla llevado a aquel lugar. Pensó en los dos supuestos borrachos con los que se habían cruzado. ¿Y si no hubiera sido capaz de disuadirlos? Que les hubiesen robado habría sido la menor de sus preocupaciones. ¿Y si se hubiese producido algún altercado? ¿Alguno en el que ella hubiera resultado herida? Solo de imaginarlo, un escalofrío le recorría la espina dorsal. Estaba deseando llegar a su casa y olvidarse de aquella aventura para siempre.

9

Emma estaba tan agitada que le temblaba hasta el pulso. La visita al East End había superado con creces sus expectativas. Todo le había resultado tan vívido, tan real y tan intenso que no conseguía apaciguarse. La sensación de peligro no la había abandonado en toda la mañana, aunque reconoció que la presencia de Barrymore fue tranquilizadora. Y saber que llevaba una o dos pistolas encima fue garantía más que suficiente.

Hugh Barrymore era un hombre enigmático. Aún no se explicaba por qué se había prestado a llevarla a aquel lugar ni por qué parecía realmente interesado en lo que ella tuviera que decirle. Y era atractivo, demasiado atractivo para su salud mental. Emma se había pasado la mañana mirándolo de soslayo, observando su mentón cuadrado, sus labios finos pero bien delineados, sus ojos oscuros y vivaces, y aquella masculinidad que parecía succionarla.

Una vez de vuelta en Baker Street, Emma se quitó aquellas ropas y se puso la camisola. No había llevado el corsé, lo que facilitaría mucho vestirse sola. Se sentó frente al tocador y se limpió la cara a conciencia, repasando mentalmente todos los minutos que acababa de vivir, hasta que perdió la noción del tiempo. Ni siquiera escuchó cuando llamaron a la puerta, y se sobresaltó cuando esta se abrió de repente y Barrymore apareció en el umbral.

—Oh, lo siento —se disculpó él, sin duda cohibido al hallarla en ropa interior—. No... no contestaba a mi llamada y temí que le hubiera ocurrido algo.

—¿Algo como qué? ¿Desmayarme tal vez? —Para su propia sorpresa, no se movió de lugar para cubrirse.

—No lo sé, quizá.

—Me toma usted por una de esas jóvenes damas que se desvanecen ante cualquier emoción.

—Será mejor que la deje sola.

—¿Ya se marcha?

Emma se sentía atrevida, más atrevida de lo que se había sentido jamás. Estaba en ropa interior en presencia de un hombre, en una habitación que no era la suya, y no le importaba.

—Solo había venido a preguntarle si desea comer algo antes de regresar. Se ha hecho muy tarde —dijo él, que evitó mirarla de forma directa.

—Señor Barrymore, ¿está usted comprometido?

—¿Qué?

—Ya me ha oído.

—Creo que eso no es asunto de su incumbencia.

—Imagino que eso es un no —replicó ella, burlona.

Se levantó y se acercó a él con cautela. Entonces sí que la miró a los ojos, y lo que Emma vio en ellos desató una tormenta en su interior. Llevaba días imaginando cómo sería besar a un hombre y qué sensaciones experimentaría al hacerlo. Que hubiera decidido permanecer soltera no implicaba que fuese a renunciar a los placeres de la carne. Hasta el momento solo había besado a Phoebe y, desde entonces, no había conocido a nadie que la atrajera lo suficiente como para volver a dar ese paso, hasta que Hugh Barrymore se había cruzado en su camino. Si existía alguien sobre la faz de la tierra con quien deseara experimentar algo de eso, sin duda se trataba de él.

—¿No va a besarme? —le susurró, tan cerca de él que sentía su aliento entrecortado acariciando su pómulo.

—¿Quiere que lo haga?

—Si no es evidente es que he debido de hacer algo muy mal. —Emma compuso una sonrisa que pretendía mostrar una seguridad que estaba muy lejos de sentir.

Barrymore la miró, y en aquellos ojos oscuros ella vio un destello de deseo tan auténtico que se le secó la boca.

—No voy a besarla hasta que me diga su nombre de pila.

Lo dijo mientras las yemas de sus dedos recorrían su brazo. Emma sintió toda la piel erizarse con su contacto.

—Phoebe —musitó—. Me llamo Phoebe.

Él no necesitó saber nada más, porque la cogió de la nuca con una mano y la acercó a él. El primer contacto fue duro e impactante, hasta que comenzó a mover sus labios sobre los de ella. De forma instintiva, Emma entreabrió los suyos y él invadió su boca. Oh, Dios, aquello superaba todo lo que hubiera podido llegar a imaginar. La rodeó por la cintura con uno de sus fuertes brazos y ella sintió aquel cuerpo rígido y firme tan pegado al suyo que temió traspasase la fina tela de su camisola. Emma alzó los brazos y los cruzó detrás de su cuello, mientras él jugaba a ser Dios con su boca y ella se derretía de puro gozo.

Cuanto más profundizaba Barrymore el beso, más gemidos escapaban de las gargantas de ambos. Emma echó un poco la cabeza hacia atrás, buscando ese aire que le faltaba, y él siguió besando su cuello y su mentón. Se anudó más al tórax masculino, si es que aquello era posible, porque le había nacido una necesidad en el bajo vientre que necesitaba saciar de inmediato. La mano de él se cerró en torno a una de sus nalgas, y la apretó contra su entrepierna, donde palpitaba su masculinidad.

—Phoebe —susurró él—, me estás matando.

Emma se arrepintió en ese instante de haberle dado un nombre falso, y precisamente el de su amiga, pero había sido el primero que le había venido a la mente. De haberse detenido a pensarlo, él habría sabido que mentía. Sin embargo, oírle pronunciarlo de ese modo, con esa pasión apenas contenida, tuvo dos efectos contrarios. Por un lado, casi se pudo imaginar a sí misma pronunciando esas mismas palabras un par de años atrás. Por el otro, era como interpretar otro papel, jugar a ser alguien que no era en realidad, igual que hacía por las noches bajo el nombre de Evan Mullins. Como si de ese modo se mantuviera a salvo.

Regresó a su boca y enredó sus dedos en el cabello masculino, suave y abundante. Barrymore acariciaba su costado y sintió que una de sus manos se cerraba en torno a su seno izquierdo, una sensación tan cálida y placentera que las piernas le temblaron. Cuando dos de sus dedos pellizcaron el pezón, duro y enhiesto, creyó que, después de todo, sí que iba a desmayarse.

Hugh no sabía lo que estaba haciendo. Bueno, en realidad lo sabía a la perfección, solo que no tenía muy claro que aquello estuviese bien. ¿Quién era en realidad aquella mujer? ¿Qué murallas estaba derribando y cómo podría recomponerlas después? Parecía tan resuelta y tan segura de sí misma que intuyó que aquella no era su primera vez. ¿Con cuántos hombres habría estado? ¿Tendría un amante fijo? Recordó su conversación en el jardín y como ella le había abofeteado tras sugerir la idea de que pudiera tener una aventura, pero sin duda en aquel momento estaba interpretando un papel.

Le dio tiempo a pensar en todas esas cosas en los primeros compases de aquel beso despiadado. Luego ya no fue capaz de centrarse en otra cosa que no fuese en ese cuerpo que le pedía, que le exigía, una entrega absoluta.

Al abrir la puerta no esperaba encontrarse a la joven en ropa interior, ensimismada, bañada por la luz del sol que se colaba por la ventana. Su primera intención había sido cerrar y desaparecer. No contaba con que ella tuviera otros planes, planes que él había imaginado en más de una ocasión desde que la conocía.

Su cuerpo tibio se frotaba contra el de él de un modo que le iba a volar la cabeza. A Hugh le faltaban manos para abarcarla y labios para besar todos sus rincones. Se entregaba con una pasión solo igualable a la suya. Y ninguno de los dos parecía dispuesto a detenerse, al menos eso pensaba hasta que notó como ella colocaba una mano sobre su pecho para tomar algo de distancia.

—Creo... —La oyó carraspear, con la frente apoyada en su barbilla—. Creo que es suficiente por hoy, señor Barrymore.

Hugh se mordió el labio, incapaz de moverse del sitio. Cerró los ojos con fuerza y trató de serenarse.

—Por supuesto —masculló.

Se alejó un paso y sus manos, inertes de repente, abandonaron aquella piel para caer a sus costados. Le dedicó una breve mirada. Vio sus ojos verdes centelleantes, como un prado en primavera, las mejillas sonrosadas y los labios hinchados y húmedos. Tuvo que hacer acopio de toda su fuerza de voluntad para no abalanzarse de nuevo sobre ella.

—Será mejor que se vista —logró balbucear.

—¿Sería tan amable de pedirme un coche? —preguntó ella, con un candor que desmentía lo que acababa de ocurrir entre ellos.

—¿No desea quedarse a comer?

—Me temo que no sería prudente —le sonrió con cierta picardía—. Tengo la sensación de que acabaría convirtiéndome en el postre.

—Probablemente. —Hugh le devolvió la sonrisa.

—En otra ocasión, quizá.

Hugh inclinó la cabeza y abandonó la estancia, con la sangre bombeándole en las sienes y en la entrepierna. Se tomó unos segundos para normalizar su respiración y luego, con paso ligero, bajó las escaleras.

> *Querida lady Emma:*
>
> *Un paseo por los jardines es sin duda una excelente oportunidad para pasar un poco de tiempo a solas con un caballero, aunque no debe olvidar que siempre es mejor contar con alguien de confianza capaz de salvaguardar su reputación. Una amiga, a poder ser, que pueda caminar a cierta distancia para que disfrute usted de la ocasión de conocer mejor a su posible pretendiente. Salir sola al jardín y regresar de él con las mejillas ruborizadas puede dar lugar a malentendidos muy difíciles de aclarar.*
>
> *Algunos hombres, querida, acostumbran a interpretar con ligereza el interés de una mujer e incluso pueden intentar aprovecharse de su ingenuidad. Es usted una joven inteligente y sin duda sabrá apreciar qué caballeros son los más idóneos para usted. No tema concederle algunos minutos a aquel que considere apropiado, ni huya tampoco del contacto. Atrévase a tomarle de la mano y no tenga miedo de mirarlo directamente a los ojos. Dicen que ellos son el espejo del alma y debe tratar de averiguar si lo que reflejan se parece a lo que habita en su propio interior, pues solo así será capaz de dilucidar si se encuentra frente a alguien especial.*
>
> *Su cuerpo, lady Emma, es su propio templo, y es usted quien debe decidir cuánto y cómo abrir sus puertas. Aprenda a conocerlo, aprenda a descubrir qué cosas le gustan y cuáles le provocan rechazo. Solo así podrá averiguar el alcance de su pasión y si existe sobre la faz de la tierra alguien capaz de saciarla.*
>
> *Suya afectuosa,*
>
> *LADY MINERVA*

Emma dejó la carta sobre la cama y se contempló en el espejo. Observó su rostro ovalado, las guedejas de su cabello castaño y aquellos ojos verdes que había heredado de su madre. Contempló su boca de labios llenos y recordó el beso que Barrymore le había dado solo veinticuatro horas antes. Un beso que no se parecía en nada a los que, años atrás, había compartido con Phoebe. Este había estado lleno de una pasión desconocida y arrolladora que no cesaba de reproducirse en su cabeza.

La carta de aquella mujer que había decidido escribirle hacía alusión a su salida al jardín, la noche en la que se había encontrado precisamente con el banquero. No mencionaba nada más, así es que no había sido descubierta, pero era evidente que alguien había estado pendiente de ella. Eso la hizo sentirse incómoda y, al mismo tiempo, enfadada. ¿Por qué aquella desconocida había decidido inmiscuirse en su vida? Ella no necesitaba de los consejos de nadie, aunque debía reconocer que algunos le habían resultado útiles. Aquella extraña correspondencia le provocaba sentimientos encontrados, como en ese momento. Estaba furiosa por haber sido observada sin permiso y, al mismo tiempo, estaba deseando hacer algo que se mencionaba en la carta.

Finalmente, fue hasta la puerta de su cuarto, cerró con llave y regresó frente al espejo. Allí, con deliberada lentitud, se fue despojando de todas las prendas de ropa, hasta que se quedó en camisola, justo como el día anterior.

«Oh, Dios —pensó, al darse cuenta de que la tela semitransparente dejaba entrever los contornos de su cuerpo—. ¡El señor Barrymore me ha visto así!».

Se llevó las manos a la cara, que notaba arder en ese momento. ¿Cómo había podido ser tan desvergonzada? ¿Y qué habría pensado él de ella?

«Te ha visto vestida de hombre —se dijo—. Su opinión no puede ser mucho peor».

Emma se llevó una mano al seno izquierdo y trató de reproducir la caricia de Barrymore pellizcando su pezón, que respondió con entusiasmo y que le provocó un pequeño espasmo. No era lo mismo, pero se le parecía mucho. Con parsimonia, dejó caer la camisola al suelo y luego las calzas, y se contempló. Observó sus piernas largas y esbeltas, la suave ondulación de las caderas y la depresión de su cintura. Miró aquella mata de pelo castaño en su entrepierna y pasó los dedos por ella, sin atreverse a ir más allá. Luego, sus manos fueron ascendiendo por su tórax hasta rodear de nuevo sus pechos, pequeños pero firmes. El mismo calor que había sentido bajo los labios de Barrymore comenzó a ascender desde su vientre y deseó con todas sus fuerzas que él se encontrase allí. Imaginó sus manos grandes y algo ásperas recorriendo su piel igual que hacía ella en ese instante, desvelando sus misterios y arrancándole un gemido tras otro.

Su ensoñación se interrumpió cuando vio que alguien trataba de entrar en su cuarto.

—¿Lady Emma? —oyó una voz al otro lado. Era Maud, su doncella—. ¿Ha cerrado la puerta?

Emma se agachó y comenzó a vestirse con celeridad. «Maldita sea —masculló—. En esta casa no se puede tener ni un poco de intimidad».

—Un momento —gritó, mientras se echaba un chal sobre los hombros. Le diría a Maud que se había desvestido para ponerse el camisón, y eso fue lo que hizo en cuanto abrió y la tuvo frente a ella.

—¿A las seis de la tarde? —La mujer, que debía de rondar los cuarenta años, la miró con suspicacia—. ¿Está enferma?

—¿Solo son las seis? —No había caído en la hora. Debería de haberle dicho que estaba cambiándose para la cena.

—Seguro que se ha pasado la tarde leyendo y ha perdido la noción del tiempo —la acusó sin acritud, haciendo el papel de madre que tan bien se le había dado interpretar en los últimos años.

—Hummm, sí.

—¿Recuerda que esta noche vienen lady Jane y su esposo a cenar?

—Ahora es lady Heyworth, Maud.

—Para mí siempre será lady Jane. Igual que usted siempre será lady Emma.

—¿Aunque me casara con el rey? —bromeó ella.

—Aunque se casara con un emperador —aseguró la mujer.

Emma sonrió y se dejó caer sobre la cama. Se dio cuenta de que se había sentado sobre la última carta de lady Minerva, así que se levantó, la plegó con cuidado y la guardó en uno de los cajones de su tocador, con las otras que había recibido. No necesitó hacerlo con disimulo. Maud jamás leería su correo, o al menos eso le gustaba pensar. En el caso de que lo hiciera, se iba a llevar una buena sorpresa.

—¿He dicho algo divertido? —La doncella había salido del vestidor con una serie de prendas entre los brazos y la miraba sonreír.

—Eh, es solo que... recordaba algo.

—¿De lo que ha leído?

—No, no, algo que me contó una amiga —contestó Emma, que reaccionó a tiempo. No sería la primera vez que Maud le pedía que le contara detalles sobre sus lecturas.

—¿Le parece bien el vestido color melocotón para la cena de esta noche? —preguntó la mujer, que decidió no insistir.

—Sí, es perfecto.

—Será mejor que empiece a cambiarse, niña. Su hermana no tardará en llegar.

Emma asintió y dejó el chal sobre la cama para que la doncella la ayudase a ponerse el corsé.

No se atrevió a volver a mirarse en el espejo.

Evangeline, ahora vizcondesa Malbury, era la mejor amiga de Jane, desde que eran niñas. Y, en los últimos años, también se había convertido en una persona importante en la vida de Emma, en cuya presencia no sentía la necesidad de disimular ni sus pensamientos ni su estado de ánimo. Esa tarde, las tres jóvenes se encontraban en el salón de la mansión Heyworth, tomando el té y charlando animadamente.

—¿Qué tal va la temporada, Emma? —le preguntó Evangeline, retocándose sus rizos castaños.

—Bien, supongo.

—Si lo dices con algo más de entusiasmo, tal vez consiga creérmelo.

—Es más o menos como imaginaba.

—Es decir...

—Emma cree que la temporada es una pérdida de tiempo —apuntó Jane.

—Tal vez eso sea exagerar —se defendió su hermana.

—Es cierto que no siempre resultaba divertido —reconoció Evangeline—. Y yo lo sé bien. Viví dos de ellas.

—Pero también era excitante, Evie.

—Oh, en tu caso no lo dudo. —Evangeline finalizó su frase con una risita cómplice y luego se volvió hacia Emma—. Intenta disfrutar cuanto te sea posible. Y fíjate bien en los pies de los caballeros.

—¿En los pies? —Fue Jane quien preguntó, adelantándose a su hermana.

—He oído decir —Evangeline bajó el tono de voz— que el tamaño del pie de un hombre guarda relación con el tamaño de..., en fin..., ya sabéis.

—¿Dónde has escuchado semejante patraña? —le reprochó Jane.

—No lo recuerdo —disimuló su amiga—, pero parece que está probado científicamente.

—Eso es absurdo —insistió la mayor de las Milford—, y seguro que la ciencia lo desmentirá.

—¿Absurdo? —Evangeline la miró con fijeza—. Según creo recordar, los pies de Blake son bastante grandes.

—¡Evie!

—Y parece que, en este caso al menos, la hipótesis ha quedado demostrada.

Emma estaba perpleja. No tenía ni idea de que su hermana compartiera información tan íntima con su mejor amiga y, a juzgar por cómo se habían ruborizado sus mejillas, sin duda hubiera preferido que ella no lo descubriera.

—No le hagas caso, Emma —le dijo Jane—. Evie siempre está bromeando.

—Cierto, no me hagas caso. —Evangeline le guiñó un ojo—. Pero, por si acaso, tú fíjate en sus pies. Y en sus manos, también dicen que...

—¡¡¡Evie!!!

Emma no pudo evitar reírse. Jane parecía al borde del colapso y Evangeline insistía en sus comentarios, totalmente inapropiados en presencia de una joven soltera. De hecho, Emma estaba convencida de que aquel tipo de conversaciones también estarían vedadas para las casadas, solo que tenía la sensación de que aquellas dos mujeres no se parecían en nada al resto de las damas de su entorno.

Al final, como no podía ser de otra manera, las tres acabaron riéndose a carcajadas y, cuando su cuñado Blake apareció un rato más tarde, las tres sin excepción dirigieron la vista hacia sus lustrosas botas. Con tanta intensidad, que el marqués de Heyworth acabó mirándose también los pies y luego, aún confundido, a aquellas tres mujeres que no podían parar de reír.

Hyde Park siempre era un buen lugar para pasear, o al menos a Emma siempre se lo había parecido. Ahora que era una debutante, esa sensación placentera que había asociado al parque se desvanecía al sentir sobre ella las miradas de demasiadas personas. Las de varios caballeros, tal vez interesados en su persona, y las de otras jóvenes y sus madres, algunas mucho menos amables.

Hacía una tarde tan agradable que Emma se negó a que aquel escrutinio la arruinase. Caminaba del brazo de Jane, ambas escoltadas por Lucien y Blake, su cuñado, y su hermana le estaba contando que la pequeña Nora Clementine ya pronunciaba algunas sílabas.

—Creo que ese joven viene hacia nosotras —le susurró Jane.

Emma siguió la dirección de su mirada y vio al vizconde Washburn acercándose hasta ellos. Las saludó con una inclinación de cabeza antes de intercambiar un par de frases formales con Lucien y Blake. Luego se colocó a su lado.

—¿Me permite que la acompañe durante el paseo, lady Emma? —preguntó con amabilidad, y Emma echó un rápido vistazo a Lucien, aguardando su aprobación.

—Por supuesto, milord.

111

A Emma le resultaba denigrante tener que esperar permiso para consentir que alguien caminase a su lado, en un parque público, además, pero así eran las cosas. Una compañía inapropiada podía arruinar la reputación de una joven y, aunque entendía la prudencia de quienes velaban por ella, la ofendía que la sociedad no considerase a una mujer lo bastante apta como para tomar esa decisión por sí misma.

—Hace una preciosa tarde, ¿no le parece? —comentó el vizconde.

—Sí, desde luego. —Emma caminaba a su lado y, sin poder evitarlo, echó un rápido vistazo a sus pies, calzados con unas exquisitas botas. Desde la conversación que habían mantenido en casa de su hermana, no podía evitar fijarse primero en las extremidades inferiores y luego en las superiores de todos los hombres con los que se cruzaba. Washburn no parecía muy dotado en ninguna de las dos.

—No he tenido la fortuna de verla por aquí a menudo —señaló el joven en ese momento.

—¿Viene usted a diario?

—Con bastante frecuencia.

—¿Por qué? —Emma lo miró con una ceja alzada—. Quiero decir, comprendo que es un lugar de gran belleza, pero no sé si a mí me gustaría visitarlo de forma tan asidua. Creo que perdería su encanto.

—El encanto no reside solo en la naturaleza del parque, milady. Usted, por ejemplo, le proporciona una nueva perspectiva.

—Oh, ya comprendo.

—¿Sí? —Le dedicó una sonrisa pícara.

—Aunque los árboles y las plantas sean las mismas un día tras otro, las jóvenes debutantes sí que son distintas, como especies nuevas a admirar. ¿Me equivoco?

—En realidad no. —El vizconde parecía complacido con su respuesta—. Es usted una joven muy perspicaz.

—¿Y qué hace el resto del tiempo? —preguntó Emma—. Cuando no está paseando por Hyde Park.

—Bueno, algunas mañanas voy a la mansión Milford a verla a usted, como bien sabe.

—Además de eso —replicó Emma, con una mueca de circunstancias.

—Asisto a fiestas, acepto invitaciones para tomar el té, voy a las carreras y a un par de clubes... imagino que casi lo mismo que el resto de los caballeros de Londres —contestó Washburn.

—Sí, supongo que sí.

Emma le lanzó una mirada de reojo. Ese era el tipo de vida que llevaba la mayoría de los aristócratas que conocía. Vidas vacuas, sin propósitos evidentes. Lucien al menos se ocupaba de sus propiedades personalmente, y su cuñado, el marqués de Heyworth, era, además de noble, un hombre de negocios muy respetado. Hasta su hermana Jane disponía de su propio proyecto, unas cuadras en la propiedad de su esposo donde había comenzado a criar magníficos caballos, sin contar con que ya era madre y que dedicaba gran parte de su tiempo a su hija.

Hugh Barrymore tampoco sería un hombre ocioso y, probablemente, rara vez perdería una tarde entera paseando por Hyde Park. Descubrirse pensando en ese hombre de nuevo le provocó cierta incomodidad.

—¿Y cuáles son sus planes de futuro, lord Washburn? —le preguntó a su acompañante.

—En este momento mi único interés reside en encontrar una esposa apropiada —contestó él, sin ambages.

—¿Y después?

—¿Después? —La miró con extrañeza—. Pues formar una familia, ocuparme de mis tierras y mi título... Lo habitual.

—Claro.

—¿Le parece mal?

—Oh, no, en absoluto —contestó Emma, que se dio cuenta de que había pronunciado sus anteriores palabras con algo de desencanto. Se obligó a sonreír antes de formularle su siguiente pregunta—: ¿Y le gustaría tener muchos hijos?

—Al menos media docena —respondió él, divertido—. Me gustan las familias numerosas, e imagino que a usted también.

—¿A mí? —Emma lo miró, sorprendida.

—Es usted una Milford, lo he dado por supuesto.

Ella sonrió y asintió. Adoraba a sus hermanos, a todos y cada uno de ellos, pero ser madre no era ni había sido nunca uno de sus propósitos en la vida. Solo que no podía decir aquello en voz alta. Ni a Washburn ni a nadie.

Esa noche, Hugh no estaba disfrutando de la velada en casa de su familia tanto como había esperado. Era la primera vez que veía a su hermano Owen desde su regreso de la guerra y no le estaba prestando suficiente atención. Y todo por culpa de Phoebe Mullins (si es que aquel era su auténtico apellido). No lograba despegarse de la sensación que aquel único y explosivo beso había provocado en él, como si lo hubiese dejado huérfano de algo.

Estaba deseando volver a verla, solo que no tenía muy claro cómo localizarla. ¿Dónde viviría? ¿Quién sería su familia? ¿Volvería a encontrarse con ella en alguna fiesta?

Intentó alejarla de su pensamiento para centrarse en Owen, que les estaba contando cómo iba en sus estudios y que, en unos años, tenía la intención de presentarse como candidato a la Cámara de los Comunes para convertirse así en el primer Barrymore dedicado a la política. La noticia había llenado de orgullo a su padre.

—Hay muchas cosas que arreglar —comentaba Owen, muy seguro de sí mismo.

—Tal vez habría que empezar por establecer ciertas normas con respecto al peinado masculino —apuntó Markus, que se burlaba por segunda vez del cabello revuelto de su hermano.

—Me gusta así. —Owen se pasó la mano por su alborotada melena pajiza—. Yo no disfruto, como otros, del privilegio de pasarme varias horas frente al espejo antes de acudir a algún sitio.

—¿Te refieres a Beau Brummell? —preguntó la madre, curiosa. Brummell había sido considerado un auténtico dandy, un hombre que había formado parte de la camarilla del príncipe regente y que había marcado los dictados de la moda durante años, antes de caer en desgracia y acabar huyendo del país, hacía pocos meses, a causa de las deudas.

—¿A quién si no? —contestó su hijo—. Dicen que tardaba entre cuatro y cinco horas en arreglarse antes de salir. ¿Qué diantres haría en tanto tiempo?

—Seguro que peinarse —insistió Markus, con una risotada.

—Markus... —Ambrose Barrymore no necesitó añadir nada más para acabar con las pullas de su hijo mayor.

Owen, sin embargo, no parecía molesto. Siempre había sido el más bromista de todos y que, por una vez, tuviera que aguantar las burlas de su hermano mayor no parecía afectarle lo más mínimo.

—¿Por qué quieres dedicarte a la política? —preguntó Grace que, esa noche, parecía más callada que de costumbre.

—Me gustaría hacer algo... algo importante —contestó Owen, casi avergonzado.

—¿Algo como qué?

Hugh hubiera podido taparse los oídos y adivinar la respuesta de su hermano pequeño.

—Como acabar con el trabajo infantil.

—¿Quieres quitarle el trabajo a Perry? —preguntó Grace, que se refería al hijo de la cocinera, un chaval de doce años que hacía pequeños recados para la familia.

—No habla de niños como Perry, Grace —señaló Hugh.

—No, hablo de los niños que trabajan, sobre todo, en las fábricas textiles.

Y en ese momento, Owen Barrymore se transformó por completo. Con una pasión arrolladora, expuso sus argumentos para acabar con la explotación infantil. Le habló a su hermana de las Factory Acts, unas leyes que el Parlamento había aprobado en 1802 y que regulaban el trabajo de los aprendices, unas leyes insuficientes y cuya aplicación nadie supervisaba. Los niños continuaban trabajando diez o doce horas diarias, en unas condiciones miserables. Durante un buen rato, expuso sus argumentos y los defendió con tanto ardor que, cuando finalizó, Hugh tuvo que controlarse para no levantarse de la silla y aplaudirlo. Grace no tuvo tantos reparos. Abandonó su asiento y se echó a los brazos de Owen.

—Yo te votaría si pudiera, Owen —le dijo, tan emocionada que le costó pronunciar las palabras.

—Tal vez ese podría ser tu siguiente proyecto, hermanito —señaló Hugh.

—¿Eh? ¿Cuál?

—Conseguir el voto femenino.

—¿Has perdido la chaveta?

—¿Crees que Grace, o nuestra madre, no tendrían suficiente criterio como para tomar sus propias decisiones?

—Eh, no he dicho eso.

—¿Y piensas que una mujer no debería tener los mismos derechos que un hombre?

—¿Qué derechos?

—Pues votar, por ejemplo. O poder disponer de su propio dinero. O...

—Bueno —intervino el padre—, ¿qué tal si dejamos que Owen acabe primero los estudios? Luego ya podrá ocuparse de los milagros, de uno en uno.

A Hugh no le sorprendió la palabra escogida por el patriarca de los Barrymore. «Milagros» los había llamado, y razón no le faltaba. A Owen le aguardaban arduas y largas batallas. Pero tenía fe en su hermano menor. Los grandes cambios siempre comienzan con un pequeño paso. Y estaba convencido de que el más joven de la familia sabría dar los suyos.

La madre desvió la conversación hacia temas menos escabrosos y la cordialidad habitual volvió a instalarse en la mesa de los Barrymore. Hugh permaneció pensativo unos instantes más. Sabía muy bien de dónde procedía su inesperado interés por la situación de las mujeres.

Desde que conocía a Phoebe Mullins no había cesado de pensar en ello.

~ 11 ~

Esa noche, el club Anchor, en Holborn, estaba inusitadamente tranquilo. Uno de los magnates de la industria naviera celebraba una fiesta en su mansión y casi todos los habituales del club habían sido invitados. La familia de Hugh también, por supuesto, solo que en esta ocasión él declinó la oferta. Acudirían sus padres y su hermano mayor, suficiente representación de los Barrymore.

Su intención había sido volver a su casa, pero le dio pereza pasar solo el resto de la velada, y pensó que un par de copas en el Anchor, y tal vez alguna partida de cartas, le sentarían bien. Disfrutó de un buen brandy en compañía de un par de hombres de negocios mucho mayores que él y perdió unas docenas de libras en una de las mesas, nada importante. Siempre se le habían dado bien los naipes, pero esa noche no lograba concentrarse en el juego.

Estaba calibrando la posibilidad de retirarse ya cuando la vio, en compañía de su criado. ¿Qué diablos hacía allí de nuevo, disfrazada de hombre otra vez? La repentina alegría que sintió al descubrirla allí quedó sepultada por una retahíla de improperios que a duras penas pudo mantener dentro de su boca.

Abandonó la butaca en la que había permanecido hasta ese momento y se aproximó a ella con paso decidido.

—¿Se puede saber qué hace aquí? —le soltó a bocajarro, aunque sin alzar la voz.

—Señor Barrymore, yo también me alegro de verlo —contestó ella, con aquel tono impostado.

—No ha respondido a mi pregunta.

—¿Y por qué habría de hacerlo?

—¿Es que no aprendió nada el otro día? —musitó él, acercándose un poco más.

—Hummm, ¿a qué día se refiere?

—No se haga la tonta conmigo.

Hugh la tomó del brazo y trató de arrastrarla hacia una de las salas. El acompañante se dispuso a intervenir, pero la joven alzó una mano y lo detuvo tras asegurarle que todo iba bien. En cuanto Hugh logró su propósito, la soltó. Se encontraban en una pequeña estancia donde, en los días concurridos, se jugaban partidas más exclusivas. Las paredes, forradas de maderas nobles, conjuntaban con los escasos muebles y las mesas de caoba. Los cortinajes, de color burdeos, combinaban con los tapizados de las sillas y de los tres sofás situados en un lateral. Hugh llevó a la chica hasta uno de ellos y la obligó a sentarse. Ella permaneció inmóvil unos segundos, contemplando sus botas.

—¿Y bien? —inquirió, furioso.

—¿Acaso pensaba que iba a renunciar a toda mi vida porque me llevó durante un par de horas al East End? —le espetó ella, también enfadada.

—Usted quería conocer mundo.

—¿Y eso fue lo que usted hizo? ¿Mostrarme el mundo?

—¡Por supuesto! Bueno, una parte de él al menos.

La joven volvió a quedarse callada y de nuevo centró la mirada en la punta de sus botas, hasta que Hugh también lo hizo. ¿Se las habría ensuciado durante la noche?

—¿Le interesa mi calzado por alguna razón especial?

—¿Eh?

—Puedo darle el nombre de mi zapatero si tanto le gustan mis botas.

—No tiene usted el pie muy grande.

—¿Qué?

—El pie.

—La he oído. ¿Está intentando volverme loco?

—¿Yo? —La muchacha lo miró con lo que supuso era un gesto de estudiada inocencia antes de levantarse y adoptar una expresión más seria—. Oiga, Barrymore. Yo no soy nada suyo, ¿comprende? No soy su hermana, ni su esposa, ni nadie por quien deba preocuparse.

Tenía razón, por supuesto. Él también había pensado en ello, y no lograba explicarse por qué le importaba lo que aquella insensata hiciera con su vida. Pero entonces Phoebe se acercó un poco más y lo miró directamente a los ojos.

—De todos modos —murmuró, con voz suave—, mi visita de esta noche tiene un propósito concreto.

—¿En serio? —preguntó con acritud.

—Desde luego —respondió ella, ignorando su tono—. Esperaba encontrarlo aquí.

Hugh se obligó a tragar saliva. La tenía tan cerca que, con solo estirar una mano, podría arrancarle aquella ridícula peluca y aquel aún más ridículo bigote.

—También vine ayer —continuó la joven—, pero no tuve suerte.

—A diferencia de otras personas, no puedo pasarme todas las noches en fiestas y clubes.

—Pero ahora está aquí.

—Eh, sí, ahora estoy aquí. —Hugh repitió sus palabras de forma mecánica, porque ella se había aproximado un poquito más, solo unos centímetros. Los suficientes para que toda su sangre se encabritara de golpe—. Bien, pues aquí me tiene. Y no se le ocurra decirme que quiere que la lleve de nuevo al East End.

—Oh, no, creo que ya he tenido suficiente.

—¿Entonces? ¿Qué es lo que desea?

—Quiero que sea mi amante.

—¿Cómo... ha dicho?

Emma se negó a repetírselo. Bastante le había costado ya decirlo por primera vez. Había pensado en ello desde aquel beso. De hecho, había pensado tanto en aquel momento que le había cambiado todos los detalles y ahora no recordaba qué parte había sido real y cuál era inventada. Ya que no tenía intención de contraer matrimonio con nadie, estaba en su derecho de disfrutar de su cuerpo y de su vida como mejor le pareciera, y Hugh Barrymore era de lejos el hombre más apuesto y varonil de cuantos conocía. Que no tuviera el pie grande no debería suponer ningún problema. A fin de cuentas, casi era preferible, porque ella era virgen y no tenía intención de que su amante le causara dolor durante sus encuentros.

—Me ha oído perfectamente, señor Barrymore.

—¿Cuánto ha bebido esta noche?

—Todavía nada, por desgracia —bufó.

—Veo que esto le parece divertido.

—¿A usted no? —Emma trataba de mostrarse mundana y casquivana, pero no sabía si lo estaba consiguiendo.

—Su familia me despellejaría.

—Mi familia no tiene por qué enterarse.

—Y el hombre que se case con usted me volará la cabeza de un disparo.

—No voy a casarme con nadie.

—¿Qué? ¿Pero qué sandeces está diciendo?

—Voy a permanecer soltera, señor Barrymore. Es mi decisión y mi familia la respeta.

—No... no sabe lo que dice.

—Si no le interesa, le recuerdo que no es usted el único hombre de esta ciudad.

Él la miró de hito en hito y Emma comenzó a sentir como la piel le hormigueaba. No había contado con que él la rechazara. De hecho, después de aquel beso, estaba convencida de que se mostraría más que inclinado a aceptar su petición. ¿Qué hombre no lo habría hecho en su lugar?

—Creí que..., en fin, pensé que yo le gustaba —insistió Emma.

—Y me gusta.

—¿Entonces?

—Estoy pensando.

—Si necesita pensárselo, señor Barrymore, es que no le intereso lo suficiente —replicó ella, que trató de mostrarse lo más digna posible—. Nunca he tenido que rogar por las atenciones de un hombre y usted no va a ser una excepción.

Con la cabeza muy alta pasó por su lado en dirección a la puerta, confiando en que él no se hubiera dado cuenta de que le estaba mintiendo y de que su experiencia con los hombres se reducía a cero. Pero él la sujetó con fuerza del brazo y Emma se dio la vuelta para encararlo.

—Acepto.

¿Acaso podía haber hecho otra cosa?, se preguntó Hugh Barrymore un rato más tarde. Aquella joven se le había colado en la cabeza casi sin darse cuenta y resultaba evidente que ella se sentía atraída por él. Que quisiera buscarse un amante no era nada extraño en el mundo en el que vivían y, como muy bien había señalado, si él declinaba la oferta no faltarían candidatos a ocupar su lugar. Así que ¿por qué no?

Se habían despedido en el club y ella lo había citado en su casa de Baker Street una hora más tarde. Él permaneció atento a la puerta para abrirla él mismo. En cuanto vio que un carruaje se detenía frente a su domicilio, acudió a recibirla en persona y la acompañó al piso de arriba. Le resultaba extraño sentirse tan nervioso, como si fuese su primera vez.

—¿Podría dejarme sola un rato?

—¿Qué? —Se volvió hacia ella, que caminaba un paso por detrás.

—Quisiera quitarme todo esto. —La joven señaló su rostro.

—Por supuesto. No quisiera pincharme con su bigote —bromeó, por relajar un poco el ambiente. Ella también parecía algo nerviosa, como si no estuviera tan habituada a aquellos menesteres como pretendía hacerle creer.

La condujo a su habitación y la dejó a solas para que se aseara y se desprendiera de su ridículo disfraz, y él aprovechó para regresar al piso inferior a por una botella de brandy y dos vasos. Tenía la sensación de que esa noche iban a necesitar algo de ayuda. Una vez que volvió arriba, se acodó sobre la barandilla y aguardó a que ella abriera la puerta. Cuando lo hizo, tanto la botella como los vasos estuvieron a punto de estrellarse contra el suelo. Solo llevaba puesta una camisa masculina, abierta hasta la mitad. Las piernas desnudas eran largas y bien torneadas, y el cabello castaño claro le caía en ondas a un lado, alcanzando casi la cintura. El rostro limpio brillaba a la luz de las velas, y sus ojos parecían más oscuros que nunca. Dios, era preciosa. Preciosa y tan deseable como un pecado capital.

—¿Piensa entrar? —le preguntó en un susurro.

—Eh, sí, claro. —Hugh reaccionó con una sonrisa tímida y cruzó el umbral.

Dejó la bebida sobre una mesita auxiliar y se volvió. Tropezó con ella, que había seguido sus pasos, y la sujetó por los brazos para estabilizarla. No se había dado cuenta de que se había acercado tanto. Comprendió que iba a besarlo e, inconscientemente, retrocedió un paso.

—¿Le apetece beber algo? —le ofreció.

—¿No va a besarme? —La vio enarcar una ceja.

—¿Tiene prisa?

—No.

—Bien, porque esto no es ningún tipo de transacción comercial —señaló Hugh—. Como ya debe de saber, estas cosas requieren su tiempo.

La vio dirigir su mirada hacia su entrepierna, bastante abultada a esas alturas, y ni siquiera la había rozado aún.

—De acuerdo —consintió—, tal vez no mucho tiempo.

Ella sonrió y Hugh sintió un tirón en el vientre, uno muy tenue, como si alguien hubiera atado un diminuto cordel en sus entrañas y hubiese dado un respingo. Con más esfuerzo del que esperaba, sirvió dos dedos de brandy en los vasos y le tendió uno. Ella dio apenas un sorbito antes de volver a mirarlo con esa intensidad que le estaba cortando la respiración.

Hugh resistió la tentación de bebérselo de un trago, sujetó la copa con fuerza y tomó asiento en una de las butacas.

—¿No quiere sentarse un momento? —La invitó a ocupar la otra—. Podríamos charlar un poco.

Ella lo miró y se acercó hasta él, moviéndose con una cadencia felina que casi le arrancó un gemido. La tenía tan cerca que habría podido beberse su cuerpo de un suspiro. La vio alzar su mano de dedos delicados, aflojar el cordón de la camisa y mover sinuosamente los hombros. La prenda cayó al suelo y ella se quedó totalmente desnuda frente a él. Con la mano libre, Hugh se sujetó al sillón mientras contemplaba aquel cuerpo perfecto, de senos pequeños pero bien formados, de cintura estrecha y caderas redondeadas, y aquella mata de rizos castaños que hablaban del Paraíso.

Sin darle tiempo a reaccionar, la joven se sentó en su regazo y, con gran delicadeza, elevó el vaso y volcó un pequeño chorro de brandy sobre su clavícula. Totalmente hipnotizado, Hugh vio descender aquel reguero por su piel de porcelana hasta alcanzar uno de sus pechos.

—Creo que tenía sed, señor Barrymore —susurró ella, con la mirada clavada en él.

Hugh dejó caer su bebida al suelo, sin ser consciente de ello, y la rodeó con los brazos para atraerla un poco más hacia él. Y luego recogió con la lengua aquel rastro dorado al tiempo que ella hundía las manos en su cabello y se arqueaba para facilitarle el acceso.

A Hugh jamás le había gustado tanto el brandy como esa noche.

Emma se sentía tan poderosa como una diosa del Olimpo. Ni siquiera sabía cómo se le había ocurrido algo así. Ni siquiera sabía cómo había llegado a ese punto, para empezar. Pero, ya que estaba decidida, tenía intención de hacerlo lo mejor posible. Solo que el señor Barrymore parecía querer tomárselo con calma, y ella estaba tan nerviosa que lo único que deseaba era acabar cuanto antes. Ya habría ocasiones para dedicarle más tiempo a los juegos de alcoba.

Cuando lo vio sentarse y pedirle un rato de charla, le entró el pánico. No quería hablar, no quería contarle nada. ¿Y si se le escapaba alguna información relevante? Necesitaba que él se concentrara de inmediato en lo que habían ido a hacer allí y, al verlo tomar un sorbo de su copa, se le ocurrió la idea de tentarlo. Solo que no sabía si el pulso le temblaría demasiado y, en lugar de derramar unas gotas sobre su cuerpo, se echaría encima toda la bebida. Luego ya no pudo pensar más porque, en cuanto él comenzó a recorrer su piel con la lengua, su cerebro se hizo trizas.

Con un brazo envolvía su cintura y con la otra mano masajeaba su pecho y pellizcaba su pezón, arrastrándola a una vorágine de luces y colores que no lograba enfocar. Cuando su lengua y sus dientes rodearon aquella parte tan sensible, Emma dio un salto sobre su regazo. Sujetó su cabeza con más fuerza, negándose a que cesara aquella deliciosa tortura.

Después la besó. Su lengua sabía a brandy y a deseo, era cálida y dulce, y Emma se perdió en sus recovecos mientras él acariciaba su cadera y descendía por su muslo. La última vez que la había besado, Emma había sentido humedecerse su entrepierna, aunque nada en comparación con lo que ahora experimentaba. Toda ella parecía miel derritiéndose junto al fuego.

Los dedos masculinos, largos y bien formados, continuaron su avance, ahora por la parte interna de su pierna, hasta que rozaron su sexo y Emma casi se cayó de su regazo.

—Ya estás lista... —susurró él, que mordisqueó su mentón.

—Hummm, sí —repuso ella, aunque no entendía muy bien para qué estaba lista. ¡Si ya estaba desnuda y sentada sobre sus rodillas!

Con un ágil movimiento, él la sujetó por debajo de las piernas y por la cintura, y se levantó del sillón con ella en brazos. En apenas tres zancadas llegaron junto al lecho, donde la depositó sin dejar de besarla. Emma vio que, con la otra mano, comenzaba a quitarse la ropa. Ni siquiera tuvo tiempo de ponerse nerviosa. Eran tantas las sensaciones que la sacudían que no habría podido ni enumerarlas.

Entonces se separó de ella y casi se arrancó la camisa, dejando al descubierto un torso bien formado, con un poco de vello sobre los pectorales y una pequeña línea que partía del ombligo y se perdía debajo de sus pantalones. Se le secó la boca al contemplarlo así, y ni saliva tenía para tragar cuando se desabrochó los pantalones y, con un par de estudiados movimientos, se quedó completamente desnudo frente a ella.

—Oh, Dios. —Fue lo único capaz de decir.

Antes de volver a perderse en aquel huracán, Emma tuvo tiempo de pensar un instante en Jane y Evangeline. La teoría de los pies era incorrecta.

Hugh Barrymore era la prueba de ello.

12

Hugh se iba a volver loco. Le faltaban manos y cuerpo para recorrer a aquella mujer como se merecía. Era tan apasionada, y respondía con tanto entusiasmo a cada una de sus caricias, que deseó poder atarla a su cama durante días para disfrutarla a conciencia.

Una vez desnudo, se tumbó junto a ella y asaltó de nuevo sus labios, mientras sus manos descendían por la seda de su piel. Con delicadeza, la colocó de lado y luego boca abajo, y comenzó a besar su nuca y su espalda. Ella se retorcía y gemía bajo él, con un ardor que le estaba quitando años de vida, estaba convencido. Cuando mordisqueó una de sus nalgas, ella casi dio un brinco sobre la cama, igual que cuando se detuvo en la parte posterior de sus rodillas. Le habría gustado hacerla suya así, en aquella postura, pero pensó que, para una primera vez con ella, sería mejor poder mirarla a los ojos, y que ella lo mirara a él. En ese momento, no quería que pensara en ningún otro hombre con el que hubiera estado. En nadie más que en él.

La giró para que quedara boca arriba y sus labios volvieron a encontrarse. Ella lo sujetaba por los hombros, por los brazos, por el cuello... como si tampoco supiera qué hacer con las manos. Pensó en continuar con sus caricias y en asaltar por fin su sexo, pero estaba tan enardecido que lo único que deseaba era entrar en ella cuanto antes. Ya habría tiempo después, se dijo.

Se colocó entre sus piernas, que la joven abrió para él, y situó la punta de su miembro en la antesala de aquel pasadizo de terciopelo.

—Señor Barrymore... —la oyó susurrar.

A Hugh se le escapó una risita.

—¿Señor Barrymore? —Le dio un beso corto—. Creo que a estas alturas ya puedes llamarme Hugh, ¿no te parece?

—Hummm, sí.

Hugh comenzó a introducirse en ella. Era estrecha, muy estrecha, y tan suave y cálida como un guante. La sintió tensarse entre sus brazos y se sorprendió al descubrir en sus ojos una mirada que no fue capaz de reconocer. ¿Miedo? ¿De qué?

Lo supo de inmediato, en cuanto notó cierta resistencia a su avance.

—Maldita sea —masculló.

—No. —Ella cerró las piernas en torno a su cintura para evitar que retrocediera—. Continúa.

—¡Eres virgen!

—Por favor...

Hugh dudó. Aquello no estaba bien. Lo había engañado, aunque en ese instante no podía imaginar con qué propósito. Entonces ella se alzó un poco y buscó su boca, mientras sus manos se anclaban a sus caderas y tiraba hacia abajo. Y Hugh perdió aquella batalla, porque se enterró en ella con un gemido ahogado y se bebió su grito y todos los suspiros que vinieron después.

¿Se había muerto? Eso fue lo que pensó Emma en cuanto su cuerpo se descompuso en mil pedazos y volvió a coserse con puntadas distintas. Hugh Barrymore la había llevado más allá de todo lo que hubiera podido imaginar antes de salir de ella y derramarse sobre su vientre. Emma trataba de recuperar la respiración y de tranquilizar su pulso errático y, con la mirada clavada en las volutas del techo, escuchaba a Hugh hacer lo mismo a su lado.

—Me has mentido —jadeó él.

—No te habrías acostado conmigo de haberlo sabido.

—Desde luego que no.

Emma apretó los labios. En ese momento no quería llorar, no delante de él. Se sentía vulnerable y pequeña, pero no quería que él lo supiera. Pensó que la echaría de su cama en ese preciso instante, pero, lejos de eso, él le pasó un brazo por debajo del cuello, la atrajo hacia su cuerpo caliente y los cubrió a ambos con la ropa de cama.

—Tienes que decirme quién es tu familia —musitó junto a su oído.

—¿Mi familia?

—Tendré que pedir tu mano.

—¿Qué?

—¿Estáis en una situación... apurada?

—¡¿Qué?! —Emma se incorporó como un resorte.

—No pasa nada, Phoebe —le acarició la mejilla, y ella le dio un manotazo. Lo vio fruncir el ceño, sorprendido.

—Mi familia no necesita nada.

—Entonces...

—No voy a casarme, Hugh, ni contigo ni con nadie. Ya te lo he dicho.

—Pero eso fue antes de... esto. —Abarcó con un gesto de la mano sus dos cuerpos desnudos.

—Esto no cambia las cosas.

—¡Por supuesto que sí! —Él se incorporó también y ella tuvo que hacer un esfuerzo para no mirar aquel torso musculoso y tan bien formado.

—No, Hugh, no lo hace —insistió ella, con un suspiro—. Pero que no tenga intención de casarme no implica que no pueda disfrutar de algunos placeres.

—Soy un caballero, Phoebe, aunque no tenga ningún título. Te he deshonrado y mi deber es casarme contigo.

—¿Me has deshonrado? —preguntó ella, molesta—. Que yo recuerde, esto no ha sido ninguna deshonra.

—No tergiverses mis palabras, ya sabes lo que quiero decir.

—Oh, claro que sí. Que hayas sido el primer hombre con el que he estado no te da ningún derecho sobre mí.

Emma se bajó de la cama, furiosa, y se dirigió hacia la butaca. Junto a ella, hecha un guiñapo en el suelo, estaba su camisa. Se la puso con cierta dificultad, pero apenas fue capaz de controlar su temblor para anudarla. Por suerte, no tenía que ponerse el corsé, ni ninguna prenda especialmente complicada. Esa era una de las muchas ventajas de vestir con ropas masculinas, no sentir la opresión en las costillas y en el pecho a todas horas. Hugh se había levantado también y, con una ternura que estuvo a punto de desarmarla, la ayudó a atar el cordoncillo.

—Phoebe...

—¡No! —Emma alzó una mano para cortar cualquier cosa que él quisiera decirle.

—Si alguien se entera de esto... tu reputación...

—¿Cuántos hombres conoces que tengan una amante?

—Ufff.

—Exacto. No tendría que suponer ningún problema que yo decida qué hacer con mi cuerpo... y con quién.

—No, no debería. Pero el mundo no funciona así, lo sabes tan bien como yo.

—¿Y de quién es la culpa?

—¿Mía? —La miró, aturdido, y a Emma se le escapó una carcajada.

132

—No, tonto, claro que no. Bueno, tal vez un poco. En fin..., da igual. Estoy demasiado cansada para esta conversación.

—Phoebe, esto no... no puede volver a pasar.

—¿Por qué no?

—¿Me lo preguntas en serio?

—Será mejor que me marche —contestó ella, alejándose de él para ir en busca de sus pantalones. Dios, todo había sido perfecto hasta que a él le había dado por tener un arranque de sentido del honor. ¿Por qué los hombres eran tan complicados?

—Pediré que preparen el carruaje —musitó él.

—No es necesario.

—¡No voy a permitir que salgas sola a estas horas!

—Tengo un coche esperando en la esquina. Lo he alquilado para toda la noche.

—Lo tenías todo pensado.

—Nunca hago las cosas sin pensar, señor Barrymore. Nunca.

Le resultó extraño tenerlo ahí, completamente desnudo, mientras ella se vestía y se colocaba de cualquier manera la peluca y el bigote. Con ese aspecto no iba a engañar a nadie si se tropezaba con alguien en la calle, pero, con un poco de suerte, no tendría que tratar más que con el cochero. En un rato, estaría en su casa, metida en su cama.

Solo entonces dejaría salir todas las lágrimas que se le estaban acumulando en la garganta.

Querida lady Emma:

La pasión entre un hombre y una mujer es uno de los mayores placeres que puede proporcionarle el matrimonio. No solo sería deseable encontrar a un caballero que sea para usted un buen compañero, respetuoso y agradable, sino que sea capaz de llenar su vida de alegría y de ardor.

Los varones no parecen requerir de mucho esfuerzo para al-

133

canzar ese estado en sus relaciones, pero, en nuestro caso, resulta un poco más complicado. Para algunas mujeres, es preciso un juego previo de seducción; para otras, una conversación estimulante o una cena íntima... Ha de intentar descubrir cuáles son las cosas que la emocionan y que consiguen que su sangre circule a mayor velocidad, y averiguar qué tipo de hombre es el que provoca en usted ese tipo de reacciones.

Solo entonces estará en el buen camino para encontrar a la persona idónea para usted.

Suya afectuosa,

LADY MINERVA

La pasión. Ahora, Emma sabía bien a qué se refería lady Minerva con aquellas palabras. Demasiado bien.

Habían transcurrido dos días desde la noche que había compartido con Hugh. Los recuerdos dulces y emocionantes de aquella velada se mezclaban con la amargura de los últimos minutos que habían pasado juntos. Procuraba centrarse en la primera parte, en el modo en que la había besado y acariciado, en su cuerpo firme y duro, en su fuerza y en su ternura, que convivían en él en perfecta armonía. Aún le dolía la piel cada vez que rememoraba sus manos recorriéndola entera, y sus besos plantando semillas de fuego en cada recoveco. Recordaba su efímera experiencia con Phoebe que, aunque placentera, no había acariciado siquiera los contornos de su experiencia con Barrymore.

Pese a los nervios que había sentido, todo había fluido con una naturalidad que aún le arrancaba suspiros, como si sus cuerpos hubieran sido hechos el uno para el otro, como si el tiempo y el espacio se hubieran conjugado para moldearlos y hacerlos encajar como las dos piezas de un rompecabezas.

En ese instante, mientras se vestía para recibir a los jóvenes que acudirían a visitarla esa mañana, se preguntó si con todos

134

los hombres sería igual. No necesitó a ninguna lady Minerva para estar segura de la respuesta.

Bajó al salón, donde se encontró con su tía y con lady Cicely, y también con su hermano Lucien, que dejó el periódico que leía sobre una de las mesitas en cuanto ella entró en la estancia.

—Emma, ¿podemos hablar un momento?

—¿Vas a volver a reprocharme haberme comido el último bollo en el desayuno? —le preguntó, al tiempo que le sacaba la lengua.

—Ya me tomaré la revancha. —Lucien le guiñó un ojo—. Es sobre otro asunto.

—Te escucho. —Emma se dejó caer sobre el sofá, lo que le hizo ganarse una mirada reprobatoria de su hermano, que odiaba que se sentara con aquella indolencia. Esta vez, sin embargo, no hizo ningún comentario, ni tampoco su tía.

—He estado pensado en conseguirte una invitación para Almack's.

—No, gracias.

—¿Por qué no? —preguntó, casi ofendido.

—¿No te parece que ya acudo a bastantes fiestas y actos sociales? —preguntó Emma. Justo la noche anterior, sin ir más lejos, había asistido a uno de esos bailes—. Además, soy de la misma opinión que Jane. No me agrada la idea de que un grupo de mujeres que no me conocen de nada tengan el poder de concederme o no una de esas dichosas tarjetitas.

—¡Pero eres una Milford! —exclamó él—. Seguro que no habría ningún problema.

—¿Y si me rechazaran? —insistió—. Ya sabes que no sería la primera vez. Hay gente que lleva años esperando una de esas invitaciones.

—Tengo las dos hermanas más raras y obtusas del mundo —bufó Lucien.

—Por tu bien, espero que Blake no te oiga decir eso de Jane.

—Oh, seguro que opina como yo. —Le dedicó una mueca burlona antes de ponerse serio de nuevo—. Emma, ¿estás segura?

—Lucien, te agradezco tanto el interés que no sé ni cómo expresarlo. —Ella se levantó y le dio un beso en la mejilla—. Pero mi respuesta sigue siendo no.

Su hermano no dijo nada. Se limitó a alzar las manos, rindiéndose ante la evidencia y Emma regresó a su sitio. Su mirada se encontró con la de su tía, lady Ophelia Drummond, y lo que vio en ella le dio valor para mantener sus palabras.

En sus ojos había aprobación.

La mansión de los Glenwood en St. James era tan magnífica como Phoebe había comentado unas semanas atrás, en casa de Amelia. No solo era majestuosa por fuera, con aquellas columnas y aquellos frisos, sino también por dentro. Muebles de calidad, alfombras mullidas, exquisitas obras de arte y un suelo en el salón de baile tan brillante como un día de verano. Los anfitriones, tan guapos y tan rubios como dos rayos de sol, recibían a los invitados en el impresionante vestíbulo.

Emma llegó acompañada de su hermano Lucien quien, por fortuna, no había vuelto a insistir en el asunto de Almack's. Enseguida se encontró con Amelia, acompañada de su esposo, el vizconde Armington. Era un hombre joven, no mucho mayor que ellas, con cierta propensión al sobrepeso, pero de excelente carácter. La saludó casi con afecto, a pesar de que no se habían visto más que media docena de veces. Phoebe y su marido, el conde de Kendall, se unieron a ellos unos minutos más tarde y, esta vez, Emma fue capaz de mirar a su vieja amiga sin aquel dolor palpitando en el centro de su pecho. Estaba preciosa, como si el matrimonio fuese un bálsamo para su piel. Hasta sus rizos dorados parecían más esplendorosos. Emma se preguntó si entre ambos existiría esa pasión que ahora conocía tan bien, y si ese sería el motivo por el que su amiga parecía más luminosa que nunca.

No tenía previsto preguntárselo, por supuesto. Pese a lo vivido en los últimos días, todavía no estaba preparada para imaginársela en los brazos musculosos del apuesto conde, y con Amelia nunca había alcanzado ese grado de confianza.

Lucien, como el caballero que era, bailó con las dos jóvenes, y Emma hizo lo propio con los esposos de sus amigas. Sin poder evitarlo, sus ojos recorrían el salón con avidez, esperando tropezarse con la mirada oscura de Hugh Barrymore. Aceptó un puñado de bailes más, entre ellos un vals con el vizconde Washburn, antes de rendirse a la evidencia: el hijo del banquero no se encontraba entre los invitados.

Cuando su hermano la acompañó hasta la mesa de bebidas, se encontraron con los Hinckley. Lady Pauline, condesa de Hinckley, lucía un esplendoroso vestido en tonos malva que acentuaba el tono cobrizo de sus cabellos y se mostró tan amable como siempre.

—Está usted encantadora esta noche, lady Emma —le dijo tras saludarla con efusividad—. Y parece que se divierte.

Emma sonrió con cierta timidez.

—La he visto bailar con varios jóvenes —señaló la mujer, inclinándose un poco hacia ella y bajando el tono de voz—. ¿Debo suponer que alguno de ellos ha despertado su interés?

—Me temo que aún es pronto para eso —contestó, cohibida a su pesar.

—Oh, claro, la temporada apenas está en su ecuador. El vizconde Washburn, sin embargo, parece realmente interesado en su persona.

Emma siguió con disimulo la dirección de la mirada de lady Pauline y, no muy lejos de allí, el vizconde elevó su copa a modo de brindis. Era un joven amable y bastante atractivo y, si la intención de Emma hubiera sido la de encontrar un esposo al uso, sin duda sería un candidato a tener en cuenta. ¿Por qué ella no podía ser como Phoebe o Amelia? ¿Por qué tenía que cuestionárselo todo y esperar algo más de la vida, algo que probablemente no existiera? ¿No podía conformarse con un matrimonio apropiado? ¿Con un hombre considerado junto al que llevar una cómoda existencia?

Lucien había prometido un baile a una de las jóvenes debutantes y se alejó, dejando a Emma con los Hinckley.

—Siempre pensé que lord Gleenwood hubiera hecho una excelente pareja con su hermana —señaló la mujer. Los anfitriones bailaban un vals en ese momento, y Emma volvió a pensar que, realmente, parecían encajar a la perfección.

—¿Con Jane?

—¿Lord Gleenwood no fue uno de sus pretendientes?

—Sí, cierto. —Emma recordaba perfectamente haber visto al conde varias veces en la mansión Milford.

—Aunque su hermana parecía destinada a... algo más —dijo la mujer, de una forma tan enigmática que Emma le lanzó una mirada curiosa—. No negará que el marqués de Heyworth es un caballero mucho más interesante.

Había pronunciado aquellas palabras en exclusiva para ella, en un tono que invitaba a las confidencias y que había dejado deliberadamente fuera a su esposo, que parecía muy concentrado en lo que sucedía en la pista de baile.

—No podría negarlo aunque quisiera —reconoció Emma, con una sonrisa cómplice.

—¡Señor Barrymore! —Lord Hinckley miraba en dirección a un punto situado a su espalda y a Emma se le congelaron la sonrisa y todas las articulaciones del cuerpo. Aun así, logró reunir el valor suficiente como para darse la vuelta.

Frente a ella se encontraba un matrimonio de mediana edad. El hombre, alto y elegante, poseía una mirada profunda y unos rasgos bien definidos. La mujer, casi tan alta como él y de cabello claro y ojos aguamarina, lucía uno de los vestidos más bonitos que Emma había visto jamás. Confeccionado en seda y muselina, combinaba los tonos ocres, dorados y tierras en varias capas superpuestas, que brillaban bajo la iluminación del salón.

Escuchó a lord y a lady Hinckley saludar a los recién llegados y luego lady Pauline hizo las presentaciones pertinentes. Ambrose y Candice Barrymore se mostraron tan cordiales que a Emma se le atragantaron las palabras. Con el corazón latiendo a toda velocidad, permaneció allí unos minutos, hasta que reunió el valor suficiente para inventar una excusa con la que alejarse de ellos.

Aquellos eran los padres de Hugh.

Del hombre con el que se había acostado.

Del hombre que le había pedido matrimonio.

13

Hugh se había descubierto pensando en la señorita Mullins en medio de una conversación de negocios. Se había quedado totalmente abstraído mientras su interlocutor parloteaba sin cesar, hasta que su silencio le había hecho volver en sí.

—¿Le aburro, señor Barrymore? —le preguntó el empresario con retintín.

—En absoluto, señor Gambler. Estaba valorando sus palabras —improvisó.

—Vaya, no sabía que llevar a mi esposa a la ópera necesitara de ninguna valoración por su parte.

—Eh, no, por supuesto. —Hugh no tenía tendencia a ruborizarse, pero en ese momento sentía las mejillas como si se las hubiesen abofeteado.

—Extrañas criaturas las mujeres, ¿no le parece? —El empresario sonrió con cierta condescendencia.

—¿Cómo?

—Intuyo que su aire distraído se debe a alguna joven dama, ¿me equivoco?

—Bueno...

—Recuerdo cuando yo conocí a mi esposa Marie Anne —le interrumpió el hombre—. Pasaba la mayor parte del día perdido en ensoñaciones.

Sin darle tiempo a réplica, el señor Gambler le estuvo relatando todo tipo de anécdotas durante los siguientes quince minutos, en los cuales Hugh tuvo que hacer un verdadero esfuerzo para no evadirse de nuevo. De vez en cuando asentía y en otras se atrevía a introducir algún monosílabo, para que el empresario se diera cuenta de que seguía atentamente su monólogo. Tenía la intención de llevar a cabo muchos negocios con ese hombre y, si para ello se veía obligado a permanecer impasible mientras le relataba todos los pormenores de su cortejo, sabría estar a la altura.

Cuando finalmente se reunió con Markus en las oficinas de los Barrymore, se sentía mentalmente agotado. No había dormido bien las últimas noches, así que probablemente su fatiga se debía a eso, se dijo mientras ocupaba uno de los butacones del despacho de su hermano con un resoplido.

—¿Vuelves otra vez de la guerra? —le preguntó Markus.

—Hummm, más o menos —contestó—. Me he reunido con Gambler.

—Oh, vaya.

—Sí, exacto.

—Si ese hombre se quedara mudo, explotaría.

Hugh soltó una risotada ante la imagen que se conjuró en su cabeza.

—¿Cenamos juntos? —preguntó su hermano.

Hugh valoró la propuesta un segundo antes de aceptar. No le apetecía pasar solo otra noche, dándole vueltas a todo lo que había sucedido días atrás. Era incapaz de arrancarse a la señorita Mullins del pensamiento, y no se sentía especialmente bien consigo mismo. Había deshonrado a una joven inocente, y eso lo convertía de facto en un canalla, aunque ella insistiera en lo contrario. El problema era que Phoebe parecía tener las ideas muy claras, y le había dado a entender que, si él no quería ser su amante, sin duda habría otros hombres dispuestos a ello.

Y eso era, precisamente, lo que le estaba robando el sueño.

A Emma le encantaba el despacho de su padre, situado en la planta baja de la mansión Milford. Entrar allí era como cruzar una puerta hacia otro universo. En aquella estancia no existían las paredes, totalmente cubiertas de estanterías. En un lado volúmenes y tratados sobre geología y gemología; en el otro, fragmentos de piedras y gemas, debidamente catalogados y con una tarjetita al lado que indicaba su procedencia, su composición y sus propiedades. La pulcra letra de Emma llenaba todas ellas. Desde que era niña se había ocupado de esa tarea, en concreto desde que, por iniciativa propia, quitó una ellas, escrita con la ilegible caligrafía de su padre, y la sustituyó por otra que ella misma cumplimentó con todo su esmero. El resultado gustó tanto a Oliver Milford que le ofreció ocuparse de ello a partir de ese día, y Emma aceptó entusiasmada. Le encantaba pasar tiempo con su padre y había llegado a apreciar de veras su trabajo. De hecho, en el último artículo que Oliver Milford había publicado en la revista de la Royal Society había incluido el nombre de su hija, que lo había ayudado con la investigación y con la redacción. Emma le había quitado importancia al asunto, aunque guardaba tres ejemplares de la revista en el fondo de uno de sus cajones.

Esa tarde estaban catalogando un par de piedras nuevas, aunque Emma se encontraba tan distraída que ya había emborronado tres tarjetas.

—Puedes dejarlo para otro día si quieres.

—¿Qué? —Emma alzó la vista y vio a su padre en la mesa grande, mirándola con una ceja alzada y con la pluma en una mano.

—Pareces distraída.

—No, es solo que...

—¿Sí? —insistió su padre al ver que ella no continuaba.

—Da igual.

—¿Qué sucede? —Emma se mordió un carrillo, tratando de encontrar las palabras adecuadas—. ¿Se trata de algún joven?

—¡No! —se apresuró a contestar—. ¡Qué absurdo!

—¿Absurdo? —Su padre se rio—. Estás en plena temporada, hija. Si no has conocido ya al menos a una docena de jóvenes aceptables, es que no eres una Milford.

—Eso carece de relevancia, papá. Te recuerdo que mi intención es permanecer soltera.

—Sí, ya lo has mencionado. —El rictus de su boca denotó que la idea no parecía ser de su agrado.

—Creí que la idea te haría feliz.

—¿Feliz? ¿A mí? —La miró con auténtica sorpresa—. ¿Y por qué diantres iba a hacerme dichoso algo semejante?

—Bueno, yo... así podré estar siempre contigo. Y con Kenneth.

—¿Me estás diciendo que tu intención de no contraer matrimonio se debe a tu hermano y a mí?

—No solo a eso, claro. Yo... quiero ser libre, y vivir mi vida como yo quiera. No deseo estar atada a un hombre que controle lo que gasto, lo que leo o lo que hago.

—Sabes que yo adoraba a tu madre, ¿verdad? —le preguntó, con una tristeza en la mirada que Emma se obligó a tragar saliva.

—Claro que lo sé, papá.

—Me mataría pensar que ella pudo sentirse así, como tú estás describiendo el matrimonio.

—No, papá. Me consta que mamá era feliz contigo. Muchísimo.

—Entonces me causa gran pesar que tu hermana tenga una relación tan infructuosa con Blake.

—Oh, ¡pero si Jane está encantada con su vida!

—Sí, ¿verdad? —le sonrió de forma sutil—. A veces, solo es necesario encontrar a la persona apropiada, y te garantizo que el matrimonio es una aventura que merece una oportunidad.

—Ya. —Emma bajó la cabeza. Su padre siempre había sido más listo que ella.

—Y yo no necesito que mi hija me cuide, y tu hermano tampoco. Ese no es tu cometido, ¿lo entiendes?

—Sí, papá.

—Bien, y ahora volvamos al trabajo.

Emma regresó a sus tarjetas y, con el rabillo del ojo, vio como su padre, con una sonrisa melancólica, mojaba la pluma y retomaba su tarea.

Quizá, después de todo, estaba equivocada con respecto a la idea del matrimonio. Solo que no se le ocurría nadie capaz de poder compartir con ella el tipo de vida que buscaba.

—He pensado en organizar una fiesta en la mansión Heyworth en cuanto Nathan regrese —señaló Jane durante la cena.

—¿Tú estás de acuerdo con eso? —preguntó un Lucien burlón a su cuñado.

—Yo estoy de acuerdo con todo lo que mi esposa diga. —Blake le guiñó un ojo a Lucien—. Además, te recuerdo que no hace mucho se celebraban fiestas en esa casa.

—Eso fue antes de convertirte en un hombre casado y formal.

—En un hombre ocupado en menesteres mucho más apetecibles, querrás decir.

—Creo que a Nathan le hará bien reincorporarse cuanto antes a su vida normal —comentó Jane—. Dios, no me puedo creer que en un mes estará de regreso para siempre.

Las dos hermanas habían estado muy preocupadas por su hermano durante la guerra con los Estados Unidos de América, y sobre todo Jane había seguido el tema muy de cerca, consultando los periódicos para tratar de averiguar cuánto más se iba a alargar la contienda. Ahora, eso había quedado definitivamente atrás.

—¿Quieres que invite a alguna joven en concreto, Lucien? —le preguntó Jane a su hermano mayor.

—¿A ninguna? —respondió él, mordaz.

—Muy gracioso. —Su hermana le apuntó con el tenedor—. Mejor invito a todas las jóvenes solteras.

—¡Ni se te ocurra!

—¿Y tú, Emma? —Jane ignoró a su hermano—. ¿Algún caballero en concreto al que te gustaría ver en esa fiesta?

—¿A ninguno? —Emma imitó a su hermano, con una risita malévola.

—El vizconde Washburn te ha visitado con cierta frecuencia —intervino Oliver Milford desde la cabecera de la mesa—. Parece un joven agradable.

—Es un joven agradable —corroboró Emma—, y seguro que Jane ya lo tiene en mente. No hace mucho nos encontramos con él en Hyde Park.

—Por supuesto, ya está en la lista. ¿Alguien más, hermanita?

A Emma le habría gustado mencionar el nombre de Hugh Barrymore, pero al final no se atrevió y se limitó a negar con la cabeza.

—¿Y yo cuándo podré ir a esas fiestas? —Kenneth, el pequeño de la familia, intervino en ese momento. Por costumbre, no solía cenar con ellos excepto las noches que venía Jane, en las que procuraban hacerlo más temprano para evitar que trasnochara.

—Ten cuidado con lo que deseas —respondió Lucien—. Será más pronto de lo que imaginas.

—¿Y podré invitar a quien quiera?

—¡Pues claro!

—Si voy a Eton tendré muchos amigos y, cuando sea mayor, vendrán todos a mis fiestas.

Emma casi se atragantó con el trozo de pescado que se había llevado a la boca. Eton, no habían vuelto a mencionar aquel asunto, aunque era evidente que él no lo había olvidado.

—¿Deseas ir a Eton? —Oliver Milford dejó los cubiertos sobre la mesa y miró a su hijo—. ¿No prefieres estudiar en casa?

Aunque la muerte de Clementine Milford había supuesto un duro trance para todos, Kenneth parecía haberlo sufrido con mayor intensidad. Era un niño muy sensible y parecía creer que el fallecimiento de su madre era, en cierto modo, culpa suya, porque había enfermado después de traerlo al mundo y ya no se había recuperado. Comenzó a mostrar un carácter tan retraído y melancólico que decidieron que lo mejor para él era ser educado en casa, rodeado de su familia. Sin embargo, Emma había visto a su hermano pequeño cambiar en el transcurso de los últimos meses, y estaba convencida de que ya estaba preparado para una nueva etapa en su vida.

Kenneth intercambió una rápida mirada con su hermana antes de volver a centrarla en su padre y encogerse de hombros.

—Aquí no hay niños de su edad. —Emma decidió intervenir—. Tú hiciste grandes amigos allí, Lucien, y aún conservas a la mayoría. Y Nathan también.

—¿Tú sabías esto? —Su hermano la miró, casi ofendido.

—De hecho, fue idea mía.

—¿Sin consultarlo con nosotros?

—Es posible que Emma tenga razón. —Oliver Milford apenas necesitó alzar la voz—. Tal vez lo estamos protegiendo demasiado.

—¿Tú qué es lo que quieres, Kenneth? —le preguntó Lucien, con voz suave.

—¿A ti te gustó Eton? —El pequeño respondió con otra pregunta.

—Ya lo creo. —Lucien apenas necesitó unos segundos para pensar la respuesta—. Y a Nathan también.

—Entonces sí, quiero ir.

—De acuerdo entonces. Papá y yo lo arreglaremos para que puedas asistir el próximo curso. Si no te gusta, siempre puedes volver a casa.

Kenneth sonrió y le dirigió una mirada agradecida a Emma, que estuvo tentada de levantarse y darle un buen achuchón.

—¿El señor Mullens también vendrá conmigo? —preguntó el pequeño, refiriéndose a su tutor.

—Me temo que no será posible, Kenneth —respondió su padre—. Allí no necesitarás un tutor particular, ya hay profesores que se encargarán de tu instrucción.

—Oh, entonces seguro que Eton me va a encantar.

El club Anchor estaba bastante concurrido esa noche, más que todas las anteriores. Hugh lo sabía porque había acudido todas y cada una de ellas esperando encontrarse con Phoebe. ¿Habría desistido al fin de su empeño en salir disfrazada? O, peor aún, ¿habría encontrado a un hombre sin tantos escrúpulos como él que la habría convertido en su amante?

—Si sigues bebiendo así, estarás borracho en menos de una hora —apuntó Markus, que esa noche lo acompañaba gustoso.

—¿Y qué?

—Nada, supongo. Solo que ya eres mayorcito como para que tenga que llevarte en brazos.

—Aguanto la bebida mejor que tú.

—Lo dices como si fuese algún tipo de proeza.

—¿Te vas a pasar la noche sermoneándome?

—Solo si me obligas a ello. —Markus lo miró con atención—. Últimamente estás de lo más extraño. ¿Es por la guerra?

—¿La guerra?

—He oído que a algunos soldados les cuesta retomar su vida anterior.

—Estoy bien.

—Entonces es un tema de faldas.

—Markus, métete en tus asuntos.

—Ja, ¡lo sabía! Has conocido a alguien, ¿a que sí?

—Creo que voy a pedir que me sirvan otra bebida, y que dejen la botella aquí.

—¿Quién es? ¿Dónde la conociste? Oh, espera, ¡no me digas que fue en la fiesta que dio mamá!

—¿La misma a la que asistió la señorita Patrice MacArthur? —preguntó Hugh, mordaz.

—No estábamos hablando de ella —replicó Markus con una mueca.

—¿Qué hay entre vosotros?

—No cambies de tema.

—¿Eso crees que estoy haciendo?

—Sé que es así. Si no quieres contarme nada, no lo hagas. Aunque te recuerdo que soy tu hermano, y que nadie como yo te mantendrá el secreto.

—Lo sé —bufó Hugh—. Pero es que no hay nada que contar.

—Oh, vaya, mal de amores entonces. Lo siento, hermanito.

Hugh no se molestó en corregirlo. No le apetecía explicarle nada de lo que había ocurrido, y no porque no confiase en él. Temía lo que Markus pudiera pensar acerca de su forma de actuar. A veces, ni él mismo se entendía.

149

Jugó un par de partidas y ganó un puñado de libras. Cuando estaba a punto de abandonar por fin el club, se atrevió a preguntar a uno de los empleados sobre el señor Mullins, y el hombre le contestó que hacía días que no acudía por allí, lo que confirmaba las sospechas de Hugh.

Cuando regresó a casa no estaba tan borracho como le habría gustado, y aún decidió tomarse una última copa en la biblioteca. O un par. Acababa de servirse una generosa ración de brandy cuando escuchó el sonido de un carruaje deteniéndose frente a la casa, y luego unos golpes en la puerta. Fuertes y rápidos, casi urgentes. Presa de un extraño presentimiento, acudió a abrir en persona. El mayordomo se había retirado hacía apenas unos minutos y seguramente ya estaría en ropa de dormir.

No se sorprendió al encontrar allí al señor Mullins, pero se quedó blanco en cuanto comprobó que llevaba sujeto a su acompañante, que apenas podía sostenerse contra el cuerpo de Phoebe. El joven, recordó que se llamaba Brett, llevaba una mano sobre el vientre y toda la camisa manchada de sangre.

~ 14 ~

—¿Se va a quedar ahí parado mirándonos? —le espetó la joven.

—¿Qué ha sucedido? —Hugh se apartó de la puerta para dejarlos pasar y sujetó al muchacho por el otro brazo. Era grande y musculoso, no entendía cómo ella podía haberlo llevado desde el carruaje hasta allí.

—¿No es evidente? ¡Nos han asaltado!

—¡Dios! ¿En Marylebone?

—Eh..., no. —La joven rehuyó su mirada y Hugh entendió enseguida el motivo.

—¡No puede ser! Está usted loca, completamente loca.

—¿Piensa continuar gritándome o llamamos antes a un médico?

Hugh se hizo cargo de la situación de inmediato. Despertó a la mitad del servicio y acomodaron a Brett en una de las habitaciones de invitados del piso superior, mientras enviaba a un lacayo en busca de un galeno. El joven estaba pálido y de la herida continuaba manando sangre, aunque no a borbotones. Hugh había visto morir a muchos hombres en la guerra y estaba convencido de que la herida no era mortal.

El doctor Green, que vivía a dos manzanas, se personó de inmediato cargando con su inconfundible maletín. Su pelo ralo lucía despeinado, prueba evidente de que lo habían despertado en mitad de su sueño. Llevaba la chaqueta mal abrochada y el rostro, enjuto y alargado, sin rasurar. No hacía ni dos semanas que había estado allí, curando una quemadura en el brazo de la ayudante de cocina. Hugh lo puso al corriente de inmediato y el hombre se aproximó a Brett con unas tijeras con las que cortó la camisa en un santiamén.

—Creo que será mejor que salga de la habitación —le dijo Hugh a Phoebe.

—¿Qué? ¡No pienso moverme de aquí!

—Es posible que el médico tenga que desnudar a su amigo.

—Bueno —dijo el doctor con una mueca burlona y tras dedicarles una breve mirada—, no creo que vaya a ver algo que no haya visto ya mil veces, ¿verdad?

—Claro —masculló Hugh.

—De todos modos creo que bajaré a la biblioteca —dijo la muchacha—. Me vendrá bien un vaso de cualquier cosa que tenga por allí. —Hugh la vio desviar la vista de la cama donde, en efecto, el galeno había comenzado a cortar los pantalones de Brett.

—Tal vez ambos deberían marcharse —señaló el médico—, ninguno me es de mucha ayuda. Mándeme a Trudy.

Trudy era la cocinera, una mujer recia y dura como el pedernal. Ella, sin duda, sería mucho más efectiva que cualquiera de ellos dos.

Hugh acompañó a la chica escaleras abajo y dio instrucciones al servicio para que atendieran al doctor en todo lo que pudiera necesitar. Una vez que entraron en la biblioteca cerró la puerta y se volvió hacia ella.

—Han estado en el East End, ¿verdad?

—No es asunto suyo.

—Es asunto mío en el momento en el que ha decidido llamar a mi puerta en mitad de la noche con un hombre herido —replicó, de malos modos y casi gritando.

—Yo... no sabía a quién acudir.

Y entonces, para mayor asombro de Hugh, la joven rompió a llorar.

Emma estaba tan asustada y tan nerviosa que era incapaz de contener los sollozos. Abrazada a sí misma, intentaba que el cuerpo dejase de temblarle. Sintió los brazos de Hugh rodearla y se dejó seducir por la sensación de seguridad y calidez que prometían.

Sabía todo lo que él iba a decirle en cuanto lograse serenarse. Sin duda lo mismo que ella no había cesado de repetirse desde que aquellos matones los habían atacado frente a una taberna en Spitafields, en el East End. La corpulencia y la fortaleza de Brett no habían intimidado ni siquiera un poco a aquellos desharrapados, y Emma había llegado a temer por la vida de ambos. Si decidían asesinarlos y dejarlos en la cuneta, ¿quién los encontraría? ¿Quién los identificaría? Cuanto más pensaba en ello, más arreciaba el llanto.

La primera noche que Brett y ella habían ido al East End había regresado muy complacida consigo misma, como si hubiese logrado algún tipo de hazaña por el mero hecho de haberse tomado una cerveza aguada en una taberna de dudosa reputación y haber dado un paseo por aquellas calles malolientes y oscuras. ¿Cómo podía ser tan estúpida?

—Brett no va a morirse. —La voz de Hugh acarició su oído, mientras continuaba sosteniéndola entre sus brazos.

—No... —hipó—. No lo sabe.

—Créame, he visto morir a muchos hombres. Lo sé.

—Debe de pensar que soy una insensata.

—Oh, desde luego.

—Y que me merezco una azotaina.

—Con gusto se la daría.

Emma sonrió a su pesar, porque adivinó, sin mirarlo siquiera, que había pronunciado las últimas palabras en tono de burla. Había recuperado el ánimo lo suficiente como para separarse de él, solo que Hugh volvió a pegarla a su pecho y Emma no se resistió. Se estaba bien allí. A salvo.

—¿Me odia? —se atrevió a preguntar al fin, sin despegar la cara de su chaqueta—. Le he colocado en una situación comprometida.

—No la odio.

—Pero...

—Pero estoy tan furioso que tengo ganas de romper cosas.

Emma intentó de nuevo alejarse de él, aunque fue imposible. Hugh no la dejaba marchar.

—Sin embargo —continuó él—, no lo haré. Al menos no esta noche.

—¿Mañana?

—Tal vez.

Emma suspiró de alivio. Pensar en enfrentarse a él en ese momento era superior a sus fuerzas. Comenzaba a sentirse tan cansada que tuvo que esforzarse en mantener los ojos abiertos.

—Creo que me vendría bien ese brandy —susurró.

Los brazos de Hugh dejaron de sostenerla y, durante un instante, sintió frío.

—Será mejor que se siente —le dijo, sin mirarla—. Yo se lo serviré.

Obedeció y ocupó una de las butacas frente a la chimenea apagada, con la cabeza inclinada y las manos sujetas con fuerza sobre el regazo. Hugh le tendió un vaso, ella lo tomó y le dio un buen trago. La bebida bajó como un rayo por su esófago, abrasando el miedo a su paso. La sensación de pánico regresó de inmediato, en cuanto el licor se asentó en su estómago. Dio otro generoso sorbo.

—Despacio —le aconsejó él, que había ocupado el otro butacón—. Debe intentar mantenerse lúcida.

—Claro —asintió, sin atreverse aún a enfrentar su mirada.

—Y creo que debería arreglarse el bigote.

Se llevó la mano a la cara y descubrió que su falso mostacho colgaba de un lado de su boca. Se lo arrancó con un bufido y lo metió en el bolsillo de su chaqueta. De ahí extrajo un pañuelo y se limpió las mejillas húmedas, arrastrando parte del maquillaje. Dios, debía presentar un aspecto ridículo.

—¿No va a preguntarme nada? —le dijo.

—Esta noche no. Parece que ya ha tenido suficiente por hoy.

—Gracias.

—No me las dé todavía.

Durante varios minutos ninguno de los dos dijo nada. Emma permaneció con la vista centrada en su vaso, que sujetaba entre las manos. Sin él, el temblor que había comenzado a dominarla de nuevo habría resultado mucho más evidente.

Por fin alguien llamó a la puerta. Era el doctor.

—Creo que su amigo se pondrá bien —anunció. Emma se había puesto en pie y se sujetó al respaldo de la butaca—. Ha perdido bastante sangre y ahora mismo está inconsciente, pero estoy convencido de que se recuperará.

—¿No...? ¿No va a morirse? —preguntó Emma en un murmullo.

—Aún es pronto para asegurarlo, pero no parece probable. La herida es profunda, pero no parece haber alcanzado ningún órgano vital. Si no hay infección y guarda reposo, en unos días podrá volver a su vida normal.

—Gracias, muchas gracias...

Hugh acompañó al médico fuera de la habitación y Emma dispuso de unos minutos a solas. Aunque Brett no estaba fuera de peligro, las palabras del galeno la habían aliviado mucho.

Ahora debía decidir qué hacer a continuación. ¿Cómo iba a explicar lo que había ocurrido?

—¿Qué voy a hacer ahora? —preguntó en voz alta, creyéndose a solas.

—Brett puede quedarse aquí hasta que se haya repuesto. —Hugh había entrado en la estancia sin que ella se diese cuenta.

—Creo que ya ha hecho usted suficiente.

—Como desee, pero ya puede inventar una buena explicación para todo esto.

—Oh, Dios. —Emma se llevó las manos a la cara. Estaba en un lío terrible.

—De todos modos, ahora mismo no puede moverse —continuó él—. El doctor Green me ha comentado que lo mejor será que permanezca aquí unos días, luego podrá llevárselo adonde desee.

—Muchas gracias. —Emma se dejó caer sobre la butaca, pensando en el mejor modo de afrontar los días venideros.

—Y no tiene por qué ser a su casa.

—¿Cómo?

—Podría alquilar una habitación en un hotel respetable, o una pequeña vivienda durante el tiempo suficiente. E inventar una buena excusa que explique su ausencia.

—Podría ser una solución. Yo... se lo agradezco mucho, señor Barrymore.

—Hugh.

—Hugh. —Emma paladeó su nombre y el modo en que acariciaba el fondo de su garganta—. No sé qué habría hecho sin su ayuda.

—En primer lugar, no debería haber ido al East End, y de noche.

Emma hizo una mueca.

—Lo siento —se disculpó él de inmediato—. Le prometí que hoy no mencionaría el tema.

—Pero tiene razón. He sido una inconsciente. —Se hizo un extraño silencio entre ambos—. ¿Cree que podría subir a verlo?

Hugh asintió y le tendió una mano para ayudarla a levantarse. El tacto cálido de su piel la atravesó de parte a parte. Dios, había echado de menos ese contacto, más de lo que le habría gustado.

La acompañó al piso de arriba. Brett descansaba, con el rostro tan pálido que apenas contrastaba con la blancura de las almohadas. Su respiración era profunda y calmada y Emma se mordió el labio. En el tiempo que llevaban compartiendo sus salidas nocturnas habían llegado a convertirse en amigos y le profesaba gran afecto. Recordó que él había insistido en que olvidara aquella parte de la ciudad y ella, como siempre, había terminado convenciéndolo. Lucien tenía razón. A veces era una niña caprichosa.

Furiosa consigo misma, abandonó la habitación, con Hugh pegado a sus talones.

—¿Qué ocurre? —le preguntó él, que había detectado su cambio de humor.

—¡Brett podría haber muerto! ¡Los dos podríamos haberlo hecho!

—Lo sé.

—¿Qué diantres me pasa?

El pasillo, apenas iluminado, le pareció demasiado estrecho, demasiado opresivo. Los ojos oscuros de Hugh brillaban como ascuas en la noche. De repente, necesitó que la abrazara, que atravesara las capas de ropa y se fundiera con ella. Y, sin darse tiempo a reconsiderarlo, se echó en sus brazos.

Hugh había deseado pegarse a su boca desde que había entrado en su casa, con aquel ridículo disfraz y con tanto miedo en el cuerpo que parecía llevar una segunda piel. Había soñado con ella tantas veces desde la primera y única vez que habían estado juntos que se había convertido casi en una rutina.

Respondió a su beso con idéntico entusiasmo, estrechándola contra su pecho, hasta que comenzó a quemarse dentro de su traje. La tomó en brazos y, en apenas unas zancadas, la llevó a su cuarto. Allí la depositó en el suelo y, sin separarse de sus labios, le quitó la peluca y deshizo el apretado moño que mantenía sujeta su deliciosa cabellera castaña. El pelo cayó como una cascada de seda y hundió sus manos en él.

—Dios, te he echado de menos —musitó.

—Y yo...

Atrapó de nuevo su boca y sus lenguas se enredaron en una danza tan vieja como el cielo, mientras ambos se desvestían entre jadeos. Contempló su cuerpo desnudo a la luz titilante de la única lámpara que había encendida en la habitación, rodeó su cintura con las manos y la alzó. Ella rodeó sus caderas con las piernas y Hugh avanzó unos pasos para apoyarla contra la pared.

Se deleitó con sus senos, cuyos pezones enhiestos reclamaban su atención, y con la mano libre la ayudaba a restregarse contra su bajo vientre. Estaba húmeda, podía sentirlo por el dulce rastro que iba dejando sobre su piel.

—Por favor... —gimió ella.

—¿Quieres que te lleve a la cama?

—¡No! —exclamó tras una risita—. Esta posición me parece perfecta.

—Estupendo, porque no sé si habría sido capaz de hacerlo. —Hugh rio también, desbordado por todas las sensaciones que lo recorrían de arriba abajo.

La miró a los ojos y la sujetó por las nalgas. Con un movimiento suave, fue deslizándola por su vientre, hasta que su miembro se encontró pegado a ella. La notaba palpitante y tan cálida como un buen fuego. No apartó la vista de sus increíbles ojos verdes mientras comenzaba a penetrarla y vio como ella entreabría los labios para soltar un par de gemidos y cerraba los párpados un instante.

—Mírame —musitó.

Ella obedeció y Hugh continuó hundiéndose en su cuerpo, hasta que todo él estuvo dentro de aquella cavidad de terciopelo. Permaneció inmóvil unos segundos y luego movió ligeramente las caderas, haciendo que ella soltara un jadeo. Con las dos manos sujetó con fuerza sus nalgas y ambos comenzaron a moverse al compás. El cuerpo de la joven se arqueaba, sujeta a su cuello y ofreciéndole los senos como una ofrenda, y la sintió alcanzar el clímax de inmediato. Sus músculos se tensaron y se bebió sus gritos de placer, sin dejar de moverse dentro de ella.

—Aún no hemos terminado, princesa —le susurró en cuanto comprendió que su cuerpo se relajaba—. Esto solo ha sido el principio.

Le sonrió, lánguida, y él succionó uno de sus pezones, lo suficiente para que toda ella reaccionara de nuevo. Con la parte baja de su vientre acariciaba el centro de su femineidad, mientras su miembro entraba y salía hasta enardecerla.

Observó su rostro, lleno de churretes del maquillaje corrido, y le pareció más hermosa, vulnerable y deseable que nunca. Se hundió en ella y la mantuvo así, tan pegada a él como era posible, mientras conseguía que su virilidad se estremeciera dentro de aquella vaina de seda.

—Oh, Dios —suspiró ella.

—Yo, y solo yo, seré tu amante, señorita Mullins —masculló Hugh, al borde del precipicio—. ¿De acuerdo?

—Sí, sí... —respondió ella.

Hugh volvió a moverse y la joven alcanzó su segundo orgasmo. Solo entonces él salió de ella y se derramó pegado a su vientre, temblando de excitación.

Ambos se dejaron caer sobre la alfombra y Hugh la envolvió con sus brazos. Cerró los ojos, satisfecho consigo mismo. Serán unos segundos, se dijo, antes de llevarla a la cama. Pero ya no fue capaz de abrirlos.

Se despertó un par de horas más tarde, tumbado sobre esa misma alfombra, cubierto con una manta y con un almohadón bajo la cabeza.

Phoebe se había marchado.

15

Sentada sobre la cama, en su habitación, Emma esperaba a que amaneciese. Había regresado hacía un par de horas, se había lavado y se había puesto uno de sus vestidos de mañana. No quería dormirse y que se descubriera la ausencia de Brett antes de haber podido hacer algo. Era lo menos que le debía.

De todos modos, pensó, estaba tan nerviosa que le habría resultado imposible pegar ojo. No solo porque había ocurrido en el East End y por el miedo que había pasado justo después, sino por todo lo que Hugh Barrymore había vuelto a despertar en ella. Ni siquiera sabía que un hombre y una mujer podían hacer el amor de pie, y se preguntaba cuántas cosas más sobre el particular ignoraría y cuántas de ellas estaba él dispuesto a enseñarle.

Después de aquella primera vez, Emma no había sentido ningún deseo de intimar con otro hombre que no fuese Barrymore. No lograba explicárselo, porque estaba segura de querer tener un amante y de disfrutar de todos esos placeres prohibidos. Sin embargo, imaginar unas manos distintas a las suyas sobre su piel le causaba cierta repulsión y se convenció de que eso se debía a que él había sido el primero. Con el tiempo, esa sensación desaparecería, estaba segura. Él había dejado muy clara su postura y ella no iba a suplicarle. Y, de repente, todo había vuelto a suceder, y él incluso se había ofrecido a ocupar ese lugar que antes había rechazado.

«Yo, y solo yo, seré tu amante, señorita Mullins», había dicho Hugh. Emma sonrió ante el recuerdo de aquella intensa mirada clavada en la suya mientras pronunciaba aquella especie de promesa. Ese hombre cada vez le gustaba más. No solo por su físico imponente y su pasión a la hora de tocarla o besarla, sino porque parecía ser alguien con quien se podía contar, alguien en quien se podía confiar.

Inevitablemente, pensó en Phoebe, su dulce Phoebe. Descubrió, no sin cierta sorpresa, que el sentimiento que albergaba por ella comenzaba a diluirse. Había visto a otras jóvenes hermosas en las fiestas a las que había acudido, y a algunos caballeros también muy atractivos con los que no le habría importado perderse en los jardines, pero nadie que le interesara lo suficiente como para iniciar una amistad tan íntima como la que había compartido con su amiga. Nadie hasta Hugh Barrymore.

Escuchó los primeros ruidos de la casa y aún aguardó unos minutos más antes de abandonar su habitación. Tenía preparada una explicación que le pareció convincente y, en cuanto consideró que había transcurrido el tiempo suficiente, fue en busca de Cedric Morton, el mayordomo.

Lo encontró en el piso de abajo, distribuyendo las tareas del día al pequeño ejército de criados con ayuda de la señora Grant, el ama de llaves. Emma los observó a ambos. Ya estaban en la casa cuando ella había nacido y, más que sirvientes, los sentía como parte de su familia. El señor Morton era un hombre de estatura media y de complexión delgada y nada en su apariencia proporcionaba ninguna pista sobre su recio carácter. Sus ojos grises la detectaron de inmediato y abandonó el grupo para dirigirse a ella.

—¿Se le ofrece algo, lady Emma? —le preguntó con la amabilidad acostumbrada.

—Necesitaría hablar unos instantes con usted —respondió—. Se trata de Brett.

—Oh, sí, el señor Gibbons ya me ha comentado que hoy no ha bajado a desayunar y que tampoco está en su habitación.

—Eh, sí, en realidad el joven Taylor ha tenido que ausentarse de Londres.

—¿Se ha marchado de la ciudad? —Las tupidas cejas del mayordomo se elevaron en sintonía.

—Su madre se ha puesto muy enferma —aseguró ella—. No sé si sabe que vive en Surrey.

—Sí, lo sabía. Lo que no entiendo es por qué no me lo ha comunicado a mí, como era su deber.

—Ha sido todo muy repentino. Yo estaba aquí cuando le llegó la noticia y...

—¿La noticia? —La interrumpió el mayordomo—. Hoy aún no han traído el correo.

—Cierto, pero le trajeron una carta en mano —improvisó Emma, que no había caído en ese detalle—. Alguien de su pueblo natal, según pude entender.

—Aun así, su comportamiento es muy irregular.

—Yo le di permiso, Cedric, y le dije que yo misma hablaría con usted para informarle.

—Es muy amable, lady Emma, pero el joven Taylor conoce perfectamente las reglas de la casa. No sé adónde vamos a ir a parar. Cada vez cuesta más encontrar jóvenes capaces y leales.

—Brett Taylor es un buen hombre —lo defendió ella.

—Sí, no parecía mal muchacho —reconoció el mayordomo con un resoplido—. En fin, informaré al señor Gibbons. Habrá que buscar un sustituto.

—¿Un sustituto? Oh, no creo que tarde muchos días en regresar.

—Es posible, pero no será aquí.

—¿Cómo? ¿Va a despedirlo?

—Es mi trabajo, lady Emma.

—No, no, no puede hacer eso. —Emma colocó su mano sobre el antebrazo del mayordomo, que la miró extrañado—. No ha sido culpa suya, yo le di permiso, ya se lo he comentado.

—Sí, pero su obligación era informarme a mí directamente o, en su defecto, al señor Gibbons.

—Pero...

—Es usted una joven encantadora, lady Emma. —El hombre le sonrió con afecto—. Que defienda de ese modo a uno de los sirvientes es una prueba más de su buen carácter. Yo me haré cargo, no se preocupe.

Emma se quedó petrificada, sin saber qué más añadir mientras el mayordomo se alejaba de ella. El vestíbulo se había quedado vacío y lo vio internarse en el pasillo que conducía a su despacho, donde seguramente tendría trabajo que hacer.

Brett no solo había resultado herido por su culpa, también estaba a punto de perder su empleo. Y Emma no tenía ni idea de cómo iba a arreglarlo sin organizar un escándalo.

Querida lady Emma:

Participar en la temporada se parece mucho a ver una carrera de caballos. Están los favoritos, aquellos que uno sabe que van a ganar o a cruzar la meta en los primeros puestos, están los que tienen posibilidades de sorprender a todos y, por último, aquellos que uno sabe a ciencia cierta que llegarán en último lugar.

Las jóvenes favoritas probablemente encontrarán marido en su primera temporada, y sin apenas esfuerzo. Poseedoras de grandes fortunas o hijas de un noble de alto rango, recibirán sus propuestas matrimoniales durante los primeros compases de la temporada. Probablemente, los candidatos estarán a su altura en cuanto a medios y título, y casi se puede adivinar quién se casará con quién durante las semanas iniciales.

Siguiendo nuestro símil, las que llegarían en último lugar acostumbran a ser jóvenes menos agraciadas, excesivamente tímidas, con una dote exigua o con un linaje sin suficiente atractivo. En ese caso, lo más probable es que se vean obligadas a participar en más de una temporada antes de encontrar un marido apropiado, y el listón para escoger candidato irá en descenso a medida que esas temporadas se vayan sucediendo. Si, por desgracia, la joven en cuestión reúne todas esas «cualidades», es probable incluso que acabe por desaparecer de los salones y retirándose a una vida sencilla, tal vez en el campo.

Por último, están aquellas muchachas que uno nunca sabe cómo van a desenvolverse en la carrera. No carecen de virtudes y pueden acabar incluso conquistando a un marqués o a un duque. Sin embargo, en algunos casos, optan por quedarse rezagadas o son adelantadas por otras con más brío. Usted, lady Emma, pertenece a este grupo. Cuenta con muchos puntos a su favor y viene avalada por una familia respetable y de fortuna, aunque transmite la sensación de que ha abandonado la carrera antes incluso de comenzarla.

No se rinda tan pronto, querida. Aún queda mucho recorrido por delante y un buen número de posibilidades de que alcance usted la meta entre los primeros puestos.

Suya afectuosa,

LADY MINERVA

Emma tuvo que releer algunas partes de la misiva. ¿De verdad aquella mujer estaba comparando a las debutantes con animales? Adoraba los caballos, pero jamás se le habría ocurrido buscar semejanzas entre su corcel y ella, ni con nadie a quien conociera.

Volvió a preguntarse quién se escondería detrás de esas cartas tan extrañas.

Con la excusa de una nueva visita a su amiga Amelia, Emma abandonó la mansión Milford a primera hora de la tarde en dirección a Marylebone. Quería comprobar cómo se encontraba Brett.

Hugh no estaba en casa, pero había dejado instrucciones al mayordomo por si ella acudía a ver al enfermo, así que Emma no tuvo que enfrentarse a más dificultades. Subió al piso de arriba y se encontró al muchacho acompañado por una de las criadas, que cosía junto al ventanal y que se levantó en cuanto entró en la estancia.

—Ahora está durmiendo —le dijo—, aunque esta mañana abrió un rato los ojos.

Emma se aproximó al lecho. Su rostro, aunque aún macilento, ya no mostraba esa palidez cadavérica de la noche anterior. Le cogió la mano y se la apretó con fuerza.

—Lo siento, Brett —le susurró—. Haré todo lo que pueda para arreglarlo, de verdad.

—El médico ha estado aquí esta mañana —comentó la criada— y ha dicho que la herida presentaba buen aspecto.

—Gracias...

—Betsy.

—Gracias, Betsy. ¿Tú estás cuidando de él?

—El señor Barrymore nos ha dicho que tenemos que turnarnos para que no esté solo, al menos los primeros días.

—Oh, vaya, siento que todo esto os esté trastornando.

—No, si yo estoy encantada —sonrió la joven, a la que le faltaban un par de dientes—. Es mejor estar aquí cómodamente sentada que fregando los suelos.

Emma sonrió también. Sí, sin duda no era un mal cambio para la muchacha, aunque dudaba mucho que Barrymore se sintiera tan dichoso como parecía estarlo Betsy. Le habría gustado verlo de nuevo, aunque solo fuese para charlar un rato, pero sabía que era un hombre ocupado.

Abandonó la casa una hora más tarde sin que Brett hubiera vuelto a despertarse y se acomodó en el carruaje, intranquila. El vehículo se puso en marcha y Emma se entretuvo en mirar a través de la ventana las casas y edificios de Baker Street. No muy lejos de allí, en una calle paralela, vivía su tía, lady Ophelia Drummond. Pensó en hacerle una visita, pero no se encontraba con ánimos. Vio el tejado de pizarra de la mansión Drummond sobresalir por encima de una casa baja de Baker Street. Realmente estaba a un tiro de piedra de la casa de Barrymore, a menos aún si se utilizaba la puerta trasera del jardín y se cruzaba esa estrecha callejuela en la que no había reparado hasta entonces. Mientras el carruaje continuaba su avance, Emma se asomó por la ventana para cerciorarse de que sus cálculos no eran erróneos.

Se le había ocurrido una idea.

—No lo entiendo, Emma —repitió Lucien por segunda vez—. ¿Por qué quieres pasar unos días en casa de tía Ophelia?

Emma soltó el tenedor junto a su plato antes de responder, por segunda vez también.

—¿No os parece que está muy sola? —Volvió la vista hacia su padre, buscando su complicidad.

—Tiene a lady Cicely —repuso Lucien.

—Ya, pero no es de la familia —insistió.

—Puedes ir a visitarla siempre que quieras —apuntó Oliver Milford, que al fin había decidido intervenir en la conversación.

—Lo sé, pero no es lo mismo.

—Te recuerdo que mañana estamos invitados a una fiesta.

—Puedo ir desde allí, Lucien —replicó—. Tía Ophelia también va a acudir.

—Es que no lo entiendo.

—Echo de menos a Jane. —Emma jugó su última carta. Había esperado no hacerlo porque, aunque era cierto que extrañaba mucho a su hermana, no quería utilizar su ausencia como excusa.

—Claro. —El rostro de Lucien se dulcificó de inmediato—. A veces olvido que debes de sentirte muy sola siendo la única mujer de la casa.

Emma estuvo a punto de hablarle de la señora Grant, de su doncella Maud o de todas las jóvenes criadas, pero sabía que su hermano no se refería a eso. Resistió la necesidad de reconfortarlo y de asegurarle que lo sobrellevaba con bastante entereza, pero eso habría minado sus argumentos, así que optó por guardar silencio. Vio a su padre mirarla con ternura y se sintió tan mal que fue incapaz de continuar comiendo. Les estaba mintiendo, estaba engañando a las personas a las que más quería en el mundo y usando a su hermana, a la que adoraba, para hacerlo. Y todo porque había tomado una mala decisión cuyas consecuencias solo estaba comenzando a pagar.

—¿Ya has hablado con ella? —preguntó su padre.

—Eh, no, todavía no —contestó Emma con un hilo de voz—. No quería hacerlo sin consultarlo antes con vosotros.

—Pues si ella no tiene inconveniente tienes mi aprobación, hija.

Su tía, por supuesto, no puso ninguna objeción. De hecho, se mostró encantada con la idea de que su sobrina pasara unos días en su casa y, esa misma tarde, Emma se instaló en una de sus confortables habitaciones. A nadie parecieron extrañarles las prisas, lo que fue un alivio.

La mansión Drummond, en Glentworth Street, era una coqueta vivienda de dos plantas rodeada de un frondoso jardín. Eso fue lo primero que visitó, y lo recorrió en busca de la puerta trasera, parcialmente oculta tras unas enredaderas. Su hermano Nathan y ella la habían descubierto un verano de su infancia y continuaba allí. Le asombró comprobar que se encontraba en excelente estado, pese a que era evidente que no se utilizaba con frecuencia. La habían pintado no hacía mucho y no tenía ni una mancha de óxido, aunque sí un grueso candado, muy similar al que su hermano y ella habían visto años atrás. En aquel entonces, Nathan había logrado abrirlo con un par de las horquillas de su pelo, y Emma probó suerte de la misma manera. Le llevó más de diez minutos hacerlo, mientras el sudor empapaba la espalda de su vestido. Si alguien la descubría allí, tratando de forzar aquella cerradura, iba a tener que dar muchas explicaciones. Finalmente logró su cometido y decidió no volver a cerrarlo. Esa noche, a oscuras, quizá no resultase tan sencillo abrirlo.

Simulando continuar con su pequeño paseo, regresó a la casa y se reunió con las dos mujeres, que jugaban una partida de ajedrez en el salón. Emma nunca había logrado aprender, pese a lo mucho que su padre se había esforzado en enseñarle; no tenía paciencia para ello. Las observó durante un rato y luego se sentó en uno de los sofás a leer, aunque fue incapaz de concentrarse. ¿Cómo se encontraría Brett? ¿Se habría despertado? ¿Se preguntaría dónde diablos estaba ella y por qué lo había dejado abandonado allí?

—Esa novela debe de ser aburridísima. —La voz de lady Cicely cortó de raíz sus pensamientos.

—¿Cómo?

—Llevas más de diez minutos con la mirada perdida en la misma página.

—Oh, no está mal —respondió, aunque en ese momento ni

siquiera era capaz de recordar el título—. ¿Ya habéis terminado la partida?

—Sí —respondió su tía.

—¿Quién ha ganado?

—Yo. —Lady Ophelia aplaudió, tan contenta que a Emma le pareció una niña—. Me has traído suerte, Emma. Cicely me gana casi siempre.

—A ti se te dan mejor las cartas —se defendió la dama de compañía.

—Porque no sabes hacer trampas tan bien como yo.

—¡Solo me has pillado una vez!

—Es mucho más divertido así, Emma —le dijo su tía con un guiño cómplice—. Y a nuestra edad ya no quedan muchas cosas que nos resulten divertidas.

Emma no supo qué responder a eso. Observó a las dos mujeres, que habían superado con creces los cuarenta años, y le parecieron hermosas, distinguidas e inteligentes. Que considerasen que en sus vidas quedaban escasas distracciones no le resultó nada esperanzador.

Hugh la estaba esperando. Esa tarde, al regresar del despacho de los Barrymore, le habían mencionado la visita de la joven. El herido continuaba inconsciente. El médico había ordenado suministrarle pequeñas dosis de láudano para mantenerlo en ese estado y favorecer así el proceso de curación. A Hugh le había parecido un acierto, aunque no fuese muy partidario del uso de ese tipo de sustancias. En la guerra, los gritos de los heridos habían sido una de sus peores pesadillas y muchos de ellos se habrían bebido de un trago cualquier cosa que les hubiesen puesto delante con tal de acabar con su sufrimiento.

La muchacha llegó ataviada con su disfraz habitual, aunque

resultaba evidente que no había puesto el mismo esmero que en ocasiones anteriores y que había decidido prescindir del bigote. A pesar de haber estado pendiente de su llegada, a Hugh le sorprendieron los golpes en la puerta. No había escuchado la llegada de carruaje alguno, y supuso que había estado demasiado perdido en sus propios pensamientos.

La joven subió primero a visitar a Brett, cuyo estado apenas había variado. Luego Hugh le propuso tomar una copa en la biblioteca, e hizo caso omiso del gesto de contrariedad de la joven. Él deseaba tanto como ella volver a besarla y sentir de nuevo su piel ardiendo bajo sus manos, pero también ansiaba conocer a la mujer que se ocultaba tras aquellas prendas masculinas. Que se hubieran convertido en amantes no implicaba que entre ellos solo hubiese cabida para el sexo.

Una vez en el piso de abajo, ella aceptó un brandy y ocupó la misma butaca que el día anterior, y casi la misma postura. La espalda recta y tensa, y las piernas ligeramente separadas, como si fuese a levantarse y a echar a correr de un momento a otro.

—¿Va a soltarme un sermón ahora? —le dijo ella, casi a la defensiva.

—Es cierto que hay cosas sobre las que tenemos que hablar —respondió él, conciliador—, aunque la verdad es que solo quería compartir un rato contigo.

—¿Para qué?

—No lo sé, charlar un poco tal vez.

—¿Charlar?

—Me gustaría conocerte mejor. —La vio envararse un poco más, si es que aquello era posible, y se apresuró a rectificar—. No pretendo que me desveles tu verdadera identidad, si es lo que temes.

—¿Entonces? —Ella alzó una ceja, incrédula.

—Somos amantes... he pensado que también podríamos ser amigos.

—Ya tengo amigos.

—¿Como el joven que duerme en el piso de arriba? —replicó, mordaz.

La vio morderse el labio, indecisa, y tuvo que hacer acopio de toda su fuerza de voluntad para no abalanzarse sobre aquella boca que parecía tentarlo.

—¿Te gusta viajar? —le preguntó—. ¿Leer? ¿Pintar? ¿Alguna otra cosa que no sea salir a hurtadillas de tu casa vestida de ese modo?

—¿Qué te gusta a ti?

—¿Vas a responder a una pregunta con otra?

Lo miró, desafiante, y él sostuvo el peso de aquellos ojos verdes sin inmutarse.

—Me gusta leer —dijo ella al fin—, y me encantaría viajar. O al menos eso creo, porque nunca he ido a ningún otro lugar que no sea... —carraspeó— la propiedad de mi familia en el campo.

—¿Está muy lejos?

—¿El qué?

—La propiedad de tu familia.

—En Durham, ya lo sabe, señor Barrymore —contestó, dejando el tuteo y con un gesto de suficiencia. Hugh recordó que Durham era el lugar de origen ficticio del falso Mullins—. Un intento muy burdo de sacarme información, si me permite que se lo diga.

—No pretendía tal cosa.

—Oh, ¿de verdad? —Había tal cinismo en su voz que Hugh intuyó que había perdido momentáneamente su confianza.

—Has comentado que nunca has viajado y me preguntaba si era un desplazamiento muy largo —se explicó—. Si no te mareas en el carruaje tras varias horas en él y no te dan ganas de arrojarte por la ventanilla de puro aburrimiento, creo que podría gustarte viajar. La mayor parte del tiempo uno debe pasarlo en el interior de algún tipo de vehículo infernal.

—Ya —repuso ella, aún con cierta sospecha brillando en sus ojos.

—A mí me encanta viajar, y leer, aunque pinto horriblemente mal. Lo único que soy capaz de dibujar de forma aceptable es una manzana.

—¿Eh?

—Las manzanas son unas frutas muy agradecidas y sin muchas aspiraciones. Con un círculo y un palito ya se dan por satisfechas.

—¿Te estás burlando de mí? —La vio esbozar media sonrisa.

—¡No! Puedo dibujarte una ahora mismo si quieres.

—Creo que no es necesario.

—Las peras tampoco se me dan mal...

Entonces ella se rio, se rio de verdad, con una carcajada pura y limpia como una cascada. Hugh la vio por primera vez sin ningún tipo de máscara, pese a que aún llevaba la peluca puesta y el traje de su personaje. Y se dio cuenta, en ese preciso instante, de que volvía a estar en peligro.

Si no se andaba con cuidado, corría el riesgo de enamorarse de esa mujer.

16

Excepto con su padre y sus hermanos, Emma no se había sentido jamás tan cómoda en presencia de ningún hombre. Hugh Barrymore tenía sentido del humor, era inteligente y buen conversador, y la escuchaba con verdadero interés. Tras hablar un rato sobre pintura y compartir algunas risas, ella se atrevió a sincerarse un poco más.

—Me gustaría escribir.

—¿Cartas?

—No —contestó, algo cohibida de repente—. Me gustaría viajar, escribir sobre esos viajes y luego, tal vez, publicar algo en alguna revista. Incluso un libro.

Hugh sonrió de oreja a oreja.

—No me lo puedo creer.

—¿Me cree incapaz? —Emma se envaró.

—En absoluto, no se trata de eso. —Él se inclinó hacia ella—. ¿Se sorprendería si le dijera que escribir sobre viajes es una de mis pasiones?

—¿Habla en serio?

—Totalmente. —Hugh se levantó y fue hasta la gran mesa que ocupaba uno de los extremos de la sala. Abrió uno de los cajones y sacó un puñado de diarios atados con un lazo escarlata—. Todavía no he tenido la oportunidad de conocer demasia-

175

dos lugares, pero espero remediarlo en los años venideros. Confío en que mis negocios me lleven a muchos sitios en el futuro.

Emma tomó los cuadernos que él le tendía. Eran un total de cinco. Le pidió permiso con la mirada y Hugh asintió. Solo entonces deshizo el lazo que los unía y abrió uno al azar. Estaban escritos con una letra bonita y clara, ligeramente inclinada hacia la derecha.

—Puedes llevártelos si quieres —le dijo él.

—Oh, no querría leer algo demasiado personal.

—No hay nada personal en ellos, solo observaciones sobre lugares, gentes, sitios de interés...

—¿Y qué más?

—Eh, no entiendo a qué te refieres.

—¿Platos típicos de la zona? ¿Leyendas locales? ¿Buenos restaurantes, hoteles o tiendas?

—Me temo que no —respondió, un tanto azorado—. Quizá no resulten tan interesantes después de todo.

Hugh le tendió la mano para que se los devolviera, pero Emma los sujetó con fuerza contra su pecho.

—Aun así, me gustaría leerlos, si no te importa —le dijo.

—Claro. —Hizo una pausa y la miró—. ¿A eso te referías con escribir sobre viajes?

—Más o menos. Me gustaría que fuese una experiencia más profunda. Ser capaz de transportar a quien leyera mis palabras a ese lugar. Hablarle sobre la luz, los olores, los sabores, los sonidos... Cómo se viste la gente, qué come, cómo se desplaza, qué temas le interesan. Qué tipo de animales habitan en la zona, qué plantas son las más comunes...

—Comprendo. —Hugh clavó en ella sus ojos oscuros—. Habría resultado muy interesante tenerte a mi lado. Creo que entre ambos habríamos hecho un trabajo magnífico.

Emma se ruborizó sin poder evitarlo. Ella había tenido

exactamente la misma idea, solo que no se habría atrevido por nada del mundo a decirla en voz alta.

—Si no hubiésemos estado en guerra, claro —añadió Hugh.

—¿Qué?

—Esos diarios los escribí durante la guerra —contestó—. En los descansos entre unas misiones y otras.

—Oh. —Emma volvió a observar los cuadernos, que seguía sosteniendo con más fuerza de la necesaria.

—No te preocupes, apenas menciono nada sobre ese asunto en ellos.

Se hizo el silencio de nuevo, aunque no le resultó incómodo. Tenía la sensación de que existía una nueva conexión entre ambos y eso, sin saber muy bien por qué, la asustaba. Hasta tal punto que decidió que no quería continuar charlando con él, al menos no esa noche.

Se levantó, dejó los cuadernos sobre la butaca, se quitó la peluca y luego comenzó a desabrocharse la chaqueta y los pantalones.

—¿Qué...? —Hugh la miró, con una ceja alzada—. ¿Qué haces?

—Quitarme la ropa.

—Ya, bueno, eso ya lo veo...

—Quiero besarte y tocarte.

—¿Aquí?

Hugh miró alrededor. Había un buen sofá y la alfombra frente a la chimenea era mullida. Las cortinas estaban echadas y la puerta podía cerrarse con llave en un santiamén. Emma adivinó todos sus pensamientos por la forma en que sus ojos iban de un lugar a otro. Aquel hombre era tan transparente como un cristal.

—¿Se te ocurre algún motivo por el que este no pueda ser un buen sitio? —preguntó ella, divertida con la situación.

—Una cama sería mucho más cómoda.

—La última vez no nos hizo falta —replicó, seductora.

—Dios...

Hugh se incorporó de un salto, la sujetó por la cintura y la pegó a su cuerpo, donde ya palpitaba una poderosa erección. Emma buscó sus labios y le echó los brazos al cuello en cuanto sus lenguas se encontraron. ¡Cómo le gustaba besar a ese hombre! De haber podido, se habría pasado la eternidad pegada a su boca.

Las manos de él comenzaron a ayudarla a desvestirse y, cuando Emma estuvo desnuda por completo, volvió a envolverla con sus brazos y a recorrerla por entero, buscando esos rincones que sabía que la enardecían. Ella nunca había sospechado que pudiera ser así de apasionada, porque solo con unas cuantas caricias conseguía llevarla a las cimas más altas. Sin soltarla, Hugh tomó asiento en la butaca y ella se acomodó a horcajadas sobre él. A través de la tela del pantalón, notó temblar su miembro, tan excitado que no tardaría en rasgar el tejido que lo cubría.

La sujetó por las nalgas y comenzó a frotarla contra él, y Emma se arqueó, ofreciéndole sus senos y disfrutando de cada roce. Sintió los labios de él cerrarse en torno a uno de sus pezones, y la calidez de su lengua lamiendo con avidez. Alcanzó un intenso orgasmo en cuestión de segundos, y Hugh no se había quitado ni siquiera la chaqueta.

Aquella iba a ser una noche memorable. Se lo decían sus huesos.

Y no se equivocó.

Eran las diez de la mañana y Emma volvía a estar en casa de Hugh Barrymore. Apenas hacía siete horas que había salido de allí, con las piernas temblorosas, y que había recorrido la distancia que la separaba de casa de su tía, donde se había colado sin ser vista. Ciertamente, era una ventaja que ambas viviendas se encontrasen tan cerca. No era necesario utilizar un carruaje y, con un poco de cuidado, las sombras se encargaban de cubrir todos sus pasos.

Emma se había lavado a conciencia, pero seguía llevando cosido a ella el aroma de Hugh, como si se hubiese colado más allá de la piel. De vez en cuando se llevaba la muñeca de la mano derecha a la nariz y aspiraba con fuerza. Allí, en aquel pequeño rincón, el olor aún parecía más intenso, tanto que casi lograba conjurar la imagen de Hugh debajo de ella, en aquella butaca que ya nunca se le antojaría exclusivamente cómoda y elegante.

Aún le costaba mantenerse sobre sus piernas cuando entró en la habitación que ocupaba un Brett ya consciente, y buscó un lugar en el que sentarse. Por fortuna, su cuidadora había colocado una silla junto al lecho.

—Lady Emma... —musitó el joven, una vez que se quedaron a solas.

—¿Cómo te encuentras?

—Mejor, creo, aunque me siento muy cansado.

—Es por el láudano —le explicó—. En un par de días ya no será necesario.

—Tengo que volver al trabajo cuanto antes.

—No te inquietes por eso —lo tranquilizó—. Hablé con el señor Morton y le dije que habías tenido que ausentarte porque tu madre se había puesto enferma.

—Oh, Dios. Voy a perder mi empleo.

—No... —Emma no encontró fuerzas para decirle que eso ya había ocurrido, quizá porque aún mantenía la esperanza de arreglar ese asunto.

—Debería haberle dicho que sufrí algún tipo de accidente —le dijo el joven—. De ese modo habría sido imposible avisarle.

Emma se mordió los carrillos. Sí, era una idea mucho mejor que la suya, solo que no había pensado en ella, ni habían tenido tiempo de comentarlo tampoco antes de llegar a casa de Barrymore.

—Ahora no te preocupes por eso, Brett —le dijo, y sujetó su mano con fuerza—. Concéntrate en recuperarte lo antes posible.

—Sí, lady Emma.

—Y... lo siento. Lo siento muchísimo. —Emma notó el escozor de las lágrimas y parpadeó varias veces seguidas para ahuyentarlas—. No deberías haberme dejado convencerte para...

—No pasa nada, milady. —Brett cubrió su mano con la suya, grande y morena—. Soy tan culpable como usted. Debí insistir más para hacerla cambiar de idea.

—No habría funcionado. —Emma torció la boca, disgustada—. Me temo que soy demasiado cabezota.

—Pues entonces me alegra haber estado allí, porque estoy seguro de que habría ido incluso sola.

Quiso replicar, pero tal vez Brett tenía razón. Estaba tan ansiosa por conocer la cara oculta de aquella parte de la ciudad que se preguntó si se habría atrevido a ir sin ninguna compañía. Prefería pensar que no se habría comportado de una forma tan insensata, al menos no más de lo acostumbrado.

—Tengo que enviarle una nota a Lucy —dijo Brett con media sonrisa—. Mañana deberíamos encontrarnos en el parque y es evidente que no podré acudir. No quiero que piense que me he echado otra novia.

Emma sonrió también y le alegró comprobar que el buen humor de su amigo no había mermado.

—Yo me ocuparé de avisarla, tranquilo.

—Pero no le diga dónde estoy —se apresuró a añadir—, o vendrá a verme todos los días.

Brett soltó una risita y luego su rostro se contrajo en un gesto de dolor que Emma casi logró sentir en su propia carne. El joven se llevó una mano a la zona herida y cerró los ojos con fuerza.

—Creo que te toca un poco más de medicina —musitó ella.

—Tal vez sí —resopló—. En ocasiones ni siquiera noto la herida y en otras es como si una lanza me atravesara de parte a parte.

—Oh, Dios... —Emma se cubrió la boca con la mano.

—Pero la mayor parte del tiempo estoy bien, lady Emma, de verdad. —La miró con tanta preocupación que se le hizo un nudo en la garganta—. Me recuperaré totalmente, el doctor me lo ha dicho esta mañana.

—¿Ha venido a verte otra vez?

—Viene dos veces al día.

—¿Dos?

Emma se arrellanó en la silla. Hugh era el responsable de eso, no cabía duda. Se estaba ocupando tan bien de Brett que se sintió culpable por ello.

Comenzaba a deberle demasiados favores al señor Barrymore.

Owen había regresado a Oxford y su silla vacía parecía ocupar más espacio que nunca alrededor de la mesa familiar. Cada vez que Hugh alzaba la cabeza la veía frente a él y se figuró que, durante su propia ausencia, sus padres y sus hermanos habrían sentido algo muy similar al ver la suya también desocupada. Esperaba al menos que, en ese tiempo, su hermana Grace, que habitualmente se sentaba a su izquierda, se hubiera corrido un sitio para llenar el hueco.

Contempló la distribución de la mesa y le pareció absurda. La cabecera la ocupaba su padre, como siempre, y su madre Candice se sentaba a su derecha. En el otro lado, Markus, Hugh y Grace. ¿Por qué no se repartían mejor los asientos? Así las ausencias se notarían menos. Su hermana, por ejemplo, podía ocupar la silla situada junto a su madre, así todo estaría más equilibrado.

—¿Qué haces, Hugh? —le preguntó su madre con una sonrisa.

—Nada. Estoy cenando —disimuló. Pero ella lo miró de aquella forma en la que miran las madres, que parece que se asoman a nuestras almas sin esfuerzo—. Estaba pensando que Grace podría ocupar la silla —dijo al fin, señalando con la cabeza el asiento.

—¡Es el sitio de Owen! —exclamó su hermana, casi escandalizada.

—Owen no está.

—Pero volverá.

—Pues cuando regrese ocupas tu antiguo lugar.

—No pienso hacer tal cosa —refunfuñó la joven—. Mamá, ¿tengo que hacerlo?

—Solo era una idea, Grace —bufó Hugh.

—¿Por qué te preocupa eso ahora? —Su madre lo miró, entre curiosa y enternecida.

—Es una tontería —reconoció él—. Estamos los tres en este lado de la mesa y ahí... está usted sola.

—Sin embargo, eso me permite observaros a todos sin necesidad de girar la cabeza, ¿lo has pensado?

—Eh, no...

—¿Qué es lo que te preocupa en realidad?

182

—Nada, yo... Nada.

—Mientras estuviste fuera nadie ocupó tu silla —dijo su hermana Grace, que respondió sin querer a la pregunta que le rondaba la cabeza—. De hecho, mamá insistía en poner un plato en tu sitio cada noche y...

—Grace... —la interrumpió su madre.

La muchacha se calló de repente y Hugh miró alternativamente a una y a la otra, y luego a Markus y a su padre. Todos fingían estar concentrados en el contenido de sus platos.

—¿Y bien? ¿Nadie va a contarme el resto de la historia? —preguntó Hugh.

—A madre le preocupaba que pasaras hambre —contestó Markus al fin, pero sin alzar la vista— y que la guerra te hiciera olvidar que aquí estaba tu sitio.

—Y rezábamos todas las noches, antes de cenar —apuntó Grace.

—Ahora ya no importa nada de eso —señaló la madre, que ahora sí miraba a Hugh—. Ya estás en casa.

Hugh fue incapaz de pronunciar ni una sola palabra. Miró a su familia y los imaginó noche tras noche, preocupados por él, asustados por lo que pudiera ocurrirle. Fue más consciente que nunca de que en las guerras no solo sufrían los que iban al frente a dejarse la piel.

Nunca se había sentido tan afortunado como en ese momento.

Hora y media más tarde, Hugh se encontraba de nuevo en la biblioteca de la mansión Barrymore en compañía de Markus.

—¿Te apetece que salgamos un rato? —le preguntó su hermano—. Podríamos ir al Anchor, o a alguna taberna.

—No, hoy no.

—Creo que hay un par de fiestas, seguro que estamos invitados a alguna de ellas, o a ambas.

Hugh lo pensó un momento. Esa noche, Phoebe le había comentado que asistiría a un baile, tal vez se tratara de alguno de esos, pero no podía estar seguro.

—Me voy a casa —dijo al fin.

—Últimamente estás algo ermitaño, hermanito.

Markus tenía razón. Hacía varios días que no salían juntos, en concreto desde que lo señorita Mullins había vuelto a aparecer en su vida. En ese momento, lo único que deseaba era regresar a su casa por si ella lo visitaba de nuevo. Le había dicho que no sabía a qué hora volvería de la fiesta ni si podría acudir. Tenía la esperanza de que la velada le resultara tediosa y decidiera marcharse antes de tiempo para ir a verlo. Sin embargo, ese pensamiento trajo otro aparejado. Se dio cuenta de que últimamente su vida giraba en torno a esa mujer y a sus caprichos. ¿Qué sucedería cuando se cansara y decidiera abandonarlo por otro? No debía consentir que su existencia girara en exclusiva a su alrededor, siempre dispuesto y siempre esperando.

—Podríamos ir a The Dove a tomar una copa —dijo, aceptando la propuesta de su hermano.

—Hummm, ese lugar siempre es una buena idea.

—Invito yo. Tengo que agradecerte todas las oraciones que rezaste por mí —añadió burlón mientras ambos se levantaban de sus asientos.

—No te hagas ilusiones —replicó Markus en el mismo tono—. En realidad, yo solo movía los labios para contentar a nuestra madre.

—Claro.

—Pero no vuelvas a marcharte a ninguna guerra. —Su entonación poseía ahora cierto deje de seriedad.

—Descuida —le aseguró mientras se colocaba el abrigo—.

A menos que invadan Gran Bretaña, no tengo intención de participar en ninguna otra.

—Bien, porque ya sabes lo poco que me gusta rezar.

—Pero si has dicho que...

—¡Cállate, Hugh!

Y Hugh obedeció, con la sonrisa aún bailándole sobre la boca.

∼ 17 ∼

—Podrías esforzarte en aparentar que esperas disfrutar de la velada.

En el interior del carruaje, su tía Ophelia la miraba con cierto reproche. Emma esbozó una sonrisa y miró a lady Cicely, sentada junto a su tía.

—Oh, seguro que será así —aseguró.

—Tienes aspecto de ir a que te saquen una muela.

—Es cierto que habría preferido quedarme en casa.

—¿En casa? ¿Con nosotras? —Su tía miró a su acompañante—. ¿Haciendo qué?

—No lo sé. Jugar a las cartas tal vez.

—¿Sabes hacer trampas?

—Eh, ¿no?

—Entonces no nos sirves. —Lady Ophelia le guiñó el ojo—. De verdad, niña, dale una oportunidad a la temporada. Hay jóvenes encantadores y un sinfín de cosas que hacer. Aún no has ido a la ópera, ni a las carreras, ni a ninguna exposición, ni...

—Se está poniendo pálida, Ophelia —rio lady Cicely a su lado.

—¡No! —se apresuró Emma a añadir—. Todo eso está muy bien, y suena verdaderamente apetecible.

—Sabes que la familia posee un palco en el King's Theatre, ¿verdad?

—Sí, claro —contestó, aunque, en realidad, había olvidado esa información.

—Ya. ¿Piensas usarlo?

—Yo... sí, por supuesto.

—Perfecto, porque ni tu padre ni tu hermano parecen sentir gran entusiasmo por la música. Nosotras te acompañaremos encantadas, ¿verdad, Cicely?

—Oh, sí. Espero que estrenen algo de Mozart —contestó la dama de compañía.

—Querida, sabes que existen otros compositores, ¿verdad?

—¡Pues claro!

—Bien, porque a veces me haces dudarlo.

—Pero no hay ninguno que pueda compararse.

—Supongo que eso es cuestión de gustos...

Emma las miró discutir durante un par de minutos más, hasta que llegaron a la fiesta. Aquellas dos mujeres llevaban tanto tiempo juntas que parecían, más que amigas, hermanas. O un matrimonio bien avenido. Trató de imaginarse a sí misma en diez, en veinte años, y se preguntó si, llegado el momento, también contaría con alguien así de leal y cercano a su lado.

La fiesta no era, ni de lejos, tan fastuosa como otras a las que había asistido. Los canapés estaban un poco agrios, la limonada demasiado aguada, y la orquesta era pequeña, por lo que, en determinados puntos del salón, la música apenas se escuchaba. Sin embargo, los anfitriones, los condes de Merignac, parecían encantados con el éxito del evento, en el que no parecía faltar nadie relevante. Quizá porque, esa noche, era la única fiesta que se celebraba en la ciudad.

También estaban allí Phoebe y Amelia con sus respectivos maridos, y las tres se saludaron con cierta alegría. Hacía días que no se veían y Emma se dio cuenta de que ya no sentía con tanta intensidad ese desapego hacia sus viejas amigas. De hecho, charló con ellas un buen rato, hasta que lady Ophelia le hizo notar que su carnet de baile estaba casi vacío.

Al final bailó con unos cuantos caballeros, algunos de los cuales visitaban su casa con cierta frecuencia. Desde que se hospedaba con su tía, había logrado eludir esas mañanas tediosas, aunque intuía que no sería por mucho tiempo. Un rato antes, durante la cena, su tía le había hecho un comentario al respecto que había logrado esquivar con bastante acierto, pero era cuestión de tiempo que volviera a insistir sobre el particular.

El vizconde Washburn, fiel a su costumbre, acudió para solicitar un vals y Emma aceptó.

—Hace días que no tengo el honor de disfrutar de su compañía —le dijo en cuanto sus brazos la rodearon, quizá con algo más de entusiasmo que en ocasiones anteriores.

—Estoy pasando una temporada en casa de mi tía, lady Drummond.

—Oh, no lo sabía. Cuando regrese a la mansión Milford verá un par de mis tarjetas de visita. —Hizo una breve pausa—. Quizá podría ir a verla a casa de lady Drummond.

—Me temo que no será posible, milord —le dijo con amabilidad—. Allí solo soy una invitada y no quisiera molestar.

—Claro, por supuesto. Tal vez podríamos vernos entonces en Hyde Park —insistió.

—Oh, seguro que sí.

—¿Cuándo?

—¿Eh? —Emma se sorprendió por aquella pregunta tan directa.

—Lady Emma, lo cierto es que me encantaría poder pasar

algo más de tiempo con usted —reconoció el joven, mirándola con arrobo—. Me parece una mujer preciosa, inteligente e interesante y, antes de solicitar oficialmente su mano, quisiera conocerla un poco mejor.

—Yo..., lord Washburn, me halaga su interés en mi persona, créame, pero en este momento no estoy considerando la idea del matrimonio.

—Mi fortuna es considerable, lady Emma, y soy un hombre de trato fácil.

—Oh, no se trata de eso, milord. —Emma lo miró a los ojos—. Me resulta usted encantador y, si deseara encontrar un esposo, le prometo que usted encabezaría mi lista de posibles candidatos.

—¿Entonces?

—Es solo que aún no sé si es eso lo que deseo —contestó, sin atreverse a confesarle del todo sus intenciones.

—¿Está considerando en serio la posibilidad de convertirse en una solterona?

A Emma no le agradó el sonido de aquella palabra, que tenía unas connotaciones peyorativas. Una solterona parecía hacer referencia a una mujer poco agraciada, vieja, aburrida y sin expectativas, que no había sido capaz de destacar en nada ni llamar la atención de ningún caballero respetable. Ella no se sentía así, no era así y no lo sería jamás.

—Todavía no lo he decidido —fue lo único capaz de decir.

—Comprendo. En todo caso, si cambia de opinión, le agradecería que me lo hiciera saber. —Lord Washburn clavó en ella la mirada y Emma casi notó que la atravesaba de parte a parte—. Estoy convencido de que podría hacerla muy feliz... si usted me brindara la oportunidad.

—No lo dudo, milord —respondió Emma, que desvió la vista de inmediato.

El vizconde no añadió nada más durante el resto de la pieza y se despidió de ella con la galantería de siempre, sosteniendo su mano al besarla algo más de tiempo del que dictaban las normas sociales.

—Lord Washburn parece un caballero interesante —comentó su tía.

—Sí, es agradable.

—Y muy guapo —comentó lady Cicely.

Sí, era atractivo. Emma no era ciega. Encantador, buen conversador, rico, de buena familia, atento... de hecho, poseía todas las cualidades que lo convertirían en un esposo aceptable a ojos de cualquiera. A ojos que no fueran los suyos, claro.

—Voy a ir a por un poco de limonada —dijo al fin—. Esta noche hace calor.

—Claro, te acompañamos —comentó lady Ophelia.

Emma miró en dirección a la mesa de refrigerios, situada a menos de diez metros de donde se encontraban.

—Creo que seré capaz de recorrer sola esa distancia, tía —le aseguró, burlona.

—No es eso lo que me preocupa, sobrina —replicó con retintín. Emma alzó una ceja—. Me inquieta que no seas capaz de encontrar el camino de vuelta.

A Emma no le quedó más remedio que reírse, aunque procuró hacerlo con discreción. Lo cierto era que ni siquiera se había planteado no regresar con sus dos acompañantes, pero que su tía sospechara que pudiera hacerlo dejaba claro lo mucho que la conocía.

Casi una hora más tarde, Emma volvió a encontrarse con Phoebe, en esta ocasión en el tocador de señoras.

—¡Qué calor hace en el salón! —exclamó su amiga, que sostenía una toallita húmeda sobre la nuca.

Emma había acudido con la intención de refrescarse también e imitó a su amiga. Notó cierto alivio, aunque fue efímero.

—¿No ha venido Lucien contigo? —le preguntó.

—Creo que esta vez ha logrado escabullirse de sus obligaciones —contestó Emma riendo.

—Llevas un vestido precioso, por cierto.

Emma bajó la mirada y contempló la tela de gasa en tonos dorados sobre un fondo de seda salvaje.

—Sí, es muy bonito. Jane me ayudó a elegirlo.

—Tu hermana siempre ha tenido un gusto exquisito para vestir.

—Mi hermana tiene un gusto exquisito para todo.

—Cierto, no hay más que ver a su marido.

Ambas rieron, cómplices, y Emma volvió a sentir aquella conexión especial con ella, como si el tiempo hubiera retrocedido un instante.

—Podríamos dar un paseo por el jardín —propuso Phoebe—. Para refrescarnos.

—Claro. Avisaré a mi tía mientras buscas a Richard.

—Oh, creo que está en una de las salas jugando a las cartas. Había pensado que podríamos ir solas, ya sabes, por los viejos tiempos.

Emma casi se atragantó con su propia saliva. ¿Cuánto tiempo hacía que no compartían un rato así, sin nadie alrededor?

—De acuerdo —musitó, con el corazón acelerado.

Su amiga se levantó y Emma aceptó la mano que le tendía.

—No me puedo creer que por fin hayas sido presentada, Emma.

Phoebe la había tomado del brazo y ambas paseaban por el jardín. Hacía más de veinte años que los condes de Merignac se habían instalado en Londres, pero sus jardines seguían evocando a los del palacio de Versalles, o al menos eso era lo que la gente comentaba, porque Emma no había tenido la fortuna de contemplarlos.

—Me parece que ya no podía postergarlo más —respondió divertida al comentario de Phoebe.

—¿Y por qué habrías de hacerlo? Además, estás absolutamente preciosa.

Phoebe apretó su brazo y se pegó más a su cuerpo, un gesto cariñoso que de repente la puso muy nerviosa.

—¿Tú crees?

—Oh, sí. Estás... radiante. Sí, esa es la palabra. Tienes una luz... distinta. No sabría cómo expresarlo.

Emma estuvo a punto de hablarle de Hugh. Había comprobado que, después de hacer el amor con él, su piel presentaba un aspecto luminoso y fresco, radiante, como bien había señalado Phoebe. Se había preguntado si a todas las mujeres les sucedería igual y llevaba días observando los rostros de todas sus conocidas. Solo había visto las mismas señales en el de su hermana Jane, así que al menos por ella no debía preocuparse en ese sentido.

Continuaron adentrándose en el jardín, mientras su amiga parecía querer sonsacarle si había algún caballero que hubiera despertado su interés, y dejó caer el nombre del vizconde Washburn. Emma decidió esquivar el tema y le proporcionó respuestas ambiguas.

Habían llegado junto a un pequeño estanque, que esa noche reflejaba un gajo de luna. Un sauce llorón tendía sus brazos sobre el agua y las hojas plateadas refulgían en la oscuridad.

—¡Vamos! —le dijo Phoebe, que tiró de ella hacia el refugio que proporcionaba aquella cortina de ramas.

Emma rio con ella, feliz, y la siguió hasta que ambas quedaron ocultas tras el follaje.

—¡Qué sitio tan hermoso! —exclamó Emma, sobrecogida por aquel instante de pura belleza.

—Tú eres hermosa, Emma.

Se volvió un poco hacia su amiga, cuyos ojos celestes se habían oscurecido tanto como la noche. La observaba con tanta atención que a Emma se le secó la boca. La vio alzar una mano, que acarició su mejilla.

—Te he echado de menos, ¿sabes? —susurró Phoebe.

—Yo... yo también.

Phoebe se inclinó hacia ella y rozó sus labios con los suyos. Emma entreabrió ligeramente la boca y las lenguas de ambas se encontraron. Percibió sus manos tomándola de la cintura para pegarla más a su cuerpo, y fue entonces cuando reaccionó.

—Phoebe, no.

—¿Por qué no? No me digas que no te ha gustado.

—Sí, claro, pero... estás casada.

—¿Y qué? —contestó, con una risa corta y seca—. ¿Crees que Richard tardará mucho tiempo en buscarse una amante?

—¿Qué estás diciendo? —Emma se retiró—. ¡Tu marido te adora!

—Sí, hoy me adora. ¿Y mañana? ¿Y pasado mañana?

—No puedes estar hablando en serio.

—Oh, Emma, ni te imaginas la de cosas que podríamos hacer juntas. Ahora que tengo experiencia, ¡podría enseñarte tanto!

Volvió a acercarse a ella, pero Emma dio un paso atrás.

—No está bien, Phoebe. Lo sabes.

—Creí que entre tú y yo había algo especial.

—Lo había.

Emma se dio cuenta de que había hablado en pasado, y que su afirmación era rotundamente cierta. Sin embargo, besar a Phoebe no había despertado en ella ni la mitad de las sensaciones que la habían recorrido años atrás. Y, aunque así hubiera sido, ahora era una mujer casada y ella no estaba dispuesta a convertirla en una adúltera.

—Te quiero, Phoebe. Te he querido desde siempre, y te querré hasta que me muera. —Emma sujetó el rostro de su amiga entre las manos—. Seré tu amiga, tu confidente, tu paño de lágrimas si es necesario... pero no puedo ser tu amante.

—No importa. —Phoebe se desasió de su agarre—. Solo pensé que podíamos divertirnos un poco.

Su rechazo la había herido. Emma la conocía lo bastante bien como para saber que esas palabras, pronunciadas en un tono casi irónico, escondían algo más.

—Phoebe...

—Yo también te quiero, ¿sabes? —confesó su amiga, sin atreverse a mirarla—. Te quise desde la primera vez que me cogiste de la mano.

—¿La primera vez que...? Phoebe, ¡pero si entonces tendríamos diez años!

—Once. Estábamos en tu habitación y había tormenta. Me daban tanto miedo los truenos que nos escondimos bajo el edredón de tu cama, ¿lo recuerdas?

—Como si hubiera sucedido ayer —dijo Emma, con un hilo de voz.

—Me cogiste de la mano y me dijiste que no iba a suceder nada malo, que tú cuidarías de mí.

—Yo siempre cuidaré de ti, Phoebe.

—Lo sé.

Entonces su amiga comenzó a llorar y Emma la abrazó, con fuerza, para ahogar sus propios sollozos, mientras sentía el corazón romperse en mil pedazos por todo lo que ya nunca sería, por todo lo que ambas habían perdido.

～ 18 ～

La noche anterior, finalmente, no había acudido a ver a Hugh. Había regresado demasiado tarde de la fiesta y con el ánimo sombrío. Pero no le resultó una tarea fácil. Había necesitado el consuelo de sus brazos, que le hiciera el amor hasta perder el sentido y borrara toda la tristeza que de repente se le había colado dentro. Sin embargo, apenas faltaban un par de horas para el amanecer y ella precisaba de más tiempo con él, mucho más. Así que, a la noche siguiente, había acudido tan pronto dedujo que todo el mundo dormía, y lo halló esperándola. Ni siquiera se molestó en disfrazarse.

Se echó en sus brazos y buscó su boca con frenesí, con una urgencia que le nacía de las entrañas y con la que él supo lidiar. La alzó en volandas y la llevó de nuevo a la biblioteca, para saciarse de sus besos. Allí la sentó sobre la mesa de caoba y comenzó a acariciarla. Sus manos expertas y cálidas recorrieron sus piernas y alcanzaron al fin el centro de su cuerpo, húmedo y presto para recibirlo. Introdujo primero un dedo y luego dos, y con el dorso de la mano acarició su clítoris hasta que ella alcanzó el orgasmo.

—Veo que me has echado de menos —susurró él junto a su oído, mientras la pegaba a su entrepierna.

—Ni te lo imaginas.

—Pues vamos a remediarlo.

La alzó de nuevo y, con ella en brazos, subió las escaleras hasta su dormitorio. La tumbó en el lecho y ni se molestó en quitarle más que la ropa interior. Alzó la falda y las enaguas y se arrodilló entre sus piernas. Y, sin más preámbulos, se hundió en ella con un gemido gutural que Emma acompañó con una sucesión de jadeos.

Hugh la alzó por las caderas y comenzó a frotarla contra su vientre mientras entraba y salía de ella, y Emma no encontraba dónde sujetarse para que el vendaval no se la llevara. Cuando sintió la conocida sucesión de oleadas invadiendo su cuerpo, se arqueó buscando un contacto más intenso y explotó de placer, mordiéndose los nudillos para ahogar los gritos. Hugh salió apenas un segundo después y se derramó sobre sus muslos antes de dejarse caer junto a ella.

—Yo también te he extrañado —le susurró, y le dio un beso en la punta de la nariz.

Desde entonces había transcurrido casi una hora. Habían vuelto a hacer el amor, de forma más pausada y completamente desnudos, y en ese momento ambos se encontraban bajo las sábanas. Emma tenía la cabeza apoyada sobre el pecho de Hugh y con los dedos trazaba arabescos sobre sus bien formados pectorales. Él había intentado iniciar varios temas de conversación, pero Emma no sentía deseos de charlar. Solo quería quedarse así, abrazada, tranquila, a salvo.

—Estás distraída —le dijo él al fin.

—Hummm, sí.

—¿Qué ocurre?

Emma no estaba dispuesta a hablarle sobre Phoebe, pero esa no era la única preocupación que le rondaba por la cabeza.

—Tengo que buscarle un empleo a Brett.

—¿Cómo?

—Es complicado.

—Quieres decir que ese muchacho se ha jugado la vida por ti y ahora ha perdido su empleo por no presentarse en su puesto de trabajo, ¿es eso? —le dijo él, con acritud.

—Más o menos.

—¿Vas a hacer algo? —Emma decidió obviar el tono de reproche de su voz, porque sabía que estaba justificado.

—Buscarle un empleo, ya te lo he dicho.

—¿Y si no lo encuentras?

—Entonces tendré que confesarlo todo —contestó, y añadió en tono jocoso—: Ha sido un placer conocerlo, señor Barrymore. En cuanto mi familia se entere de esto me encerrarán en algún convento, o me mandarán a las colonias. Lo primero que se les ocurra.

—No entiendo cómo puedes bromear con esto. —Ahora parecía molesto de verdad y se incorporó en la cama—. Ese chico ha estado a punto de morir por tu culpa.

—¡¿Crees que no lo sé?! —le espetó, de mal humor—. No he hecho más que pensar en ello desde que ocurrió.

—Ya, tal vez ese sea el problema...

—¿Qué?

—Que quizá deberías haberlo pensando antes.

—Debe de ser maravilloso ser tan perfecto como tú. —Emma se levantó y comenzó a vestirse. Ya no le apetecía continuar allí.

—¡Yo no soy perfecto!

—Pues entonces debe de ser maravilloso no cometer errores tan graves como los míos.

—Yo también cometo errores, Phoebe.

—¡No me llames así!

—¿Qué?

—No... no me gusta que pronuncies mi nombre con esa condescendencia.

Emma había saltado sin querer al escuchar el nombre de su amiga en boca de Hugh y había improvisado una respuesta más o menos convincente. O eso esperaba al menos. Dios, aquella situación se estaba complicando por momentos.

—Creo que voy a marcharme —anunció, como si no fuera evidente. Ya solo le faltaba abrocharse el vestido.

—Sí, me parece buena idea. —Lo vio abandonar la cama y ponerse un batín—. Imagino que tienes un coche esperándote, como siempre.

—Eh, sí.

—Te acompaño hasta la puerta.

—No es necesario, ya sé dónde...

—Te acompaño.

Emma cerró la boca, por esa noche ya había hablado suficiente. Bajó las escaleras tras Hugh, enfadada con él y con la situación, pero al mismo tiempo con una extraña melancolía asentada en el estómago. Lo vio abrir la puerta y pasó junto a él para salir sin mirarlo siquiera. No quería que viera que tenía los ojos humedecidos. Apenas lo había rebasado cuando Hugh la sujetó del brazo y la hizo volverse hacia él. Sin decirle nada, sujetó su rostro entre las manos y la besó, la besó con urgencia y con desenfreno, como si acabara de volver del desierto. Luego la miró a los ojos, sin soltarla.

—Todo saldrá bien —musitó.

Le dio un beso en la frente y la dejó marchar, y Emma bajó los escalones con todo el cuerpo temblándole. Como cada noche, se dirigió hacia la esquina opuesta, donde supuestamente aguardaba su carruaje, y continuó su camino sin mirar atrás.

Sabía que si lo hacía volvería corriendo a aquella casa, a aquellos brazos.

Salir y entrar por la puerta trasera del jardín de la mansión Drummond era una tarea tan sencilla que Emma casi sentía pena por el modo en que estaba engañando a su tía. Introducirse en la casa tampoco era complicado. Siempre dejaba la puerta de la terraza entreabierta y, a las horas que regresaba, nadie había detectado nunca sus salidas nocturnas. Todo el mundo dormía tan profundamente que tendría que haber hecho un ruido considerable para alarmar a cualquiera.

Cruzó el salón, salió al vestíbulo y comenzó a subir las escaleras. Cerca ya del final escuchó algo y se detuvo, con el pulso atronando sus oídos. Pensó en una buena excusa que ofrecer si alguien la sorprendía allí, a oscuras y vestida como si acabara de regresar de la calle. El sonido procedía del cuarto de su tía, situado al final del pasillo que se abría a su izquierda. Se asomó un poco, lo suficiente para ver a alguien abandonar aquella estancia, con una palmatoria en la mano. Era lady Cicely. ¿Qué hacía tan tarde en el cuarto de su tía Ophelia? Ni siquiera miró en dirección a la escalera. Recorrió el puñado de metros que la separaban de su propia habitación y se metió en ella.

Emma permaneció allí unos segundos, por si volvía a salir o por si aparecía alguien más. ¿Lady Ophelia estaría enferma? Recordó las horas previas y no pudo traer a la memoria ningún gesto o expresión que indicara tal cosa. De hecho, su tía presentaba un aspecto de lo más lozano.

De puntillas, recorrió la distancia hasta su propia alcoba, la primera del pasillo contrario, y se coló en ella como un ladrón. Se pegó a la puerta por si lograba escuchar algo más, pero la casa continuaba en silencio. Tras quitarse la ropa y ponerse el camisón, se refugió bajo las sábanas. Hugh y ella habían discutido esa noche, y no le gustaba lo que eso le hacía sentir, aunque él la hubiera besado antes de marcharse, como si no deseara que se separasen en esos términos. Tenía razón en todo, por supuesto, pero a Emma nunca le había gustado que le señalasen lo obvio ni que incidiesen sobre los errores que cometía, como si no dispusiera de criterio propio para discernir el bien del mal.

Luego pensó en Phoebe. Aún no había llegado a asimilar su confesión, y saber que su amiga la había querido tanto como ella le producía una mezcla de alegría y dolor con la que llevaba lidiando desde entonces. ¿Qué habría sido de ellas si Phoebe se hubiera atrevido a decírselo mucho antes?

La noche anterior habían hablado sobre ello. Emma recordaba las ganas que había tenido su amiga de ser presentada e iniciar su temporada social, igual que Amelia. Ahora sabía que en parte era para huir de lo que sentía por ella, un modo de no tener que enfrentarse a los sentimientos que albergaba por Emma, por una mujer. Eso las habría condenado a las dos al ostracismo social, y no estaba dispuesta a tanto.

Emma le dijo que podrían haberse marchado de Londres, de Inglaterra incluso, y haberse hecho pasar por hermanas, o por primas, cuñadas, amigas... lo que fuera con tal de encontrar un pequeño lugar en el que ser felices. Ahora ya era demasiado tarde. Tal vez por eso, pensó Emma, Phoebe lo había confesado al fin, porque ya no había peligro, porque ya no podía hacerse nada.

Cerró los ojos y trató de dormirse, pero su cabeza no cesaba de dar vueltas. Hugh, Phoebe, Brett, lady Ophelia, lady Cicely... Cada nuevo pensamiento la ponía más y más nerviosa, y al final se vio obligada a concentrarse en su respiración para alcanzar la calma suficiente que le permitiera conciliar el sueño.

Cuando bajó a desayunar, un puñado de horas más tarde, apenas había logrado descansar. Por lo que parecía, su tía tampoco, ni lady Cicely. Ambas tenían ojeras y, en el caso de la dama de compañía, bolsas bajo los ojos.

—¿Se encuentra bien, tía? —preguntó al fin.

—Sí, querida —le contestó la mujer, mientras untaba mantequilla en un panecillo caliente—. ¿Acaso no tengo buen aspecto?

—No parece haber dormido mucho.

—Con tantas fiestas, a veces pierdo el ritmo de sueño y luego me cuesta recuperarlo.

—Claro.

—Ya no somos tan jóvenes como tú. —Le guiñó un ojo y volvió a concentrarse en su desayuno.

Emma la imitó, pero no le pasó desapercibida la tenue sonrisa que afloró a los labios de lady Cicely.

A Hugh tampoco le gustaba haber discutido con ella, aunque tuviese razón. No estaba de acuerdo con muchas de las cosas que hacía, pero cada vez la entendía mejor y comprendía qué era lo que la impulsaba a comportarse de una manera tan impropia. También sabía que, si la familia de la joven descubría lo que había ocurrido, era probable que no la volviese a ver jamás. Dudaba mucho que los padres de la chica dejasen pasar por alto algo tan grave, sin hablar del escándalo que podía estallar si alguien más lo descubría.

Desde que se habían convertido en amantes, Hugh había decidido no presionarla ni tratar de averiguar quién era. Estaba convencido de que ella misma se lo diría cuando confiase lo bastante en él. Tampoco quería espantarla y sabía que ella huiría si la presionaba demasiado. Solo que, la noche anterior, no había podido evitarlo. Ahora, mientras recorría el pasillo del piso superior, iba a tratar de arreglarlo.

El joven Brett se encontraba bastante mejor y el médico había decidido rebajar la dosis de láudano. Hugh había dejado instrucciones a su cuidadora de avisarlo en cuanto el joven volviese a despertar, y eso había sucedido solo unos minutos atrás. Entró en la habitación, despidió a la muchacha y ambos hombres se quedaron a solas.

—Señor Barrymore, no tengo palabras para agradecerle todo lo que está haciendo por mí. —El joven trató de incorporarse en la cama, pero Hugh movió la mano, alzada, indicándole que permaneciese como estaba.

—No tiene por qué darlas —le aseguró mientras tomaba asiento junto al lecho—. Parece que ya está mejor.

—Sí, el médico dice que podré levantarme en un par de días.

—Bien, son buenas noticias. Confío en que no regresará al East End.

—Eh, no, creo que eso no va a volver a suceder. —Brett esquivó su mirada.

—No se inquiete. Intuyo que..., eh, la señorita Mullins es muy convincente.

—¡Ni se lo imagina!

—Señor Taylor, ¿ha pensado en lo que hará una vez que salga de aquí?

—Yo..., la... señorita Mullins me ha asegurado que podré recuperar mi anterior empleo.

—Sí, desde luego, pero quizá podría plantearse algo distinto. Estoy seguro de que posee otras aptitudes.

—¿Señor?

—¿Qué hace exactamente en casa de la señorita Mullins?

—Soy ayudante de jardinero.

—¿La casa es muy grande?

—Señor Barrymore, no tengo intención de contarle nada sobre mi señora.

—Claro. —Hugh carraspeó—. Admiro su lealtad, señor Taylor. Es cierto que trato de imaginar al menos en qué barrio puede vivir la señorita Mullins, pero entiendo sus reticencias. Disculpe mi pequeño interrogatorio.

—Yo... comprendo que todo esto debe de resultarle de lo más extraño.

—Mentiría si le dijera lo contrario —reconoció Hugh.

—Pero es una buena mujer.

—De eso no tengo la menor duda.

—Es solo que... tengo la sensación de que está un poco perdida.

—¿Perdida?

—Sí, desde que murió su madre y... —Brett empalideció—. Yo... no debería haber dicho eso. Oh, Dios, ni siquiera debería haber expresado mi opinión sobre el tema.

Hugh vio como el joven se removía, inquieto, con aire de culpabilidad.

—Le prometo que no le comentaré nada, señor Taylor. Tiene mi palabra.

—Pero yo no...

—Seguro que ha sido el láudano —insistió Hugh al ver que el joven no se tranquilizaba—. Lleva varios días tomándolo y sin duda ha perdido usted un poco el sentido de la realidad.

—Hummm, ¿sí?

—Oh, desde luego. —Hugh no tenía ni idea de si su afirmación era cierta, pero le pareció la más indicada—. Y ahora cuénteme, ¿qué más sabe hacer, además de podar árboles y cuidar de las plantas? ¿Fue usted al colegio?

—Sí, hasta los diez años asistí a la escuela dominical.

—Ya veo. —Hugh sabía que los niños de las clases menos privilegiadas recibían cierta instrucción en sus parroquias. Era una educación insuficiente, siempre lo había pensado, pero al menos les brindaba la posibilidad de aprender a leer, aunque fuese de forma precaria.

—Pero en los dos últimos años he aprendido mucho.

—Oh, ¿ha vuelto a estudiar? —Esa información sí que logró sorprenderle.

—La señorita Mullins me ha estado enseñando a leer y a escribir. También matemáticas, y algo de geografía e historia.

—A cambio de su papel de acompañante, imagino.

—Ah, no, por eso me paga, y bastante bien, por cierto. Lo de las clases es... un extra, por decirlo de alguna manera.

—Comprendo.

—Ya le he dicho que era una buena mujer. —Brett sonrió, ahora de forma abierta.

—Señor Taylor, creo que podría tener un empleo para usted.

—Yo espero recuperar el mío, señor Barrymore, ya se lo he dicho.

—Cierto, pero me gustaría que al menos escuchara mi oferta. Creo que no es mucho pedir, ¿no?

—Eh, no, por supuesto que no.

—Bien, porque necesito una persona de confianza para mis negocios. Mi familia posee varios almacenes en los muelles y preciso de alguien que se encargue de recibir las mercancías y llevar un control riguroso de lo que entra y de lo que sale de ellos. De igual modo, debería ocuparse también de supervisar que lo que se carga en nuestros barcos sea lo que se estipula en los albaranes que recogerá de nuestras oficinas —le explicó Hugh. Ya tenía una persona que se ocupaba de ese menester, pero el hombre se pasaba borracho la mayor parte del tiempo y muchos de los productos que llegaban a los almacenes desaparecían misteriosamente. Brett Taylor era un joven corpulento y, por lo que había podido ver, bastante inteligente.

—Eh..., no sé, señor Barrymore.

—¿Qué es lo que no sabe?

—No sé si estaría a la altura.

—Me ha dicho que sabe leer y escribir —el joven asintió—, y también matemáticas. Sin duda será capaz de comprobar si el número de cajas que figura en un documento es el mismo que se descarga de un barco o que se carga en él.

—Claro que sí.

—No estará solo, contará con un par de empleados a su cargo. Vestirá de traje todos los días y no tendrá que ensuciarse las manos más que de tinta.

—Eso sería todo un avance, sí, señor.

—El sueldo inicial sería de treinta libras al año.

—¿Treinta... libras? —Los ojos de Brett se abrieron de par en par. Hugh estaba convencido de que, como ayudante de jardinero, debía de cobrar máximo veinte, y eso si la familia de la señorita Mullins era generosa.

—Los dos primeros años. A partir del tercero, el salario ascendería a treinta y cinco.

—Yo... Eso es mucho dinero, señor Barrymore. —El joven balbuceó un poco.

—Es un puesto de responsabilidad.

—Tengo que consultarlo con... la señorita Mullins.

—Desde luego, aunque le agradecería que me diera a conocer su respuesta lo antes posible. En este momento necesito cubrir ese puesto y, si usted no está disponible, deberé buscar en otro lugar.

Hugh no tenía tanta prisa en realidad, pero estaba deseando arreglar aquel asunto. Intuía que era un joven capaz, honesto y leal, y él valoraba esas cualidades en un hombre.

—Le comunicaré mi decisión en cuanto hable con la señorita Mullins.

—Perfecto entonces.

Hugh se levantó y le tendió la mano. El joven se la estrechó con firmeza y Hugh abandonó la habitación con la sensación de que Brett Taylor sería una excelente incorporación a su negocio.

~ 19 ~

Emma extrañaba su casa. Añoraba desayunar con su padre y con su hermano, echaba de menos sus pequeños ratos con el pequeño Kenneth y sentirse rodeada de sus cosas, por no hablar de dormir en su propia cama. Se encontraba a gusto en casa de su tía, tanto ella como su dama de compañía eran cariñosas y atentas, pero Emma no lograba dejar de sentirse como una invitada. Con suerte, Brett no tardaría en recuperarse y ella podría regresar al fin, aunque eso supusiera dejar también atrás las visitas casi diarias a Hugh. Ir a verlo desde Mayfair no resultaría tan sencillo.

Esa mañana acudió a la mansión Milford. Lucien ya había salido y su hermano pequeño estaba con su tutor, aunque interrumpió las clases unos minutos para saludarlo. Su padre se mostró encantado de verla allí de nuevo y abandonó su despacho para tomar una taza de té en su compañía.

—¿Cómo se encuentra lady Ophelia? —le preguntó su padre en cuanto la señora Grant dejó sobre la mesita una bandeja con dulces.

—Estupendamente, como siempre.

—Seguro que estará encantada de que le hagas compañía.

—Sí, aunque lo cierto es que no parece necesitarla. —Emma frunció los labios—. Lady Cicely y ella pasan la mayor parte del día juntas.

—Tengo entendido que esa es precisamente la labor de una dama de compañía —bromeó Oliver Milford con un guiño.

—Ya, es cierto. A veces incluso discuten cómo...

—¿Como Jane y tú?

Emma soltó una risita.

—Más o menos.

—Llevan juntas tantos años que deben de ser casi como hermanas —señaló su padre, que mordisqueó una de las deliciosas pastas de almendra que preparaba la cocinera de la casa.

—¿Se conocen desde hace mucho?

—Desde antes de que lady Ophelia enviudara. Ya eran buenas amigas antes de su matrimonio.

—Toda la vida entonces —murmuró Emma, que inevitablemente pensó en Phoebe—. ¿Conociste a su marido?

—Hummm, sí. —Oliver Milford tomó un sorbo de té, como si no fuese a añadir nada más—. Lord Drummond tenía al menos treinta años más que ella, que por aquel entonces era incluso más joven que tú. No parecía un mal hombre, aunque demasiado encopetado para mi gusto y demasiado orgulloso de sus raíces escocesas.

Emma soltó una carcajada.

—¿Es malo estar orgulloso de tus raíces?

—No, claro que no. Siempre y cuando no empieces y acabes todas las frases con algún tipo de coletilla que trate de enfatizar tus orígenes.

—No... comprendo.

—Sobre cada asunto, sobre cada tema por pequeño que fuese, incluso sobre unas simples galletas, añadía un comentario que hiciera referencia al modo en que lo harían los escoceses que, por supuesto, siempre era mejor.

—Debía de ser insufrible —rio Emma.

—Sí que lo era —reconoció su padre con una sonrisa—.

Pero no era un mal tipo, y dejó a tu tía en una buena posición económica, lo bastante buena como para no verse obligada a contraer matrimonio de nuevo si no era su deseo.

—Un brindis entonces por lord Drummond —dijo Emma al tiempo que alzaba su taza de té.

Su padre la imitó y, durante unos segundos, ninguno de los dos dijo nada.

—Nathan regresa la semana próxima —añadió entonces.

—Oh, Dios, ¡Nathan!

—No me digas que te habías olvidado de tu hermano —rio Olvier Milford.

—Eh, no, claro que no. Es que el tiempo, a veces, pasa tan deprisa...

Emma se llevó una mano al pecho. En unos días su hermano, su compañero de juegos y aventuras, estaría allí, y ya no volvería a marcharse. Nunca. Eso era al menos lo que se había repetido hasta la saciedad, sin tener en cuenta los futuros conflictos bélicos que pudieran presentarse con el tiempo.

—Me encantaría que para entonces ya hubieras vuelto a casa.

—Claro, papá. A finales de semana voy a la ópera con lady Ophelia y lady Cicely, y luego volveré, te lo prometo.

—No tienes que prometerme nada, hija. Entiendo que desees pasar más tiempo con tu tía. Si estás a gusto allí...

—No, papá. Quiero decir, sí que estoy bien allí, pero esta es mi casa, y aquí es donde quiero estar.

—Me alegra oírlo. —Su padre miró su taza vacía—. ¿Un poco más de té?

—Desde luego.

—Por cierto, cuando regreses hay algunas fichas nuevas que tenemos que rellenar.

—Oh, ¿tienes adquisiciones nuevas? —Emma sintió esa excitación que siempre la embargaba cuando su padre conseguía muestras recientes.

—He conseguido un fragmento de morganita y un ópalo de fuego que proviene de Centroamérica —contestó, muy orgulloso.

—Llevo una hora en casa, ¿por qué no has empezado por ahí? —Emma se puso en pie y dejó la taza sobre la mesita—. ¿Vamos?

Oliver Milford, conde de Crampton, carraspeó antes de imitarla y levantarse también. Era una suerte volver a tener a su hija en casa, pensó mientas la seguía en dirección al despacho.

Hugh la esperaba. Ni siquiera sabía si ella acudiría esa noche, después de la discusión que habían mantenido la última vez, pero tampoco tenía modo de localizarla para asegurarse. El no poder enviarle ni siquiera una nota se le hacía cada vez menos soportable.

En cuanto el reloj dio las once, sonaron unos golpes en la puerta. Hugh había adoptado la costumbre de ordenar al servicio que se retirara y había ignorado las protestas de su mayordomo. El hombre sabía que casi cada noche acudía alguien a verlo e insistía en que su deber era abrirle la puerta y despedirlo al marcharse. Le había costado convencerlo, pero al final había acatado sus deseos. Hugh no quería testigos de sus encuentros con esa mujer.

Acudió a abrir aunque, por el modo de llamar, ya sabía que se trataba de ella. Volvía a vestir sus ropas masculinas, esta vez el uniforme completo, y se preguntó si vendría de algún lugar.

—¿Puedo pasar? —le preguntó, mucho más tímida de lo acostumbrado.

—Por supuesto. ¿Pensabas que me iba a negar a recibirte?

—No lo sé.

Hugh se fijó en que llevaba sus cuadernos bajo el brazo y ella, que vio adónde dirigía su mirada, se los entregó. Ambos se dirigieron a la biblioteca, donde ella ocupó la butaca de siempre.

—Ya los he leído —le dijo—. Son extraordinarios.

—Yo... ¿de verdad te lo parecen?

—Tu narración es fluida y elegante, tan envolvente que consigues que el lector vea lo que tú ves.

—Gracias. —Hugh se sintió un tanto avergonzado—. Es un gran halago por tu parte.

—¿Por mi parte? —Alzó las cejas.

—Sé que eres muy exigente.

La joven soltó una risa cristalina.

—¿Y cómo sabes eso?

—Lo eres en otros aspectos de tu vida —respondió él—. Supuse que este no sería una excepción.

Ambos se sostuvieron la mirada y Hugh sintió como aumentaba la temperatura de la habitación, aunque para esa noche había pensado en algo diferente.

—¿Te apetecería ir al club? —le preguntó.

—¿A qué club?

—Al Anchor.

—¿Tú y yo? ¿Juntos?

—He pensado que podría ser divertido. Imagino que desde que Brett está aquí no has tenido oportunidad de... En fin, da igual. Solo era una idea.

—¡Sí!

—¿Sí?

—¡¡¡Sí!!! —La joven se levantó del asiento, le echó los brazos al cuello y lo besó, lo besó con tanta pasión que Hugh se replanteó el plan. En ese momento lo único que deseaba era tenderla sobre su cama y no dejarla salir de ella hasta la semana siguiente.

Emma no se podía creer que Hugh fuese tan considerado. Era cierto que, desde que lo conocía, había dado muestras sobradas de ello, pero también sabía que no le agradaban sus salidas nocturnas ni que fingiera ser un hombre para visitar sitios vedados a las mujeres. Por eso aquella oferta le resultaba tan extraordinaria, y por ello había respondido con tanto entusiasmo.

Un rato más tarde ambos iban instalados en el carruaje de Barrymore, que los conduciría hasta Holborn.

—No te he preguntado si el Anchor te parecía bien —le dijo en ese momento—. Igual prefieres cualquier otro lugar. Puedo pedirle al cochero que cambie de rumbo.

—El club está bien —repuso ella—. Aunque no me he maquillado a conciencia.

—Estás bien.

—¿Tú crees? —Se llevó las manos a la cara.

—Al menos el bigote está en su lugar —rio.

Ella le dedicó una mueca burlona y se cercioró de que el resto del disfraz estuviera en condiciones, desde la peluca a los zapatos que, descubrió, no había limpiado con el mismo esmero de otras veces. Sacó un pañuelo del bolsillo y los frotó con él hasta que quedaron brillantes, ante la curiosa mirada de Hugh, que no perdía detalle.

—¿Cuánto tardas en... prepararte? —inquirió—. Quiero decir, ¿cuánto tiempo te lleva disfrazarte cada vez que sales?

—Oh, mucho menos que cuando me visto como una señorita, créeme.

Hugh soltó una risotada.

—Entre las medias, el corsé, las enaguas, el maquillaje y el peinado, una mujer necesita al menos hora y media para estar lista.

—Bromeas.

—¿No tienes hermanas?

—Eh, sí, una. Pero tiene catorce años.

—Pero tendrás madre.

—Sí, eso sí.

—¿Y tu padre nunca ha tenido que esperar a que estuviese preparada para salir?

—Hummm, todas las veces que yo recuerde.

Emma se rio.

—Vestirse de hombre es mucho más sencillo. En mi caso hay que añadirle unos minutos extra para el maquillaje y los accesorios, como la peluca o el bigote, pero, aun así, sigue siendo mucho menos tiempo. Los hombres lo tenéis fácil incluso a la hora de vestiros, es increíble.

—Me disculpo en nombre de todos los de mi género —le dijo, haciendo una pequeña reverencia que, en el interior del carruaje, quedó de lo más cómica.

Emma sintió deseos de volver a besarlo, pero se contuvo. Alguien podría verlos a través de las ventanillas.

—En este momento me muero por besarte —le confesó en cambio.

—Por Dios, no puedes decirme eso ahora —rio Hugh—. ¡Estamos a punto de llegar!

—Hummm, ¿prefieres que te lo oculte? —preguntó, melosa.

—Prefiero que conserves las ganas hasta más tarde. —La voz de él la acarició de arriba abajo y le provocó un estremecimiento—. Si continúas mirándome así, voy a pedirle al cochero que dé media vuelta.

—Está bien, está bien. —Emma apartó la vista de él y trató

de relajarse, porque lo cierto era que había estado valorando la posibilidad de pedirle exactamente eso.

El club estaba bastante concurrido, aunque a nadie pareció extrañarle que Hugh llegara en compañía del que ellos suponían el señor Mullins. Tomaron una copa y confraternizaron con algunos habituales. Hugh la observaba y le sorprendía lo bien que se manejaba en aquel ambiente. Sabía un poco de todo, lo suficiente como para poder participar en las conversaciones, pero no lo bastante como para resultar pedante o llamar la atención.

Jugaron una partida de naipes y ganaron unas cuantas libras, aunque Hugh tuvo que concentrarse más de lo habitual. Cada vez que alzaba la mirada de las cartas se encontraba con aquellos enigmáticos ojos verdes llenos de promesas y de deseo.

Verla desenvolverse con aquella soltura lo excitaba, no podía negarlo. Ser el único presente que sabía lo que se ocultaba bajo aquellas ropas era un poderoso afrodisíaco, y no veía el momento de arrancarle todas aquellas prendas.

—Me muero por tocarte —le susurró en un momento dado. La tenía tan cerca que podía aspirar su aroma.

—Hummm, y yo. —Ella no lo miró, intentando disimular.

—Sígueme.

—¿Qué?

—Al fondo del pasillo hay una habitación que se usa poco y creo que hoy está vacía.

—¡Hugh!

—Chisss, no pasará nada.

Echó a andar y se cercioró de que ella lo seguía. En cuanto traspasaron el umbral de la estancia, cerró la puerta con el pie y la tomó por la cintura. La luz de la luna se colaba por el ventanal, proporcionando claridad suficiente para lo que tenía intención de hacer. La pegó a su cuerpo y buscó su boca. El bigote le hizo cosquillas, aunque eso no lo arredró y profundizó el beso. Sus lenguas se encontraron e iniciaron su baile particular. Dios, la había echado de menos.

Sin dejar de besarla, recorrió su costado con la mano y la metió por debajo de su camisa, hasta localizar sus senos, cubiertos por una banda de algodón que no tardó en deslizar hacia abajo, hasta liberarlos. Ella gemía pegada a su boca y Hugh pellizcó con cuidado aquellos pezones que lo enloquecían, justo como sabía que le gustaba. Su cuerpo se arqueó y sus caderas se pegaron a su pelvis, donde su miembro parecía a punto de estallar. Comenzó a frotarse contra él y Hugh apretó sus nalgas para sentirla aún más cerca. Pensó que era una lástima que no llevase falda, porque se la habría alzado para poder acceder a aquella zona que intuía lo estaba aguardando.

Y en ese momento la puerta se abrió. Hugh soltó una maldición, porque estaba convencido de haber echado la llave. Volvió la cabeza y trató de protegerla con su cuerpo. En el umbral, a contraluz, vio a su hermano Markus.

—Acabo de llegar y me ha parecido verte al fondo del salón y luego entrar aquí. ¿Qué diantres…? —Markus los observaba ahora con estupor y Hugh vio como su rostro iba adquiriendo una lividez cadavérica—. Creo que será mejor que me marche…

—Markus, espera.

—No. —Su hermano alzó una mano para detenerlo—. Ya… nos veremos.

Tal como había aparecido, se esfumó.

—Maldita sea —masculló Hugh.

—Lo siento.

—No es culpa tuya. Debí haberme asegurado de cerrar la puerta.

—¿Qué vamos a hacer? —Su voz sonó preocupada, y no era para menos.

—Ni siquiera estoy seguro de qué es lo que ha visto.

—¿No es evidente?

—La habitación está casi a oscuras.

—Hugh...

—Lo sé.

—Esto ha sido una mala idea.

La miró, vio sus ojos brillantes y sus labios levemente hinchados.

—Ha sido divertido —le dijo y le dio un beso en la frente—. Hablaré con él y lo arreglaré como pueda.

—¿Tú crees que...?

—Es mi hermano. Le confiaría mi vida.

Hugh hablaba en serio, solo que no tenía ni idea de cómo iba a explicarle aquello.

Ni la más mínima.

~ 20 ~

Emma había postergado aquel asunto demasiado tiempo. Había llegado el momento de afrontar las consecuencias de sus actos, y solucionar el tema de Brett era ahora una prioridad. El joven se encontraba lo bastante recuperado como para ponerse en pie, y en unos días desearía regresar a su antiguo empleo, un empleo que ya no tenía. Antes de hablar con su padre y confesárselo todo, Emma quería hablar primero con él. Se lo debía.

La noche anterior, después del percance con Markus Barrymore, Emma había creído que la noche terminaría ahí, pero Hugh la había llevado a su casa para hacerle el amor hasta rozar la madrugada. Como si nada hubiera sucedido. Como si nada importase.

Ahora, escasas horas después de haber abandonado su lecho, regresaba a la mansión para hablar con Brett.

Alejó las imágenes que su mente comenzó a conjurar, con Hugh tumbado y ella cabalgando sobre él. No podía recrearse en esos pensamientos porque en ese momento tenía asuntos más importantes que atender. Esa mañana, ni su tía ni lady Cicely se encontraban en casa y decidió escribirles una nota en lugar de dejarles recado con el mayordomo, que era su proceder habitual. Estaba siendo una pésima invitada y se sentía culpable por ello.

Entró en el despacho de su tía, una estancia contigua al salón principal que no había visitado más que una vez, siendo niña. Estaba tal y como lo recordaba, con el suelo cubierto por aquella gruesa alfombra y con los muebles en tonos crema y ocre. La mesa se le antojó más pequeña que aquella otra vez, claro que entonces ella solo era una niña. Se aproximó en busca de recado para escribir y, sobre la superficie, vio varios documentos y un par de cartas listas para enviar. Apenas les prestó atención y cogió una hoja de papel.

Algo le había llamado la atención, lo sintió en el modo que se le erizó el vello de la nuca. Recorrió la mesa con la mirada, hasta que sus ojos recayeron de nuevo en las cartas. Conocía aquella caligrafía, ligeramente inclinada. El rabito de la t y la peculiar forma de finalizar las s. No era de su tía, de eso estaba segura. Se habían intercambiado la suficiente cantidad de notas a lo largo de los años como para saberlo, así que solo podía tratarse de la letra de lady Cicely.

Y esa letra se parecía extraordinariamente a la de lady Minerva.

Emma se dejó caer sobre la butaca. No, no era posible. ¿Lady Cicely? Recordó el contenido de sus misivas, muchas de las cuales hacían referencia a sucesos en los que lady Cicely no había estado presente. ¿Se los habría contado lady Ophelia? ¿Había estado su tía presente en todos ellos?, porque no era capaz de recordarlo con detalle. Por otro lado, ¿estaría al tanto de lo que tramaba su dama de compañía?

La idea le pareció absurda, tan absurda que soltó una carcajada seca. Se estaba equivocando, seguro. Comprobó el destinatario, un nombre masculino en Escocia, con su mismo apellido, su hermano con toda probabilidad. O tal vez su padre. ¿Algún primo? Emma no conocía su historia y lady Cicely apenas había hablado de su propia familia desde que la conocía. La otra carta tenía una caligrafía distinta, y no le costó identificarla, era de su tía. Iba dirigida a la condesa de Merignac, seguramente para agradecerle la fiesta de unas noches atrás. Si Emma se hubiera encontrado en su casa, habría ido a buscar las cartas de lady Minerva para compararlas, pero las había dejado escondidas en su tocador. La muestra tampoco era muy extensa, unas simples señas en un sobre tampoco contenían los suficientes caracteres como para asegurarse.

Estaba perpleja. Si tenía razón, ¿qué significaba todo aquello? ¿Y por qué aquella mujer había decidido escribirle aquellas cartas tan inapropiadas?

Las campanadas del reloj que se encontraba sobre la repisa de la chimenea le provocaron un respingo. Llevaba más de quince minutos allí. Abandonó la butaca y decidió que, después de todo, en esta ocasión tampoco iba a dejar ninguna nota. Ya se encargaría el mayordomo de decirle a su tía que había salido a visitar a una amiga.

La extraña sensación que había experimentado ante su descubrimiento la acompañó durante un rato, hasta que llegó a la casa de Barrymore y subió a la habitación a ver a Brett. Este se hallaba sentado en la butaca, con un periódico entre las manos y mucho mejor aspecto. Se encontraba solo.

—¡Lady Emma! —El joven se apoyó en los brazos del asiento para incorporarse.

—No te levantes —le dijo ella—. ¿Ya te han quitado los puntos?

—Ha dicho el doctor que mañana.

—¡Esa es una excelente noticia!

—Sí. —El joven sonrió y Emma se sintió mejor de repente.

—Imagino que estarás deseando recuperar tu trabajo.

—Sobre eso quería hablarle, lady Emma. Yo..., el señor Barrymore me ha ofrecido un puesto.

—¿Un... empleo?

—Sí, en efecto. Y he de decir que uno muy bueno.

Vaya, Hugh le había ofrecido un trabajo. Le extrañó que no se lo hubiera comentado, aunque, con lo que había sucedido en las últimas horas, sin duda lo había olvidado.

—Sé que le debo mucho a su familia, lady Emma, y sobre todo a usted, pero...

—Brett, soy yo la que está en deuda contigo. Siempre estaré en deuda contigo.

Las mejillas del joven se ruborizaron y a ella le pareció tan tierno que, para evitarle la incomodidad, centró la mirada en otro punto de la habitación.

—De todos modos, dudo que el señor Morton me haya guardado el puesto —comentó el joven, refiriéndose al mayordomo de los Milford.

—Había venido a hablarte justo de eso —le confesó Emma—. Iba a contarle todo a mi padre para que pudieras recuperarlo.

—¡No puede hacer eso!

—Bueno, tal vez ahora no será necesario. —Le guiñó un ojo—. ¿Cómo es de bueno ese empleo?

Brett la puso al corriente de lo que Hugh le había comentado y a ella le pareció una oportunidad excelente. El joven era trabajador y despierto, no dudaba que encajaría en el negocio de los Barrymore y que haría carrera allí. Se alegró sinceramente por él.

—Lady Emma... comprenderá que a partir de ahora no podré continuar acompañándola —comentó Brett, sin atreverse a mirarla—. Me gustaría casarme con Lucy, ahora que voy a poder permitirme alquilar una casita, y yo... no me parecería bien dejarla sola tantas noches.

—Por Dios, ¡por supuesto que no! —exclamó ella—. ¡Ni yo lo consentiría!

—¿Entonces qué hará? —inquirió él, casi preocupado—. No puede salir sola.

—Creo que ya he tenido suficiente vida nocturna —mintió.

Lo último que deseaba era que Brett se sintiera culpable por nada. Aún no sabía qué iba a suceder en el futuro. Ahora que Markus los había descubierto, sus visitas al club Anchor habían concluido. Y a muchos otros lugares también.

A primera hora de la mañana, Hugh fue a visitar a un posible cliente y, al volver a las oficinas, Markus estaba reunido con un vizconde que atravesaba ciertos apuros económicos y que necesitaba solicitar un préstamo. A la hora del almuerzo, su padre anunció que se iba al White's, donde tenía previsto encontrarse con un marqués, y Markus y él se quedaron al fin solos.

Notó el ambiente enrarecido y se dio cuenta de que su hermano no se atrevía a mirarlo a la cara.

—Markus...

—Hugh, no quiero entrometerme en tu vida privada —lo interrumpió—. Anoche, si hubiera sabido que... en fin, no te habría seguido.

—¿Si hubieras sabido qué? —inquirió Hugh. Necesitaba asegurarse de lo que había visto antes de decir nada más.

—Bueno, había oído que algunos hombres durante la guerra, ya sabes, con la falta de mujeres y eso... —Markus se atragantaba con sus propias palabras—. No pensé que tú podrías ser uno de ellos.

—¿Uno de quiénes?

—Pues de esos hombres que están con otros hombres, ya me entiendes.

—Markus, no lo soy.

—Ya, claro, sé que también te gustan las mujeres —le dedicó

una sonrisa un tanto triste—. Lo que aún lo hace más extraño, a decir verdad. No sabía que, en fin, que eso podía ser así.

Pronunció las últimas palabras en voz baja, tanto que Hugh tuvo que esforzarse para no perderse ninguna.

—Markus, ¿confías en mí?

—Hugh, no sé qué te pasó en el frente, ni cómo esa experiencia ha podido cambiarte, pero yo... necesito tiempo para asimilar todo esto y...

—¿Lo haces? —lo interrumpió—. ¿Confías en mí?

—¡Por supuesto que sí! Eso no tiene nada que ver con...

—Bien, porque no sé qué fue lo que viste anoche, pero no es lo que imaginas.

—Bueno, creo que no quedaba mucho espacio para la imaginación. ¡Estabas besando a Mullins!

—Parecía que estaba besando a Mullins, es cierto. Pero repito que no es lo que piensas. —Markus alzó una ceja a modo de respuesta—. Por favor, te pido que confíes un poco más en mí.

—No lo entiendo.

—Ya, pero temo que no puedo explicarte mucho más por ahora. Solo necesito saber que me guardarás el secreto.

—¿Acaso piensas que iba a ir pregonando algo así por todos los salones?

—El único salón que me importa es el de nuestra casa.

—Ay, por Dios. A madre le daría un sofoco.

—Markus, ni una palabra —insistió Hugh.

—No temas, por mí no sabrán nada. Tendría que estar loco para convertirme en el mensajero de una noticia de ese calibre.

Hugh asintió, agradecido, y relajó los hombros por primera vez desde que había llegado al despacho. Odiaba los secretos, siempre lo había hecho, pero en esta ocasión contarle la verdad a su hermano habría supuesto traicionar a Phoebe, y no estaba preparado para ello. Algún día, esperaba que no muy lejano, podría explicarle a Markus todos los detalles. Mientras tanto, lo único que podía hacer era pedirle que confiara en él y rogar por que aquello no enturbiase demasiado su extraordinaria relación fraternal.

—Y dime —dijo Markus unos minutos después, sin atreverse aún a mirarlo de forma directa—. ¿Te gustan todos los hombres o sientes algo especial por ese Mullins?

Hugh soltó un bufido. Aquello iba a resultar mucho más difícil de lo que había previsto.

Emma era incapaz de apartar la vista de lady Cicely. Las tres se hallaban sentadas alrededor de la mesa, cenando, y tanto ella como su tía intentaban hacerla participar en una conversación sobre la ópera, a la que iban a asistir la noche siguiente. Pero ella solo estaba pendiente a medias, observando todos los movimientos de la mujer. Cada vez estaba más convencida de que debía de tratarse de un error. Era una mujer atractiva y con clase, pero algo tímida y, desde luego, incapaz de aventurarse en algo semejante. Era una coincidencia. Seguro que mucha gente escribía con una letra parecida. Ella, en ocasiones, tenía la sensación de que la suya se asemejaba mucho a la de su hermana Jane.

Sin embargo, decidió que la observaría hasta que pudiera descartarla por completo, y comenzó a prestar más atención a sus movimientos y a sus palabras. Descubrió que su relación con su tía Ophelia era aún más estrecha de lo que había imaginado. Se terminaban las frases una a la otra y, de tanto en tanto, se prodigaban alguna caricia afectuosa cuando creían que ella no observaba. Vio como lady Cicely acariciaba la mejilla de su tía y, más tarde, como esta le colocaba tras la oreja un mechón rebelde que había escapado de su moño. Emma se sintió incluso como una intrusa, como si de algún modo hubiera invadido la intimidad de aquellas mujeres.

Finalmente anunció que se retiraba a su habitación y subió al piso superior. No se cambió de ropa y tampoco se separó de la puerta. Un rato más tarde, las oyó subir también y abrió una rendija. Desde allí tenía una excelente visión de la puerta de lady Cicely, aunque la de su tía no quedaba del todo a la vista. Entonces fue testigo de algo totalmente inesperado. Ambas mujeres parecían estar dándose las buenas noches y lady Ophelia tomó entre sus manos el rostro de su amiga y la besó en los labios, un beso nada casto ni desde luego amistoso.

El corazón de Emma comenzó a latir, desaforado. Vio como lady Cicely respondía al beso con idéntica pasión, hasta que se separaron y entró en su alcoba. Lady Ophelia desapareció también de su vista, seguramente en dirección a su propia habitación. ¡Su tía y lady Cicely eran amantes! ¿Desde cuándo? ¿Y quién más lo sabía?

Emma cerró con sigilo y se sentó sobre la cama. Trató de recordar todos los momentos de su vida en los que ambas habían estado presentes. Rememoró sus miradas cómplices, que ella había achacado a su larga convivencia, el tono que usaban cuando hablaban la una con la otra, la compenetración que parecía existir entre ellas... ¿Cómo no se había dado cuenta antes? Ahora le parecía tan evidente que era casi insultante para su inteligencia. Su tía y lady Cicely se amaban, desde hacía años, décadas incluso. Y habían encontrado la manera de estar juntas lejos de cualquier sospecha. Para el resto del mundo solo eran una viuda y su dama de compañía. Ellas habían vivido la vida que un día Emma imaginó para Phoebe y para ella misma.

Entonces cayó en la cuenta de algo más. Si lady Cicely era también lady Minerva, era imposible que su tía lo ignorara.

Es más, era impensable que, de algún modo, no formara también parte de ello.

Sus conjeturas le mantuvieron la mente ocupada hasta que llamó a la puerta de Hugh Barrymore un par de horas más tarde. Este, como cada noche, la condujo hasta la biblioteca, donde habían adquirido la costumbre de compartir una copa y un rato de charla antes de subir al dormitorio.

—¿Has... visto a Markus? —inquirió ella, que se moría de ganas de saber lo que había sucedido entre los hermanos.

—Sí.

—¿Y bien?

—No tienes de qué preocuparte.

—¿Crees que estaba preocupada?

—¿No es así?

—Bueno, un poco, pero más por ti que por mí.

—Eso es muy dulce por su parte, señorita Mullins. —Hugh se inclinó y la besó, un beso que duró mucho menos de lo que ella deseaba.

—¿Y cómo se lo ha tomado? —inquirió. Al ver que él alzaba una ceja prosiguió—: ¿Se ha enfadado mucho al descubrir que soy una mujer?

—Oh, no se lo he dicho.

—¡Eso es magnífico! —rio, aliviada—. Entonces no llegó a ver nada.

—En realidad vio más de lo que le hubiera gustado.

—¿Qué? Hugh, pero entonces... —Lo miró, asombrada—. ¿Le has hecho creer que te interesan los hombres?

—Solo le dije que no era lo que se imaginaba y le pedí que confiara en mí.

—Pero...

227

—¿Hubieras preferido que te descubriera? —le preguntó, jocoso—. Mi hombría no se resentirá de esta, no temas.

—No temo por tu hombría, Hugh —le dijo ella, contrita—. Sabes que la homosexualidad está considerada un delito, ¿verdad?

—Soy consciente.

—Y que podrían detenerte, enviarte a prisión o algo peor...

—Phoebe, basta ya. Confío totalmente en mi hermano.

Emma lo contempló durante largo rato. Contempló a aquel hombre honesto y valiente, que se había puesto en peligro de la manera más tonta solo para protegerla, sin ser consciente de que ni siquiera sabía cómo se llamaba ni quién era su familia. El escrutinio pareció incomodarlo de una forma tan tierna que Emma se emocionó.

Dejó su copa sobre la mesita y le tendió la mano.

Había llegado el momento de subir. Necesitaba sentir a aquel hombre dentro de ella, del mismo modo que se estaba colando en su corazón.

～ 21 ～

Desnudar a aquella mujer se estaba convirtiendo en una de las aficiones favoritas de Hugh. Ella se quitaba el calzado en cuanto entraba en la habitación y le dejaba a él todo lo demás. Hugh comenzaba con el pantalón, que desabrochaba mientras la cubría de besos, y luego se arrodillaba frente a ella para deslizarlo por sus bien torneadas piernas, mientras sus manos las recorrían de arriba abajo. Continuaba con su ropa interior, tan femenina que le parecía increíble que nadie la adivinara bajo sus prendas. A continuación, introducía las manos por debajo de la camisa para quitarle aquella banda de algodón que sujetaba sus senos y luego se situaba detrás de ella. En unos pocos movimientos, él se desvestía y pegaba su torso desnudo a la espalda de ella, y comenzaba a alzar la camisa que la cubría, mientras, centímetro a centímetro, ambas pieles se unían al fin. Era una sensación excitante y poderosa.

Ella comenzó a darse la vuelta y la detuvo.

—Quédate así un poco más —le susurró al oído.

La joven se estremeció y él la rodeó con uno de sus brazos, mientras que con la otra mano comenzaba a acariciar sus senos. Su boca descendió hasta su nuca, sopló suavemente e inició un reguero de besos húmedos que la hicieron temblar.

El brazo que la sostenía por la cintura descendió y la mano

alcanzó su sexo. Con los dedos lo acarició suavemente, sin profundizar, mientras ella jadeaba y adelantaba las caderas buscando su contacto.

Ella alzó los brazos y sus manos se enredaron en su cabello por detrás. La estaba volviendo loca, y él estaba perdiendo el juicio con ella.

Con la ayuda de la mano, la obligó a abrir un poco más las piernas, y entonces sí tocó con deleite aquella pequeña y palpitante protuberancia. Juntó los dedos índice y medio, apretó con suavidad y comenzó a moverlos en círculos en aquella zona, aumentando y disminuyendo la presión. Sus caderas se movían al compás, presionando su miembro enhiesto contra sus nalgas. Ella gemía cada vez más rápido, y Hugh aumentó la cadencia de sus dedos hasta que ella alcanzó el orgasmo. Su cuerpo se relajó de tal modo que tuvo que sujetarla para que no se cayera al suelo. De un solo movimiento, la alzó en brazos y la llevó a la cama.

La dejó recuperar el resuello durante varios minutos, mientras le daba pequeños besos en el mentón y acariciaba su cabello, derramado sobre las sábanas. Notó que volvía a estar preparada en cuanto se giró un poco hacia él y buscó su boca para besarlo al fin. El miembro de Hugh, que se había adormecido un tanto, se envaró de nuevo. Ella, más atrevida de lo que él esperaba, cerró su mano en torno a él, con suavidad pero con firmeza, y comenzó a moverla. Era evidente que no poseía mucha experiencia, aunque la sensación era vertiginosa.

Entonces Hugh le dio la vuelta sobre la cama. Tendida boca abajo, dedicó unos segundos a contemplar aquel cuerpo de porcelana y aquellas nalgas suaves y redondeadas que se alzaban para él. Se tumbó sobre ella y comenzó a mordisquear su nuca y sus hombros. Con la rodilla, separó sus piernas y se colocó entre ellas. No tenía acceso total, pero aún no lo necesitaba. Se limitó a frotarse, a volverla loca de nuevo, hasta que pasó una mano por debajo de sus caderas y la ayudó a alzarse. Así, apoyada sobre sus rodillas y sus manos, totalmente expuesta, era la viva imagen de la pasión y la lujuria.

Hugh comenzó a introducirse en ella, con suavidad, hasta que la llenó por completo. El cielo, pensó, debía ser algo muy parecido a eso. La sujetó con firmeza e inició su vaivén, lento primero, más rápido a medida que ella se arqueaba y jadeaba pidiéndole más. Cuando ella estalló de nuevo, él se retiró y alcanzó también la gloria.

Se dejó caer junto a ella, y la arrastró con él para pegarla a su pecho. Durante varios minutos no pronunciaron palabra, no había aire suficiente para ninguno de los dos.

—Oh, Dios, ¿esto es siempre así? —suspiró ella a su lado.

—Hummm, solo los martes.

—¿Los miércoles no? —siguió con la broma, riéndose.

—Para los miércoles tengo otra cosa pensada —le mordisqueó el labio—, y los domingos son espectaculares.

—Yo... no tenía ni idea de que esto pudiera ser tan...

—Lo sé.

—Ni tan...

—Sí.

Hugh rio bajito, tan satisfecho consigo mismo como si hubiera conquistado la capital del país.

Emma necesitó varios minutos para recuperar el resuello. Aquella experiencia había superado a todas las anteriores, algo que jamás habría creído posible. Bajo su mejilla, sentía el pecho de Hugh subir y bajar mientras intentaba normalizar su respiración. Saber que le estaba costando tanto como a ella la hizo sonreír.

—Aún no te he agradecido lo que has hecho por Brett —le dijo cuando al fin fue capaz de encontrar la voz.

—No tiene importancia. Creo que es un joven muy capaz, así que en realidad soy yo quien te está agradecido por haberlo puesto en mi camino.

—Pero ahora que Brett está mejor, no voy a poder venir con tanta frecuencia.

—¿Por qué no? —Alzó la cabeza y la miró, pícaro—. Que yo sepa tus visitas nocturnas no son precisamente para verlo a él.

—Cierto, pero... he estado unos días viviendo en casa de un familiar, para estar más cerca. Por eso he podido venir todas las noches.

—Hummm, tienes familia en Marylebone pero no vives aquí habitualmente.

—Correcto.

—Y por eso no he visto carruaje alguno ninguna de estas noches.

—Sí.

—Podrías habérmelo comentado. —Parecía algo molesto.

—Lo sé.

—¿Y qué hago si necesito contactar contigo? —le preguntó—. ¿Adónde te envío una nota?

—¿Por qué habrías de necesitarlo? Brett se encuentra bien, y en un par de días dejará tu casa.

—Claro, y él es el único motivo por el que podría necesitar verte. ¿Es eso?

—Hugh...

—No, está bien. Te dije que no te presionaría.

—Gracias por entenderlo.

—Ya.

Emma deseaba decirle quién era en realidad, pero tenía miedo. Cuando supiera quién era su familia, insistiría en su propuesta matrimonial, y ella no deseaba que lo hiciera. Se vería obligada a rechazarla y eso lo alejaría de ella para siempre. No estaba preparada para perderlo. Aún no.

—Estaba convencido de que, a estas alturas, ya existía confianza suficiente entre nosotros. —La voz de Hugh estaba teñida de amargura, y a Emma le dolió.

—Confío en ti más de lo que he confiado en nadie que no fuese de mi familia.

—Pero no lo suficiente.

—No es lo que imaginas, Hugh. —Le acarició la mejilla—. Me importas, me importas mucho. —Lo besó con ternura y él respondió al contacto de sus labios—. Confía en mí un poco más.

Hugh sonrió. Emma no era consciente de haber empleado casi las mismas palabras que él había usado esa mañana al hablar con su hermano.

—Eres una bruja.

La volteó sobre la cama y se colocó entre sus piernas. Emma volvía a estar preparada para recibirlo.

Siempre estaba preparada para él.

Emma solo había asistido a la ópera en una ocasión, un par de años atrás. Su hermano Lucien las había llevado a ella y a sus dos amigas, Phoebe y Amelia, con motivo de su decimoséptimo cumpleaños. Apenas conservaba recuerdos de aquella velada, que había pasado pendiente de su amiga, deseando tomarla de la mano en la semipenumbra del palco, atenta a cualquier movimiento de la muchacha.

Esa noche, la historia volvía a repetirse, solo que su atención estaba puesta en su tía y en lady Cicely, sentadas a su izquierda, en dirección contraria al escenario. En esa postura le resultaba muy difícil encontrar una excusa para ladear la cabeza y observarlas. Ni siquiera tenía el pretexto de mirar en dirección al palco de su cuñado, el marqués de Heyworth, porque sabía que esa noche estaría vacío.

No le quedó más remedio que concentrarse en lo que sucedía sobre el escenario, donde se representaba *Las bodas de Fígaro*, una de las óperas de Mozart, para alborozo de lady Cicely, que ya había comentado tres veces que era su favorita. Al final, Emma descubrió que no podía apartar la vista de Madame Vestris, que interpretaba a Susanna, la joven novia de Fígaro, y recordó el comentario de lady Ethel Beaumont unas semanas atrás, cuando había mencionado que aquella cantante era extraordinaria y que se convertiría en una estrella. Emma no podía estar más de acuerdo.

Cuando se produjo el primer descanso, casi lamentó la interrupción.

—Sobrina, parece que estás disfrutando mucho de la ópera —le dijo su tía con afecto.

—Ah, no sabía que podía ser tan... —se detuvo, incapaz de encontrar la palabra apropiada.

—¿Hermosa? —preguntó lady Ophelia.

—¿Intensa? —añadió su dama de compañía.

La voz de lady Cicely había sonado al unísono, y las vio intercambiar una de esas miradas que ahora interpretaba a la perfección.

—Ambas cosas, imagino —concedió.

—Ahora hay que salir al pasillo. —Lady Ophelia se levantó.

Emma conocía esa parte. Era casi obligatorio dejarse ver y socializar con los espectadores de los otros palcos, aunque no le apeteciera en absoluto. Hubiera preferido permanecer allí, charlando sobre ópera con aquellas dos mujeres que tanto apreciaban la música. Sin embargo, se obligó a seguirlas al exterior.

Aquello parecía un salón de baile, fue lo primero que pensó.

La gente charlaba y bebía, formando corrillos. En uno de ellos distinguió a Phoebe en compañía de su esposo y se acercó a saludarla. Su amiga le dio un corto abrazo y un beso en la mejilla.

—No sabía que esta noche te vería aquí —le dijo—. ¿Cuándo vas a venir a tomar el té?

—Eh, pues no sé, cuando tú quieras.

—La próxima semana sin falta, promételo.

—Claro, te lo prometo —contestó, alborozada.

—¿Recuerdas cuando Lucien nos trajo aquí? —Phoebe miró hacia arriba, y recorrió con la vista las molduras del techo.

—Hace un rato pensaba en eso mismo.

—La ópera sigue siendo igual de aburrida —le confesó, inclinándose hacia ella.

—Oh, a mí me está pareciendo maravillosa.

Phoebe la miró de arriba abajo con una sonrisa cómplice.

—Sigues siendo la mujer más extraña y fascinante que conozco, Emma.

Notó sus mejillas teñirse de rubor ante el cumplido, pero no tuvo oportunidad de devolverle el halago, porque justo en ese momento su marido, el conde de Kendall, reclamó su atención. Emma se despidió y se dispuso a regresar junto a su tía, solo que fue interceptada por otro de los asistentes.

—Vizconde Washburn —saludó al joven, que tomó su mano enguantada y se la llevó a los labios.

—Una ópera preciosa y una mujer que aún lo es más para hacer esta velada inolvidable —le dijo él, zalamero.

—¿Le está gustando la representación?

—Hay pocas cosas en el mundo más hermosas que la buena música, ¿no le parece?

—Absolutamente —concedió ella—. Ahora las clases de piano de mi infancia y el gusto de mi hermana por aporrear las teclas ha cobrado un nuevo significado.

—Sospecho que está siendo injusta con su hermana —sonrió él.

—En efecto —declaró, risueña—. Siempre ha tenido talento para la música.

—¿Usted no?

—Me temo que Dios no me concedió ese don.

—No puede acapararlos todos, lady Emma.

Emma se ruborizó ante el cumplido, el segundo de esa noche. Por suerte, quedó disimulado cuando la intensidad de las luces se atenuó, señal de que el segundo acto estaba a punto de iniciarse.

—Espero verla muy pronto, lady Emma —se despidió el joven—. Ya he respondido aceptando la amable invitación de lady Heyworth para la fiesta de lo próxima semana.

—Oh, será un placer verlo allí, milord.

La fiesta. Había olvidado por completo que su hermana había organizado un baile en honor de Nathan, cuya llegada se esperaba en un par de días. Había estado tan centrada en sus cosas que no había vuelto a acordarse. Ni siquiera le había preguntado a Jane si necesitaba ayuda.

Al día siguiente regresaba a la mansión Milford. Tal vez ya iba siendo hora de recuperar su antigua vida.

El sol la despertó. Durante un instante, no supo dónde se encontraba y luego todo regresó a su mente de sopetón. ¡Se había dormido! La noche anterior habían regresado tarde de la ópera y su tía y lady Cicely la habían entretenido hasta altas horas hablándole de muchos de los espectáculos que habían visto y de cuáles eran sus compositores y sus intérpretes favoritos. Lo que en un inicio le pareció una conversación de lo más amena, se fue tornando insufrible conforme veía avanzar las manecillas del reloj. A ese paso, aquellas dos mujeres la tendrían allí sentada hasta el amanecer.

Disimuló un falso bostezo y poco después anunció que se retiraba. Pensó que ellas la imitarían, pero siguieron allí recordando viejos conciertos y bebiendo diminutas copas de jerez. Una vez en su cuarto, Emma se sentó en la cama a esperar. Aquella iba a ser la última noche que pudiera pasar con Hugh sin necesidad de utilizar un carruaje y no quería perdérsela. Permaneció con el oído atento para escuchar a su tía y lady Cicely subir las escaleras y, en un momento dado, abrió incluso la puerta para cerciorarse de que no lo habían hecho ya. No. Desde el piso de abajo llegaban sus voces amortiguadas. ¿Es que esa noche no se iban a acostar?

Se armó de paciencia y volvió a sentarse. El cansancio la asaltó de repente y tuvo que luchar contra el peso que parecía haberse colgado de sus párpados. «Una cabezadita», se dijo. Si no lograda descansar, aunque fuesen unos minutos, se dormiría en cuanto se metiera en la cama de Hugh.

Los minutos, al parecer, se habían convertido en horas, porque la mañana la descubrió en la misma posición, aún vestida. «¡Maldita sea!», se lamentó. Había perdido una oportunidad preciosa y probablemente irrepetible. Podía volver en otra ocasión a pasar unos días en casa de lady Ophelia, desde luego, pero tendría que dejar transcurrir un tiempo prudencial si no quería que su familia comenzase a sospechar algo extraño.

Se aseó y se vistió a todo correr. Quizá Hugh aún no se habría marchado y podría pasar con él algunos minutos, pero no tuvo suerte. El mayordomo le comunicó que hacía poco más de media hora que había salido, y no se le esperaba de regreso hasta la noche. Más abatida de lo que esperaba, aprovechó para hacer una breve visita a Brett, que mejoraba a pasos agigantados, y regresó a casa de su tía a preparar el equipaje.

Iba a echar de menos aquella extraña libertad de la que había disfrutado durante esos días.

E iba a extrañar todavía más a Hugh Barrymore.

—Esta niña tiene cara de huevo.

—¡Emma! —Jane le arrancó a su hija de los brazos.

—Bueno, más bien es la cabeza. —Alzó una mano para tocar la coronilla de su sobrina, pero su hermana la alejó de su alcance—. Es demasiado ovalada, ¿no?

—Y la tuya completamente plana —le espetó Jane, dolida.

—Yo no tengo la cabeza plana.

—Y Nora Clementine no la tiene en forma de huevo.

—Oh, ya lo creo que sí —aseguró Emma, que volvió a echar un vistazo a su sobrina. Era una niña preciosa, con unos ojos vivaces y una mata de cabello oscuro que sería la envidia de muchas matronas.

Jane hizo un mohín y le quitó a su hija el gorrito que llevaba, solo para asegurarse de que Emma no tenía razón.

—Por Dios, ¡era el gorrito! —exclamó su hermana tomando la prenda—. ¿Cómo se te ocurre ponerle a tu hija algo tan espantoso?

—¿Espantoso? ¡Me costó doce chelines en Bond Street!

—¿Estás loca? —Emma la miró, horrorizada—. Ni siquiera unas medias de seda cuestan eso.

—No te imaginas lo cara que es la ropa de bebé.

—Ni aunque fuese de oro le pondría yo a mi hija esta cosa. —Emma tiró el gorrito sobre una butaca y centró su atención en su sobrina, que parecía sonreír ante la situación—. ¿Quién es mi niña bonita, que no tiene cabeza de huevo?

—¿Quieres parar ya?

Jane se dirigió a una esquina de la estancia y tiró de uno de los cordoncillos. Enseguida apareció la niñera para llevarse a la pequeña, aunque no antes de que Emma le hubiera dado unos cuantos besos y arrumacos. Adoraba a aquella criatura, y la habría adorado aunque fuera una deformidad de circo.

Jane sirvió té en dos tazas y le tendió una. Probablemente la bebida se habría enfriado, pero Emma no pensaba decir nada.

—¿Cómo van los preparativos de la fiesta? —le preguntó después del primer sorbo. Para su sorpresa, el té aún estaba caliente.

—Ya está todo listo.

—Siento no haber podido ayudarte.

—No te preocupes, tía Ophelia se ha encargado de casi todo.

—¿En serio? —Emma la miró, sorprendida. ¿Cuándo había sido eso?

—Sí, ¿de qué te sorprendes? Ya sabes que es una excelente anfitriona.

—No lo dudo, es solo que no me ha comentado nada.

—Ella y lady Cicely han estado aquí casi todas las mañanas y algunas tardes durante la última semana.

Emma se mordió el labio, un tanto avergonzada. Mientras ella dormía los excesos de sus noches con Hugh, su tía se ocupaba de echar una mano a Jane.

—Soy una hermana terrible —reconoció, a su pesar.

—¿Pero qué dices? —Jane rio—. Seguro que no tienes ni idea de cómo organizar un evento de esa magnitud.

—Probablemente no, pero podría haber estado aquí.

—¿Criticando el vestuario de mi hija?

—Entre otras cosas —sonrió Emma. Jane dio otro sorbo a su té—. Por cierto, ¿has notado alguna vez algo extraño entre ellas?

—¿Entre lady Ophelia y lady Cicely?

—Sí.

—Hummm, ¿extraño como qué?

—Creo que son amantes.

Jane se atragantó con la bebida y Emma dejó su taza para darle unos golpecitos en la espalda, hasta que recuperó la respiración.

—¿Estás bien? —le preguntó, intranquila.

—Seguro que con una costilla rota —se quejó Jane—. ¿Tenías que golpearme tan fuerte?

—Te estabas ahogando.

Jane se aclaró la garganta.

—¿Por qué piensas que... eso?

—Las vi besándose.

—Emma, por Dios, yo te he besado miles de veces.

—Pero no como Blake te besa a ti.

—¡Jesús! ¿Y tú cómo sabes...? —La expresión de Jane iba del horror a la incredulidad—. Da igual, prefiero que no me respondas. —Hizo una larga pausa y volvió a mirarla—. ¿Estás segura?

—Las vi, tan claramente como te estoy viendo a ti ahora.

Jane se levantó y dio una vuelta por la habitación, como si buscara algo sin encontrarlo. Luego volvió a ocupar su asiento.

—¿Pues sabes una cosa? Me alegro por ellas.

—¿Te... alegras?

—¿Tú no? Parecen felices. Llevan juntas desde antes de que nosotras naciéramos y continúan juntas. Eso es más de lo que se puede decir de la mayoría de los matrimonios.

—Cierto.

—Se respetan, se hacen compañía y se quieren. ¿Qué más se le puede pedir a la vida?

—Supongo que nada —reconoció Emma, que permaneció pensativa unos instantes—. ¿Tú crees que mamá lo sabía?

—Hummm, es muy probable —contestó su hermana—. Mamá

era una de las mujeres más inteligentes que conozco. Dudo mucho que algo así se le hubiera pasado por alto.

—¿Y qué piensas que opinaría al respecto?

—No lo sé —reconoció Jane—, pero no creo que le importara.

—No puedes estar segura.

—Es verdad, pero si le hubiera parecido mal no le habría pedido que se ocupara de nosotras tras su muerte, ¿no te parece?

Jane tenía razón, como casi siempre. Emma se preguntó qué habría opinado su madre sobre ella y Phoebe y si habría sido tan permisiva con ellas como parecía haberlo sido con su querida prima.

☙ 22 ❧

Las noches eran lo peor. Durante el día, Hugh estaba demasiado ocupado como para echar de menos a Phoebe pero, al regresar a casa, la extrañaba. Se había acostumbrado a comentar con ella las pequeñas cosas de su día a día antes de hacerle el amor. Y no sabía cuál de las dos cosas añoraba más.

Sentado en la butaca de su biblioteca, contemplaba el asiento situado enfrente, el que ella solía ocupar, vacío por tercera noche consecutiva. Qué poco había tardado en habituarse a su presencia en aquella habitación, en aquella casa. Imaginó sus grandes ojos verdes, rodeados de aquellas tupidas pestañas, y la forma de su boca, de líneas suaves. Hasta echaba de menos su bigote y aquellas horribles cejas que se pintaba.

Ni siquiera era capaz de recordar qué hacía con sus noches antes de que ella apareciera. ¿Se sentía así de solo? Alguna vez salía con Markus, que ahora parecía evitarlo y que no había vuelto a proponerle acompañarlo a ningún lugar. Coincidían poco y, cuando lo hacían, su trato era algo más distante y casi forzado, como si no supiera cómo afrontar lo que creía saber. Aun así, parecía estar asimilando su supuesta condición y él estaba deseando poder contárselo todo para borrar aquel gesto de preocupación que descubría en su hermano cada vez que lo miraba. Mientras tanto, a Hugh no le apetecía recorrer solo la ciudad, ni siquiera cuando sabía que en cualquiera de los locales habituales se encontraría con los conocidos suficientes como para disfrutar de un rato distendido.

Alejó aquel tipo de pensamientos de su cabeza e intentó retomar la lectura del libro que tenía entre las manos. Se trataba de la última novela histórica de Jane Porter, y estaba deseando finalizarlo antes de volver a ver a Phoebe para poder comentarlo juntos. Ella era quien se lo había recomendado.

Mientras leía, se preguntaba qué estaría haciendo esa noche.

La llegada de Nathan esa misma tarde había sido todo un acontecimiento. Emma tuvo que mirarlo dos veces para cerciorarse de que aquel hombretón era realmente su hermano. Todo su cuerpo se había ensanchado, desde los hombros hasta los muslos, que lucían poderosos bajo los pantalones. El cabello se le había aclarado, y su rostro y sus manos habían perdido la palidez habitual que caracterizaba a todos los hombres de su clase. Hasta sus ojos, de un tono gris claro, parecían más brillantes y profundos.

Abrazó a su padre en primer lugar, con tanto sentimiento que Emma tuvo que tragar saliva para no emocionarse. Luego se volvió hacia ella.

—¿No piensas decirme nada? —le preguntó, con una sonrisa que mezclaba el cariño y la burla.

—Llegas tarde —contestó ella, casi en el mismo tono—. Te esperábamos esta mañana.

—Yo también me alegro de verte, enana.

Emma se echó en sus brazos, llorando y riendo, besando aquel rostro al que tanto había extrañado.

—Me vas a asfixiar —rio él junto a su oído.

—Es culpa tuya —se defendió—. No haberte marchado a la guerra.

—¡¡¡Nathan!!! —Kenneth apareció en el salón, corriendo, y con el tutor resollando tras él.

—Señorito Milford —decía el señor Mullens—, no olvide sus modales.

—Al diablo los modales. —Nathan había soltado a su hermana y en ese momento aupaba al benjamín de la familia—. Por Dios, Kenneth, ¡te estás convirtiendo en un hombre!

El niño rio, encantado con aquella observación. Emma tenía la sensación de que, a sus diez años, era algo bajito y menudo, pero tampoco tenía cerca otros niños de su edad para compararlo.

—¿Dónde está Lucien? —preguntó Nathan, echando un vistazo alrededor.

—Vendrá enseguida —contestó el padre—. Tuvo que salir a primera hora de la tarde para ocuparse en mi nombre de un asunto en el Parlamento.

—Jane y Blake estarán aquí para cenar —comentó Emma—. Y lady Ophelia, y lady Cicely.

—¡Estupendo! —exclamó Nathan—. Toda la familia reunida de nuevo.

—Me alegra tenerte en casa, hijo. —El conde de Crampton palmeó con afecto el hombro de su hijo.

—Y a mí estar aquí, papá. —Nathan pestañeó varias veces seguidas, y Emma se dio cuenta de que trataba de esquivar las lágrimas. Ella no había tenido tanta suerte, y se sacó un pañuelo del bolsillo de su falda para limpiarse las mejillas—. Hummm, la cocinera no habrá preparado por casualidad esas galletas de miel que tanto me gustan, ¿verdad?

—Dos bandejas llenas —rio Emma—. La señora Grant las ha escondido para que no nos las comiéramos.

—Dios, ¡qué gusto estar en casa! —Nathan se dejó caer en uno de los sofás y Kenneth se sentó a su lado.

—Señor Mullens —dijo su padre—. Creo que las clases han terminado por hoy.

—Por supuesto, milord —replicó el hombrecillo, que abandonó el salón de inmediato.

Al salir se cruzó con Lucien, que llegaba acompañado de Jane y Blake, a los que probablemente se habría encontrado en la puerta. Tras ellos iba la niñera, con su sobrina en los brazos. Los dos hermanos se observaron unos minutos antes de que Nathan se levantara y se abrazara a él. Emma lo vio extender un brazo para invitar a una llorosa Jane a unirse a ellos, y ella volvió a llevarse el pañuelo a los ojos.

Ahora sí. Todos los Milford se encontraban al fin reunidos bajo el mismo techo.

Estaba agotada. Intuía que el regreso de Nathan supondría una vorágine de emociones, pero no había esperado vivirlas con tanta intensidad. El colofón lo protagonizó su tía, lady Ophelia, que se había emocionado tanto como ellos y que le había asegurado que su madre se habría sentido orgullosa de él. A esas alturas, el pañuelo de Emma era ya un guiñapo húmedo, encerrado en su puño.

Durante la cena, Nathan les había relatado algunas de sus aventuras, como insistía en llamarlas, y ella suponía que para suavizarlas a ojos de su hermano pequeño y de las mujeres. Pese a ello, fue capaz de escuchar entre líneas y hacerse una idea aproximada del miedo, el frío y la soledad que Nathan había tenido que sufrir. Emma notó como se le cerraba la garganta a medida que lo escuchaba y apenas pudo acabarse la comida. Él, en cambio, disfrutaba de sus platos preferidos como si acabara de regresar del frente, cuando ella sabía muy bien que en los últimos meses se había limitado a finalizar el servicio para el que se había alistado, lejos de cualquier peligro real.

Kenneth, que había comenzado a bostezar durante el postre, subió a acostarse y el resto de la familia pasó al salón. Emma se sentía fatigada, superada por todas las emociones.

—Emma, te juro que ahora mismo quien parece haber vuelto de la guerra eres tú —bromeó Lucien.

—Pues la verdad es que no nos habría ido mal contar con su arrojo. —Nathan le dedicó un guiño con el que eliminó las ganas de replicarle a Lucien.

—Te puedo asegurar que si las mujeres dirigiéramos el mundo —señaló al fin—, las guerras no serían necesarias.

—Ya te imagino solucionando los problemas con los países enemigos alrededor de una mesa con té y pastas —rio Lucien.

—No desestimes el poder de la diplomacia. —Oliver Milford, que había permanecido en silencio la mayor parte de la velada, decidió intervenir—. Se habrían salvado muchas vidas si unas cuantas personas se hubieran sentado alrededor de esa mesa.

—Lo sé, solo pretendía tomarle el pelo a Emma.

—Estoy demasiado cansada para que me importe —dijo esta.

Su tía Ophelia y su dama de compañía aprovecharon el comentario para anunciar que se retiraban, y Emma las observó un poco más. Parecían tan sincronizadas como si fuesen dos mitades de un todo. Recordó la conversación de unos días atrás con Jane y descubrió que también se alegraba por ellas. ¿Cómo no hacerlo? Adoraba a su tía desde que tenía uso de razón y lady Cicely había formado parte de sus vidas desde siempre.

Jane y Blake iban a pasar la noche en la mansión Milford, así que subieron a la antigua habitación de su hermana, que había sido redecorada para convertirla en la estancia que ocupaba el matrimonio las escasas ocasiones que se alojaban allí. Emma los siguió poco después. En el salón se quedaron Lucien, Nathan y su padre, e intuyó que la conversación que mantendrían los tres no se asemejaría en nada a la charla ligera de la cena.

Emma ya se había puesto el camisón y estaba a punto de meterse en la cama cuando sonaron unos golpes en la puerta. Su hermana Jane llegaba con una botella de jerez y dos pequeños vasos, igual que hacían de tanto en tanto cuando aún vivía allí.

—¿Estás demasiado cansada? —le preguntó, aún indecisa en el umbral.

Emma estuvo a punto de contestar que sí, pero había echado demasiado de menos esos momentos como para desperdiciar una oportunidad como aquella.

—Nunca estoy lo bastante cansada como para perderme una copa de ese brebaje.

Jane dio un par de saltitos, como cuando era una niña, y cerró la puerta tras ella. Ambas tomaron asiento sobre la alfombra, con la espalda apoyada en la cama, y su hermana llenó los vasos.

—¿Qué opina Blake de que hayas abandonado su cama? —bromeó Emma.

—Lo he dejado en buena compañía. —Le guiñó un ojo y Emma alzó una ceja, sin comprender—. Se ha quedado con Nora Clementine.

Emma apoyó la cabeza contra el colchón y sonrió.

—Nathan está tan cambiado que apenas lo he reconocido —dijo Jane.

—A mí me ha pasado igual. ¿Dónde está el chico desgarbado y enclenque que se marchó hace cuatro años?

—Se ha convertido en un hombre. Y en un hombre muy

apuesto, debo añadir —rio Jane—. No sé si he invitado a las jóvenes suficientes para la fiesta de pasado mañana.

—Oh, mierda —dijo Emma y, por una vez, su hermana no le reprochó su vocabulario—. Por si no había recibido suficientes invitaciones para tomar el té para llevar a Lucien conmigo, ahora tendré que soportar también todas las que incluyan a Nathan.

Jane soltó una carcajada.

—¡Pero si no has aceptado ninguna!

—Ya, bueno, pero he tenido que escribir un millón de notas de agradecimiento declinándolas.

—Eres una exagerada. —Jane volvió a reír—. Además, siempre te ha gustado escribir cartas.

—Ya —musitó.

—¿Qué ocurre? ¿Ya no te gusta?

—Eh, sí.

Emma la miró fijamente. Llevaba tanto tiempo queriendo comentar aquel asunto con su hermana que ni siquiera sabía por dónde comenzar.

—¿Emma?

—Verás, el caso es que, en fin, he estado recibiendo unas cartas de lo más extrañas.

—Oh, no.

—Sí, pero te juro que no son lo que imaginas.

—Oh, probablemente serán justo lo que imagino.

—¿Qué?

—¿Las firma una tal lady Minerva?

—¡Bruja! —rio Emma—. ¿Tú eres lady Minerva?

—¿Qué? ¡¡¡No!!!

—¿Entonces cómo sabes...?

—Yo también recibí esas cartas. Durante mi primera y única temporada. Y también Evangeline.

—Quieres decir... Oh, Dios, ¿esa mujer escribe a todas las jóvenes de Londres?

Ni en sus más locas fantasías Emma habría sospechado el alcance de aquellas misivas.

—Creo que no. Solo unas pocas al parecer. Al menos en mi época —respondió Jane—. ¿Sabes si alguna otra las está recibiendo?

—Hummm, no.

—¿No has oído nada? ¿Ningún rumor?

—Ya me conoces... no estoy muy pendiente de esas cosas.

—Pero al menos habrás asistido a la merienda de lady Waverley. —Su hermana hacía referencia al encuentro anual que la dama celebraba para todas las debutantes, al que Emma no había acudido.

—Eh, no.

—Emma, ¿se puede saber qué estás haciendo con tu temporada? —Jane la miró con el ceño fruncido—. Da igual, no quiero saberlo. —Alzó una mano para dar mayor énfasis a sus palabras—. ¿Cómo son esas cartas?

—¿Inapropiadas?

—Eso seguro. —Jane se rio.

—Hoy ha llegado la última.

Emma se levantó y fue hacia su tocador. De allí extrajo un puñado de sobres y le tendió uno a su hermana. Jane lo abrió y comenzó a leer.

Querida lady Emma:

La capacidad de un hombre para llenarla de pasión depende en buena medida del carácter de ese hombre. Si es apasionado en las demás facetas de su vida, sin duda será un buen compañero de cama, capaz de conducirla hasta cimas insospechadas.

Observe a los caballeros que la rodean y trate de averiguar qué se mueve detrás de la fachada que presentan en público. ¿Manifiestan sus opiniones con cierto fervor? ¿Tienen fama de ser buenos en los negocios o en la gestión de sus propiedades? ¿Exteriorizan alguna emoción ante las expresiones artísticas, como la pintura, la literatura o la música?

Usted parece una joven sensible y de fuertes convicciones, y disfrutar de la oportunidad de compartir lo que la entusiasma con alguien afín a usted sería una experiencia extraordinaria.

Suya afectuosa

LADY MINERVA

—¿Y las demás?

Emma le ofreció el resto y, durante un rato, observó a su hermana leerlas, a veces con una sonrisa y otras con las cejas alzadas.

—Son muy similares a las que recibí yo.

—¿De verdad?

—Sí, aunque las de Evangeline eran algo distintas. La aconsejaba sobre el mejor modo de sacar partido a su belleza, y la verdad es que le resultaron muy útiles.

—He de reconocer que a menudo acierta.

—Sí. Siempre he creído que debe de tratarse de alguien a quien conozcamos.

—Yo también. De hecho... tengo algunas sospechas.

—¿Sí? Yo también las tuve, pero reconozco que no les presté demasiada atención. Tenía... otras cosas en mente.

—Ya puedo imaginarme qué tipo de cosas —rio Emma.

—De todos modos, no podía estar segura, porque mencionaba situaciones en las que esa persona no había estado presente, así que lo olvidé. Igual es una de esas viejas aburridas que se dedican a observarlo todo sin que nos demos cuenta.

—Es posible.

—¿Y de quién sospechas tú?

—De momento prefiero no decírtelo, al menos hasta estar más segura.

—Sabes que soy tu hermana favorita, ¿verdad?

—Eres mi única hermana.

—Pues eso mismo.

Emma le hizo un gesto de burla y Jane no insistió. La conocía demasiado bien. Ambas se recostaron de nuevo contra el colchón, con la mirada clavada en el techo.

—Emma.

—¿Sí?

—¿Hay alguien con quien, ya sabes, con quien hayas probado ya algunas de las cosas que lady Minerva menciona en sus cartas?

—Hummm, tal vez.

—¡¡¡Emma!!! —Jane se puso de rodillas frente a ella.

—Lo sé, eres mi hermana favorita.

—¿Tienes un pretendiente?

—¿Yo he hablado de matrimonio?

—Oh, Jesús. —Jane se llevó una mano a la boca—. Emma, sea quien sea ese hombre, no puedes consentir que llegue demasiado lejos. El escándalo podría destrozarte.

—No te preocupes, no lo permitiré.

Jane asintió, bastante conforme, y volvió a ocupar su lugar junto a ella. Emma masticó todas las palabras que habría querido decirle y se las tragó sin dejar que ni una sola saliera de sus labios. Le habría encantado hablarle de Hugh y de todo lo que había descubierto con él, pero no era el momento.

Quizá nunca lo sería.

23

Emma no bajó hasta media mañana. Jane y ella se habían quedado despiertas hasta muy entrada la madrugada, riendo y compartiendo confidencias y tragos de jerez. La botella, con solo un tercio de su contenido, descansaba sobre su tocador y su sola visión hizo que el estómago se le contrajera.

En el comedor, la señora Grant había dejado una bandeja de las galletas favoritas de Nathan y, por las muchas que faltaban, su hermano ya debía de haberse levantado. Lo encontró sentado en los escalones de la terraza que daba al jardín, con Kenneth a su lado y una segunda bandeja, prácticamente vacía, entre ambos.

—Y entonces mi amigo Barry se agachó y me cargó sobre sus hombros —decía Nathan— para alejarme del fuego...

—¿Otra vez le estás contando esa historia? —lo interrumpió Emma.

Ambos se sobresaltaron y se volvieron hacia ella.

—Ha insistido —se defendió su hermano.

—Kenneth, ¡pero si anoche ya te la contó dos veces!

—Papá me ha contado la historia de Ulises al menos diez, y nunca has dicho nada —mencionó el pequeño, con una mueca burlona.

—Para tener diez años, eres un niño muy listo. —Emma le sonrió y le revolvió el pelo.

253

—Sigue, Nathan —lo apremió el pequeño.

Emma casi podría haberle recitado ese episodio ella misma. Durante el último año de la guerra contra los Estados Unidos, la unidad de Nathan había participado en la ofensiva terrestre y en agosto de 1814 habían alcanzado la capital del país. Allí, habían incendiado varios de los edificios públicos, entre ellos la Casa Blanca, y en uno de ellos, Nathan había sufrido una ligera conmoción que lo había dejado inconsciente sin que ninguno de sus compañeros se diera cuenta. Fue al salir cuando uno de ellos se percató de su ausencia y regresó al interior del edificio para buscarlo. Lo había localizado con bastante rapidez y, tras intentar despertarlo sin éxito, lo había cargado sobre sus hombros y sacado de allí, solo unos segundos antes de que las llamas provocaran el desplome del techo.

Emma sintió un escalofrío. ¿Qué habría ocurrido si ese muchacho, que no debía de ser mucho mayor que Nathan, no se hubiera dado cuenta de su ausencia? ¿O no se hubiera atrevido a desafiar al fuego para ir en su busca?

No se quedó a escuchar el final de la historia. Por muy ligero que fuese el tono que usaba su hermano al narrarla, Emma no podía evitar imaginarlo tumbado entre las llamas, a punto de ser devorado por ellas. No recordaba cuántas vidas se había cobrado aquel conflicto, pero, entre los caídos en la batalla, las enfermedades y los que no habían logrado recuperarse de sus heridas, sumaban varios miles. Y Nathan podría haber sido uno de ellos.

Hugh no estaba en casa. Esa noche, Emma había logrado escabullirse, colocarse su disfraz y encontrar un coche de alquiler que la llevara hasta Marylebone. No había caído en enviarle una nota previa para anunciarle su visita y su mayordomo no fue capaz de informarla del lugar donde se encontraba, pero tenía instrucciones de dejarla pasar.

Brett Taylor ya no se alojaba allí, así que no pudo aprovechar la espera para visitarlo. El día anterior había vuelto a la mansión Milford a recoger sus cosas y habían charlado brevemente. Se movía con cierta torpeza y aún estaba algo pálido, pero el médico había asegurado que la recuperación sería completa. Con la ayuda de Hugh, el joven había alquilado un apartamento en una zona tranquila cerca de la Torre de Londres, a la espera de encontrar un lugar adecuado en el que formar su propio hogar. Emma se alegró mucho por él y le entregó un sobre con veinte libras para ayudarlo a comenzar en su nueva vida.

—Es mucho dinero, milady —le dijo, apurado—. No puedo aceptarlo.

—Ya lo creo que puedes —insistió—. Te debo la vida.

—¡Pero esto es casi el sueldo de un año!

—Si pretendes casarte con Lucy de inmediato, vas a necesitarlo, créeme.

—Lady Emma...

—Por favor, es un regalo. —Posó su mano en el musculoso brazo del joven—. No lo desprecies.

—No lo desprecio, es solo que... —Parecía emocionado—. Ha sido un honor trabajar para su familia, milady. Así se lo he dicho al señor Morton y a su padre, lord Crampton.

—Nosotros hemos sido los afortunados, Brett. Jamás podré agradecerte todo lo que has hecho por mí. Si algún día necesitas algo de mí o de mi familia, recuerda que esta es tu casa.

Emma pronunció las últimas palabras con la voz convertida en un murmullo a causa de la emoción. Sabía que le iría bien con Hugh y que se merecía una oportunidad como aquella, aunque lo iba a echar de menos. Era uno de los pocos amigos que le quedaban.

Saltándose todas las normas de etiqueta, le dio un corto abrazo y un casto beso en la mejilla.

—Gracias por todo, señor Taylor —le dijo con una sonrisa.

El joven se limitó a asentir, con las mejillas del color de las granadas, y abandonó la mansión Milford para siempre.

Sentada en su butaca de la biblioteca de Hugh, Emma recordó el breve episodio con un nudo en la garganta. Todavía no se atrevía a pensar en lo que su ausencia significaría para ella a largo plazo. En algún momento tendría que hacerlo, por supuesto, pero aún no.

Escuchó el sonido de la puerta y la voz del mayordomo de Hugh, y el corazón se le aceleró. Dentro de los guantes, sus manos comenzaron a sudar, y movió la boca para aliviar el picor de su falso bigote. Estaba deseando quitárselo. Unos segundos después, Hugh apareció en el umbral y ella no fue capaz de levantarse. Estaba tan atractivo con aquel traje oscuro y el cabello algo alborotado que las rodillas empezaron a temblarle.

—Un placer verlo de nuevo, señor Mullins —dijo Hugh en voz alta. Lo vio entrar en la habitación, cerrar la puerta con llave a sus espaldas y añadir en voz baja—: Te he echado tanto de menos que me duelen todos los huesos del cuerpo.

Ella soltó un jadeo y sus músculos se relajaron lo suficiente como para incorporarse e ir a su encuentro. Los brazos de Hugh la envolvieron y sus labios buscaron su boca con frenesí.

Emma lo había extrañado mucho. Sus huesos también se lo decían.

No se tomaron mucho tiempo para desvestirse y casi se arrancaron la ropa el uno al otro. A los dos los sorprendía la urgencia con la que se besaban y se tocaban, como si ambos intuyeran que, de algún modo, el tiempo corría en su contra.

Hugh ni siquiera se planteó subir con ella al piso de arriba, y ella no lo insinuó tampoco. Cuando ya no quedó sobre el cuerpo de Emma más que su camisa, él la tomó de la mano, la sentó en la butaca y se arrodilló frente a ella.

Con las yemas de los dedos comenzó a acariciar sus piernas y sus muslos, y luego repitió los mismos caminos con sus labios. Emma echaba la cabeza hacia atrás, incapaz de soportar aquel tormento. Hugh la tomó de las nalgas y la atrajo hacia él y el tormento se convirtió en fuego.

Cuando Emma sintió la lengua de Hugh rozar los pliegues de su femineidad intentó cerrar las piernas por puro instinto. Aquello era demasiado privado, demasiado íntimo.

—¿No te gusta? —le preguntó él, con picardía.

—Sí, pero...

—Aquí no hay peros, ni fronteras —le dijo tras posar un nuevo beso sobre la parte interna de su muslo—. Conozco tu cuerpo de memoria, mis manos lo han recorrido tantas veces que podría dibujarte con los ojos cerrados.

—No soy una manzana —rio ella, nerviosa.

—Aun así. —Le guiñó un ojo—. Llevo tanto tiempo queriendo recorrerte también con mi boca que sueño incluso con ello.

—Oh...

—¿Puedo continuar? Me detendré en cuanto me lo pidas.

Emma no respondió, se limitó a abrir las piernas con lentitud y Hugh escondió su sonrisa triunfante entre ellas. Volvió a sentir aquella lengua recorriéndola, y aquellos labios succionando en el lugar apropiado, enviando descargas por todo su cuerpo. Se sujetó al cabello de Hugh y alzó un poco las caderas. La sensación era tan arrolladora que todos sus músculos se tensaron, anticipándose al éxtasis. Y este llegó casi por sorpresa, en una sola ola descomunal que arrasó todo a su paso, dejándola temblorosa y desmadejada sobre la butaca.

Hugh dejó caer unos cuantos besos sobre sus muslos al tiempo que se retiraba, y ella no pudo evitar estremecerse con cada uno de ellos, como si toda su piel se hubiera vuelto del revés y pudiera sentirlo todo magnificado. La tomó por la cintura, la arrastró con él hacia la mullida alfombra y la envolvió con sus brazos. Emma necesitó varios minutos para recuperarse.

—Eso ha sido...

—Maravilloso. —Hugh terminó la frase por ella.

—¿Crees que yo podría hacer lo mismo contigo? —Él elevó la cabeza de la alfombra y la miró. Con el cabello castaño claro alborotado y los ojos oscuros así de brillantes, parecía un ángel caído—. ¿Te gustaría?

—No me atrevo ni a imaginarlo —le aseguró.

Emma sonrió, sensual, y comenzó a moverse hacia abajo.

—Pero esta noche no. —Hugh la detuvo, se alzó sobre los codos y se colocó sobre ella—. Ahora mismo necesito estar dentro de ti.

—¿No puedes esperar? —ronroneó, frotándose contra él.

—Si espero un poco más, mi corazón no lo resistirá.

—Hummm, ¿sufres del corazón?

—Solo desde que te conozco.

Hugh pronunció aquellas palabras con tanta vehemencia que Emma se quedó prendida en sus ojos, con su propio corazón aleteando bajo sus costillas. La intensidad de aquella mirada la sobrecogió de tal forma que se sintió aún más desnuda de lo que ya estaba. El deseo de besarlo y de tenerlo dentro de ella la sacudió por entero. Alzó un poco la cabeza y fue al encuentro de su boca, con el alma en llamas.

La fiesta ya había comenzado y Emma aún estaba sin vestir. Esa tarde, toda la familia Milford había llegado a la mansión Heyworth, donde esa noche se celebraba el baile en honor a Nathan. La habitación de Emma se encontraba en el ala este de aquella especie de castillo, que era como veía aquel descomunal edificio. Tras casarse con Blake, Jane la había decorado a su gusto, y Emma la había ayudado. El resultado era una combinación de calidez y elegancia que despertaba la envidia de todas las visitas.

El cuarto de Emma era acogedor y luminoso, y desde allí podía contemplar a placer el delicado jardín, que esa noche lucía esplendoroso con la multitud de lámparas que su hermana había dispuesto. Ya se veían algunos invitados deambulando por él.

Le echó un vistazo al reloj y se preguntó dónde estaría su doncella, Maud. El vestido que había elegido para la fiesta había sufrido un ligero percance y el que había llevado de repuesto no la convencía. Blake había puesto a disposición de Maud un carruaje para que la llevara hasta la mansión Milford, y Emma aguardaba ansiosa su regreso.

Por fin, la mujer hizo su aparición con una pesada bolsa colgando de su mano. ¿Pero cuántas prendas había traído consigo? Daba la sensación de que había vaciado medio armario. Al final se decantó por un vestido de seda en un tono verde pálido, que conjuntaba con sus ojos, y por unos guantes en un tono más oscuro. Cuando se contempló en el espejo no pudo sino sonreír.

—Está preciosa, lady Emma —la alabó la doncella.

—Gracias, Maud. ¿Puedes avisar a Lucien, por favor?

—Enseguida, milady.

Emma no quería aparecer sola en la fiesta, no habría sido correcto. Hacerlo del brazo de su hermano mayor era lo apropiado y aguardó paciente hasta que este se presentó.

—Emma, estás absolutamente deliciosa.

—Tú también estás muy guapo, hermano —le dijo—. Me temo que esta noche voy a recibir otro montón de invitaciones para tomar el té.

Lucien rio y le ofreció el brazo.

—Esta vez, si quieres, yo escribiré algunas de las notas de agradecimiento.

—No sería mala idea. A fin de cuentas, la mayoría son por tu causa.

—No te infravalores. —Lucien le apretó la mano. Ambos recorrían el pasillo en dirección a la escalera—. Estoy convencido de que muchas de ellas solo esconden un deseo sincero de conocerte mejor.

—Ya —replicó, sarcástica.

—Hablo en serio. Eres una mujer preciosa, inteligente y enigmática. ¿Quién no querría estar a tu lado?

—Eres un adulador.

—En realidad no, y espero que no tardes en darte cuenta de ello.

Emma lo miró de reojo, pero no descubrió ninguno de sus típicos gestos de burla, así que se preguntó si hablaba en serio. Entonces se detuvo. Estaban cerca de la escalera, junto a la barandilla, desde donde se podía apreciar gran parte del enorme recibidor. Estaba atestado.

—¿Pero a cuántas personas ha invitado Jane? —murmuró.

—¿No has visto la lista? —rio Lucien, a su lado.

—No.

—Mejor. Habrías perdido un par de horas de tu vida.

—Dios mío. —Lucien tiró de ella y comenzaron a descender.

—Creo que aquí está todo el mundo —señaló Lucien—, y no exagero.

Emma vio, cerca de las puertas de entrada, a su hermana y a su cuñado recibiendo a los recién llegados. Jane alzó la mirada y la vio. Le dedicó una sonrisa tan luminosa y tan llena de cariño que deseó apartar a todas aquellas personas para ir a darle un abrazo.

En unos segundos, su hermano y ella pasaron a formar parte de aquella multitud. Por suerte, las dimensiones del salón eran tan grandes que había espacio suficiente para moverse sin tropezar unos con otros, y Jane había abierto las puertas de la estancia adyacente y del comedor, en cuya larga mesa se habían colocado las bebidas y los aperitivos. Emma había estado ayudando a organizarlo todo antes de subir a prepararse.

En una esquina, una pequeña orquesta había comenzado a interpretar música de cámara a la espera de que diera comienzo el baile. Emma miró a su alrededor y no tardó en localizar a Nathan, que hablaba con su amiga Amelia —a la que también conocía desde la niñez— y con su marido, el vizconde Armington.

—Por fin apareces, hermanita —bromeó Nathan, que le dio un beso en la mejilla—. Creí que ibas a perderte mi fiesta.

—Lo había pensado —continuó ella con la chanza—, pero los canapés tienen una pinta deliciosa y odiaría quedarme sin probarlos.

—Podría haber pedido que le guardaran unos pocos —comentó el vizconde, que parecía no haber entendido la broma entre los hermanos.

—Querido, Emma solo le toma el pelo a Nathan —le dijo Amelia, situada a su lado.

—Ah, comprendo —repuso el vizconde, con una sonrisa de circunstancias.

—Hummm, yo estoy deseando probarlos —señaló Amelia, y tomó del brazo a su amiga—. ¿Me acompañas?

Emma asintió y se despidieron de los caballeros en dirección al comedor.

—¿Qué le ha pasado a Nathan? —le susurró en cuanto se alejaron unos pasos. Emma quiso volver la cabeza, pero Amelia tiró de ella—. ¡No mires!

—¿Qué?

—¡¡¡Está guapísimo!!!

Emma rio, complacida.

—Creo que nos lo han cambiado por otro.

—Diantres, podrían haber hecho el cambio un par de años atrás —comentó Amelia con una risita—. Te juro que adoro a Basil, pero reconozco que no me habría importado esperar un poco más.

—¿Qué estáis tramando?

Ambas reconocieron de inmediato la voz que había sonado a sus espaldas, y se dieron la vuelta. Phoebe las miraba divertida y Emma sintió un vuelco en el estómago. Estaba preciosa con aquel vestido azul turquesa y el cabello recogido en ondas. Se saludaron con un beso en la mejilla.

—Íbamos a la mesa de canapés.

—Excelente idea —señaló Phoebe—. He oído comentar a algunos invitados que están deliciosos.

—Oh, Dios, ¡nos vamos a quedar sin ninguno!

—Amelia, te prometo que no. En la cocina hay al menos un centenar de bandejas —le aseguró Emma, jovial.

Phoebe la tomó del brazo y las tres continuaron su camino en dirección al comedor. Emma no recordaba cuánto tiempo hacía que no estaban las tres así, juntas, felices y despreocupadas.

—El verde te sienta de maravilla, Emma —dijo Phoebe—. Deberías vestir siempre de ese color.

—Acentúa el color de tus ojos —añadió Amelia.

—Por cierto, ¿qué le ha pasado a tu hermano Nathan? —preguntó Phoebe, echando un vistazo a su espalda.

Emma intercambió una mirada con Amelia y ambas se echaron a reír, mientras su amiga las observaba sin comprender dónde estaba la gracia.

Los canapés, en efecto, estaban absolutamente deliciosos y, durante varios minutos, ninguna se despegó de la mesa. Luego, el conde de Kendall acudió en busca de su esposa porque el baile estaba a punto de comenzar y Amelia y ella volvieron a quedarse a solas.

—Tu hermano viene hacia aquí —comentó su amiga, mirando por encima de su hombro—. Y he de decir que lo hace en excelente compañía.

—Emma... —La voz de Nathan sonó junto a ella unos segundos más tarde—. Quería presentarte a mi amigo Barry...

Pronunció esas palabras mientras ella se daba la vuelta y se quedaba literalmente petrificada.

—Bueno, en realidad su nombre es Barrymore, sir Hugh Barrymore —añadió Nathan—, aunque todos le llamábamos Barry.

Emma quiso que la tierra se abriera bajo sus pies justo en ese instante.

24

Hugh había conocido a Nathan Milford en 1814, después de que Napoleón hubiese sido derrotado y exiliado a la isla de Elba, de donde escaparía meses después. Hugh aún no había finalizado su temporada de servicio y su mermada unidad fue destinada precisamente al buque británico donde Nathan luchaba en la otra contienda que había mantenido al país en vilo durante aquellos años: la guerra contra los Estados Unidos de América. Pese a ser unos años mayor, Hugh había congeniado enseguida con él. Era osado, inteligente y leal y había llegado a apreciarlo como a un hermano.

Hugh había terminado el servicio unos meses antes que él y ambos habían prometido mantener su amistad una vez de regreso en Londres. De hecho, la noche anterior habían vuelto a encontrarse, sin saber que un rato más tarde se acostaría de nuevo con su hermana.

Hugh no podía creerse que aquello fuese verdad. Durante un breve instante, deseó que la tal Emma fuese la joven que acompañaba a su belleza de ojos verdes, pero no tuvo tanta suerte. Cuando ella estiró su mano enguantada para saludarlo, Hugh deseó que el techo se derrumbara sobre su cabeza.

—Señor Barrymore, es un placer conocerlo —le dijo ella, sin titubeo aparente en la voz.

—El placer es mío, lady Emma. —Hugh ni siquiera sabía cómo era capaz de hablar con tanta frialdad—. Su hermano me ha hablado muy bien de usted.

—A usted lo tiene en alta consideración, y le agradezco enormemente que arriesgara su vida para salvarlo.

Nathan le presentó a la joven que acompañaba a su hermana, pero fue incapaz de retener el nombre. Apenas podía enhebrar un pensamiento coherente. Por fortuna, la muchacha se despidió y se alejó de ellos, aunque dejó tras de sí un silencio un tanto incómodo. Jane, la otra hermana, que le había presentado unos minutos atrás, se unió a ellos.

—Nathan, tenemos que inaugurar el baile.

—Eh, sí, claro. —Se dispuso a seguirla, pero le echó un último vistazo a Hugh, como si lamentara dejarlo a solas con Emma—. Barry, por favor, ¿te importaría...?

—Descuida.

Lo vio dirigirse hacia el centro del salón y colocarse en posición. A su alrededor se hizo un pequeño corro y la música comenzó a sonar.

—Hugh... —le dijo ella a su lado.

—Ahora no. —Ni siquiera la miró.

Aguardó unos minutos y le ofreció el brazo para incorporarse al baile, tal y como Nathan le había insinuado. Varias parejas se habían unido ya a los Milford y ellos dos pasaron desapercibidos. Solo entonces la miró, con dureza.

—Phoebe, ¿eh?

—Yo..., fue el primer nombre que se me ocurrió.

—Dios santo, eres la hermana de Nathan.

—Tenía que ser la hermana de alguien, ¿no? —replicó ella con ligereza.

—¿Te parece gracioso?

—Me parece una increíble casualidad. Esta noche no puedo

266

salir de esta casa, ni siquiera sabría cómo hacerlo —soltó una risita nerviosa—, pero mañana iré a tu casa y...

—¿Has perdido el juicio? —Hugh intentaba por todos los medios no mirarla en exceso y no realizar movimientos bruscos para no llamar la atención de los invitados, pero le estaba costando la misma vida—. No podemos volver a vernos.

—¿Qué? —Lo miró, entre asombrada y dolida—. ¿Pero qué dices? ¿Por qué?

—¿De verdad tienes que preguntarlo?

—Tenemos que hablar, Hugh, y este no es el sitio ni el lugar.

Tenía razón, por supuesto. Al menos debían aclarar las cosas. Sin embargo, imaginarla de nuevo en su casa, en un lugar al que Nathan podría acudir en cualquier momento, le quebraba el espíritu. Dudaba mucho que su amigo fuese a presentarse sin avisar, pero también sabía que era un joven impetuoso.

—Está bien —concedió al fin—, pero solo hablaremos y te marcharás enseguida.

—Claro...

La joven pronunció las últimas palabras en un murmullo apenas audible y Hugh no se atrevió a mirarla.

De entre todas las mujeres de Londres, había tenido que toparse con la única que le estaba totalmente vedada.

Eso sí que era tener mala suerte.

Emma sentía ganas de llorar. No podía creerse que Hugh hubiera pronunciado aquellas palabras en serio. ¿De verdad su relación había tocado a su fin? Tenía la sensación de que aquello podría suceder en algún momento en el futuro, pero jamás habría imaginado que sería tan pronto y de una forma tan tajante.

Al finalizar el baile la dejó con su familia y, tras intercambiar varias frases de cortesía con su padre y lady Ophelia, desapareció de su vista. Volvió a verlo un rato después, charlando con Nathan en un rincón, y más tarde bailando con una joven muy bonita a la que Emma no reconoció. Eso fue todo.

—Qué muchacho más encantador ese señor Barrymore —señaló su tía en cuanto Hugh se alejó.

—Conozco a su padre desde hace años —comentó Oliver Milford—. No sabía que tenía un hijo en la guerra.

—Por suerte para nosotros. —Lady Ophelia se abanicó con energía—. Si no hubiera estado allí para salvar a nuestro Nathan...

Emma solo quería salir de allí, subir a su habitación y encerrarse dentro, pero era la fiesta de su hermana, en honor a su otro hermano. No podía desaparecer sin más.

—¿Estás bien? —le preguntó entonces lady Cicely, con el semblante preocupado.

—Hace un poco de calor.

—Tu hermana ha invitado a demasiada gente —comentó su tía.

—El salón es grande. —Su padre salió en defensa de Jane.

—Aun así.

El vizconde Washburn apareció justo en ese momento y Emma no pudo disimular su alegría al verlo. Solicitó un baile, que ella le concedió de inmediato.

—Una fiesta magnífica, si me permite —le dijo el joven.

—El mérito es de mi hermana.

—He dado por hecho que usted la habría ayudado.

—Menos de lo que me habría gustado.

—Siempre es menos de lo que nos agradaría.

—¿Cómo?

—Cuando intentamos ayudar a alguien, a menudo tenemos la sensación de que no hemos hecho suficiente, ¿no le parece?

—En este caso me temo que es exactamente así.

Emma observó al vizconde. Era un hombre agradable, atractivo, cortés y bastante inteligente. Sospechó que habría resultado una pareja mucho menos complicada que Hugh Barrymore, aunque con toda probabilidad también menos estimulante. «¿Pero por qué diablos estás pensando en eso ahora?», se reprochó mentalmente.

—¿Cómo va su búsqueda de esposa? —le preguntó, y enseguida se arrepintió de su atrevimiento—. Oh, disculpe. No pretendía ser grosera.

—Ya le dije en una ocasión que admiro su franqueza.

—En ocasiones es más un defecto que una virtud.

—La mayoría de las virtudes lo son.

—¿Usted cree? —Emma se aventuró a sonreír.

—Hasta las más loables —continuó él—. Cuando una virtud se lleva hasta el extremo, acaba por convertirse en un defecto.

—Nunca lo había considerado así.

—Piense por ejemplo en la moralidad. Llevada a sus últimas consecuencias, puede convertir a cualquiera en un fanático. Un exceso de prudencia nos puede transformar en pusilánimes, e incluso en cobardes... —Emma no recordaba que el vizconde Washburn tuviera por costumbre adornar sus conversaciones con ese tipo de máximas, y se preguntó si esa noche se habría olvidado de la virtud de la sobriedad—. En fin, es solo mi opinión, por supuesto.

—He de decirle que me parece una opinión muy fundamentada.

—Es muy amable, lady Emma. —Hizo una breve pausa—. Ahora que su hermano ha regresado, intuyo que vuelve usted a alojarse en la mansión Milford.

—En efecto, así es.

—¿Me permitirá entonces que la visite una mañana de estas?

—Lord Washburn...

—Oh, no me malinterprete. En calidad de amigo nada más —se apresuró a añadir—. Ya me dejó bastante claras sus intenciones e intuyo que no ha cambiado de parecer.

—No lo he hecho.

—Es una lástima —le dedicó una sonrisa un tanto apagada que Emma sintió el impulso de borrar con un beso—. Sin embargo, hay un par de damas que han despertado mi interés y me encantaría poder comentar el asunto con usted.

—Entonces será bien recibido cuando guste.

El vizconde asintió, satisfecho, y no añadió nada más hasta el final de la pieza, unos segundos más tarde.

—Siempre es un placer charlar con usted, lady Emma.

—El placer es mutuo, milord —contestó ella, y descubrió que era totalmente sincera. Había disfrutado de aquel pequeño interludio de su vida en el que no había pensado en nada más que en la interesante conversación que habían mantenido. Por desgracia, la realidad volvió a asaltarla en cuanto regresó junto a su familia.

La noche prometía ser eterna.

La noche, en efecto, se le había hecho eterna, y el día siguiente parecía correr la misma suerte.

Las horas pasaban tan despacio que Emma se levantó dos veces para comprobar que el mecanismo del reloj colocado sobre el aparador funcionaba correctamente. A primera hora de la tarde habían regresado a la mansión Milford y ella se había encerrado en su habitación. Tendida sobre la cama había elaborado un puñado de argumentos con los que convencer a Hugh de que debían continuar viéndose, y unos cuantos más que no pensaba decirle. Entre ellos que se había convertido en una de las personas más importantes de su vida y que no deseaba renunciar a él.

«Tal vez es exactamente eso lo que tendrías que decirle», le dijo una vocecita dentro de su cabeza. Una vocecita que se parecía demasiado a la de Jane y que desechó con un manotazo en el aire.

La tarde transcurrió perezosa y la cena se le hizo interminable. Sus dos hermanos habían salido esa noche y estaban solos su padre y ella. El pobre hombre se sintió obligado a mantenerla entretenida con todo tipo de conversaciones, que en otro momento habría disfrutado, pero que se le hicieron una bola junto a la comida.

Cerca de la medianoche, pudo escabullirse al fin hasta el cobertizo del jardín, donde se atavió con su acostumbrado disfraz antes de abandonar la propiedad. Al salir a la calle estuvo a punto de ser atropellada por el carruaje familiar. Sus hermanos habían regresado más pronto de lo esperado y se preguntó si eso afectaría de algún modo a sus planes. Tras valorarlo unos segundos, decidió que le era indiferente. Lo que tenía que hacer era mucho más importante.

Le costó más de diez minutos localizar un coche de alquiler y se mantuvo tensa durante todo el trayecto hasta Marylebone, preparándose para lo peor.

Hugh le había abierto la puerta, como siempre. La había conducido, también como siempre, a la biblioteca, y le había servido la acostumbrada copa de brandy, que Emma apuró casi de un trago. Luego él se sentó y la observó durante largo rato, y ella se preguntó si iba a permanecer así toda la noche.

—Deberías haberme dicho hace mucho quién eres en realidad —habló al fin.

—Tal vez.

—¿Tal vez? —Lo vio fruncir el ceño.

—De haberlo hecho, intuyo que habríamos mantenido esta charla hace tiempo.

—Puedes estar segura.

—Hugh, nada tiene por qué cambiar entre nosotros. —Emma no se atrevió a acercarse a él, aunque se moría por hundir sus manos en su cabello castaño y sedoso.

—He traicionado a mi mejor amigo.

—¡No lo sabías!

—Ahora sí —replicó—. La ignorancia tal vez me exima de lo que ha sucedido hasta ahora, pero sería un canalla si continuara con esto.

—¿Y yo no tengo opinión en este asunto? —preguntó, molesta por cómo se estaba desarrollando la conversación.

—Me temo que no.

—Estás siendo muy injusto.

—No he sido yo quien ha ocultado su identidad durante estas semanas.

—Así que esto es todo.

—Sí. A no ser que...

—¿Qué? —Emma sintió un atisbo de esperanza.

—Cásate conmigo.

—Hugh...

—No tiene por qué ser ahora —continuó él—. Podemos alargar el compromiso tanto como quieras, años si es tu deseo. Sería el único modo en el que podríamos continuar viéndonos, el único en el que no me sentiría como un completo miserable.

—No... puedo. —Emma tragó saliva. Le había pedido lo único que ella no estaba dispuesta a darle.

Hugh asintió, con la mirada tan llena de tristeza que Emma temió quebrarse.

—Entonces esto es una despedida. —Él se levantó y dejó su copa sobre la repisa de la chimenea.

Emma tuvo que hacer un verdadero esfuerzo para levantarse también.

—Ha sido... divertido —logró articular.

Hugh la miró con intensidad y se aproximó a ella. Acarició su mejilla con el dorso de la mano y buceó por última vez en el verde de sus ojos. Luego le dio un corto beso en los labios.

—Ha sido lo mejor que me ha pasado en la vida, Emma Milford —susurró.

Fue incapaz de responder a eso, porque todas las lágrimas del mundo se agolparon en su garganta. Quiso echarle los brazos al cuello y besarlo como si no hubiera un mañana, como si nada en el mundo importara más que ellos, pero no lo hizo. Dio media vuelta y abandonó la habitación a buen paso, en dirección a la puerta de la calle. En esta ocasión sí que había un coche aguardándola, y subió a él ya con las mejillas empapadas.

No volvió la vista atrás.

25

Hugh se centró en el trabajo como no lo había hecho jamás. Pasaba el día fuera de casa, cerrando negocios, ayudando a su padre y a su hermano, preparando nuevos proyectos... todo para alejar a Emma de su pensamiento. Emma. Qué nombre más bonito. Nathan le había hablado varias veces de su hermana menor y él había forjado una imagen en su cabeza que en nada se parecía a la mujer con la que había compartido las noches más memorables de su vida. Para él, la tal Emma siempre era una niña avispada y con coletas, que adoraba subir a los árboles y cuyo carácter rebelde le causaba innumerables problemas. Algo de eso continuaba en la Emma real, en la mujer que él había conocido y que, desde luego, no era ninguna niña.

Aún no lograba entender por qué ella no había aceptado su propuesta de matrimonio. Cierto que no había sido nada romántica, pero era la mejor solución. Se llevaban estupendamente, dentro y fuera del lecho, tenían muchos intereses en común y él, aunque no tuviera origen noble, estaba considerado un buen partido. Tal vez la familia de ella habría mirado el enlace con cierto recelo al principio, pero luego se habrían dado cuenta de que Hugh era lo mejor que podía haberle pasado. Porque estaba convencido de que nadie la entendería como él lo hacía. Le habría proporcionado toda la libertad del mundo, toda la que ella necesitaba, para que jamás se sintiera prisionera de su matrimonio, de él.

Esa noche había quedado con Nathan, que llevaba desde la fiesta intentando convencerlo para que lo acompañara a su club favorito, el Brooks's. Hugh ya había estado allí en una ocasión, con Markus y su padre, antes de la guerra. Y allí se encontró con su amigo y con Lucien, su hermano mayor. Recordaba que Nathan le había comentado en una ocasión que Lucien era demasiado serio, demasiado consciente de sus deberes con la familia, pero a Hugh le pareció cercano y hasta divertido.

En un momento dado, los dos amigos se quedaron a solas, alrededor de una mesita con una botella de whisky prácticamente llena.

—¿Qué te ocurre? —le preguntó Nathan a bocajarro.

—Nada, ¿por qué?

—¿Recuerdas cuando estábamos a punto de entrar en Washington?

—Sí, claro.

—Pues tienes la misma cara.

—Mucho trabajo —se excusó.

—¿Y qué más?

—¿Por qué piensas que hay algo más? —se forzó a reír.

—Porque te conozco —respondió Nathan—. Te recuerdo que he dormido a tu lado durante dos años, que he pasado días enteros pegado a tu culo y que te he visto pasar por todo.

—No tiene importancia.

—¿Es una mujer?

—¿Eh?

—Mierda, ¡es una mujer! —Nathan soltó una risotada—. Creí que no tenías intención de liarte con nadie al menos durante una década.

—¿Yo dije eso?

—Un millar de veces al menos. —Su amigo volvió a reírse—. Dios, qué poco han tardado en cazarte.

—No me han cazado.

—Oh, vaya. —Nathan se puso serio—. Entonces tienes mal de amores.

—Hummm, más o menos.

—¿Y quién es la afortunada dama?

—¿Qué?

—No me gustaría pisarte el plan si me cruzo con ella, ya sabes. —Le guiñó un ojo.

—No es nadie —contestó, tenso—. De hecho, ni siquiera vive ya en Londres.

—Lo siento.

—Se me pasará.

—Por supuesto que sí. —Nathan le palmeó el hombro—. Por cierto, ¿qué haces pasado mañana por la noche?

—Eh, ¿nada?

—Perfecto. Entonces vendrás a cenar a casa.

—¿Qué? —Hugh entró en pánico—. No, no creo que sea buena idea.

—¿No? ¿Y por qué no?

Eso, ¿por qué no? ¿Cómo iba a explicarle que no podía ir a su casa, que no debía ni siquiera acercarse a Mayfair?

—No quisiera molestar a tu familia.

—Estarán encantados de recibirte. Además, eres uno de mis mejores amigos, me temo que van a verte mucho por allí.

Hugh asintió con una sonrisa que no le alcanzó los ojos y que llegó a sus labios por pura chiripa.

Con un poco de suerte, tal vez al salir del club se rompiera una pierna, o unas cuantas costillas. Cualquier hueso que lo mantuviera alejado durante una larga temporada de Emma Milford.

Emma no había logrado dormir una noche entera desde su ruptura con Hugh, cuatro días atrás. Tenía la sensación de que había transcurrido una eternidad desde aquella conversación. Con la excusa de encontrarse indispuesta había logrado permanecer en su cuarto sin que nadie la molestara. En ocasiones, sus menstruaciones abundantes y dolorosas la obligaban a guardar cama durante un par de días, así que no le extraño a nadie. A nadie más que a su doncella, Maud, que conocía a la perfección sus ciclos, pero que no hizo ningún comentario al respecto.

Supo que el vizconde Washburn había ido a verla, lo mismo que algunos otros jóvenes que se habían enterado de su vuelta al domicilio familiar, y le supo mal especialmente por él. Sospechaba que aquella melancolía que ahora la embargaba acabaría desapareciendo, solo necesitaba un poco de tiempo. Ni siquiera se atrevía a pensar en Hugh en profundidad, porque entonces sentía como si una daga ardiendo hurgara en una herida imaginaria en el centro de su pecho.

Esa tarde su hermano Nathan llamó a su puerta.

—¿Cómo te encuentras? —le dijo tras tomar asiento a los pies de la cama. Ella se limitó a encogerse de hombros—. Padre dice que si mañana no estás mejor hará venir al médico.

—¿Qué?

—Llevas cuatro días en cama, Emma.

—Son cosas de mujeres. Tú no puedes entenderlo.

—Ya, claro. —Lo vio ruborizarse y le entraron ganas de reír—. Pero nunca te había afectado tanto.

—Mañana estaré bien —aseguró.

—¿Seguro?

—¡Segurísimo! —Por la cuenta que le traía, ya podía estarlo, porque no iba a consentir que su padre llamase al doctor.

—Eso es perfecto, porque mañana viene Barry a cenar.

—¿Quién? —Emma rogó por haberle oído mal.

—Lo conociste en la fiesta, Emma. ¡Pero si bailaste con él la primera pieza!

—Ah, sí, es cierto.

—No tendrás fiebre, ¿verdad?

—Hummm, tal vez. —En ese momento, la visita del médico le pareció el menor de sus males.

—No, no lo parece. —Le tocó la frente para asegurarse—. Seguro que mañana estarás recuperada.

Emma fingió un bostezo y Nathan se despidió enseguida. Odiaba echarlo de su habitación, con lo mucho que lo había extrañado, pero necesitaba estar a solas. En cuanto él cerró la puerta, Emma escondió la cara en la almohada y ahogó un sollozo.

—Tienes mala cara. —Markus lo miraba fijamente.

—Por Dios, ¿es que soy un libro abierto? —bufó Hugh.

—No lo sé. ¿Una novela tal vez? —bromeó su hermano—. Y de las malas.

—Esta mañana te has levantado con ganas de perder un par de dientes, por lo que veo.

—Eh, tranquilo. —Markus alzó ambas manos, aunque sin perder la sonrisa.

Su relación con Markus parecía ir volviendo a la normalidad, como si hubiera aceptado al fin su supuesta condición, y como si esta no le importase.

—Lo siento —se disculpó.

—¿Es por Mullins?

—¿Qué?

—Evan Mullins, te acuerdas de él, ¿no? Es aquel joven con el que te besabas en el Anchor...

—¡Markus! —Hugh echó un rápido vistazo alrededor.

Se encontraban en el despacho de su hermano, con la puerta cerrada, y no había peligro de que nadie los escuchase. Probablemente, allí se cerraban más negocios que en ningún otro lugar de Londres, y la discreción era una de las máximas de los Barrymore. Y eso incluía gruesas paredes, cristales dobles y puertas que no derribaría ni la bala de un cañón.

—Lo digo porque hace tiempo que no lo veo por el club. ¿Os habéis peleado?

—Déjalo, Markus.

—Bueno, imagino que no debe de ser muy diferente a una relación con una mujer, ¿verdad?

—Pfff.

—O tal vez sí. Igual es muy distinto. ¿Os regaláis flores o algo así cuando os peleáis? Padre siempre le compra rosas a madre cuando...

—Markus, basta ya.

—No entiendo por qué te pones así —se defendió su hermano con una mueca burlona—, a lo mejor podría preguntarle a padre dónde las compra. Aunque igual tu señor Mullins es alérgico a las flores...

—No es mi señor Mullins.

—Lo sabía. ¡Os habéis peleado!

—Mullins no existe.

—Oh, bueno, permíteme dudarlo. Te recuerdo que os vi en...

—Mullins es una mujer.

Markus se lo quedó mirando como si le hubieran salido alas y Hugh se arrepintió enseguida de haberse dejado pinchar de aquel modo. Ya no podía retirar lo que había dicho.

—Repite eso, porque no sé si he oído bien.

—Mullins es una mujer disfrazada.

—No, no puede ser. Lo conozco desde hace más de un año y...

—Créeme, lo sé a ciencia cierta.

—Pero...

Markus volvió a quedarse mudo y luego, para sorpresa de Hugh, soltó una carcajada.

—¡Pero eso es estupendo!

—¿Es estupendo?

—¡Pues claro! Eso significa que tú... que tú... ¡Te gustan las mujeres!

—Siempre me han gustado.

—Sí, ya, aunque últimamente había comenzado a dudarlo.

—Pareces alegrarte mucho.

—¿Y te extraña? Me hace feliz que tu vida no se vaya a convertir en un infierno, y no tener que ir a visitarte a la cárcel.

—Ya.

—¿Y quién es esa mujer? —se interesó—. ¿Una actriz? ¿Una prostituta?

—Markus, te juro que si sigues por ese camino, hoy perderás más que un par de dientes.

—Bueno, chico, no te pongas así. Ninguna mujer decente se vestiría de hombre para frecuentar un club masculino. Verás cuando se enteren nuestros conocidos.

—¡No! No puedes decir nada.

—¿Qué? Te recuerdo que una intrusa se ha colado en el Anchor y a saber en qué otros lugares más.

—Dudo mucho que vuelva a aparecer por allí. —Hugh hundió los hombros. No estaba del todo convencido de sus palabras, aunque sospechaba que eso sería justo lo que sucedería.

—Oh, mierda. Hugh, no me digas que te has enamorado de esa... de esa... Ni siquiera sé cómo llamarla.

—No me he enamorado, no seas idiota —espetó.

Tan pronto como esas palabras salieron de su boca supo que eran mentira. No podía estar seguro del todo, pero aquel agujero que sentía a todas horas en el centro del pecho no podía ser otra cosa que eso, ¿no?

—De acuerdo, no diré nada —concedió Markus, que había abandonado su tono bromista—. Pero si vuelve a aparecer por allí...

—Yo me ocuparé.

—Más te vale.

Hugh se levantó de la silla y se alisó los pantalones.

—¿Ya te vas?

—Sí, esta noche estoy invitado a cenar y tengo que ir a casa a cambiarme.

—Hummm, ¿alguno de nuestros clientes?

—Un amigo. Nathan Milford.

—Oh, estupendo muchacho ese Milford, por cierto —añadió Markus—. Su hermano Lucien es todo un personaje, ¿lo sabías? Y tiene una hermana soltera, Elena o Emma, algo así. La conocí hace unas semanas. Una auténtica preciosidad, te lo garantizo.

—Ya...

—Quizá ella te haga olvidar esta noche a esa Mullins —le dijo Markus con un guiño.

—Lo dudo —contestó Hugh—. Lo dudo mucho.

Era el cuarto vestido que se probaba y tampoco la convencía. Maud había dejado otros dos sobre la cama, pero Emma no lograba decidirse por ninguno. Estaba tan nerviosa que sentía que iba a estallar de un momento a otro. ¿Por qué Nathan había tenido que invitarlo? Dio un pisotón en el suelo, con tanta fuerza que su doncella le lanzó una mirada, alarmada.

—No se preocupe, lady Emma, seguro que encontramos alguno de su gusto.

—Da igual —dijo con una sonrisa de disculpa—. Ese mismo estará bien.

Había señalado uno en tonos rosados que le había gustado mucho al comprarlo pero que luego no había querido ponerse. Odiaba el rosa.

Mientras Maud la ayudaba a colocárselo y le recogía el cabello en un moño sencillo, Emma pensó que estaba siendo injusta con Nathan. ¿Cuántas veces habían cenado Phoebe y Amelia en su casa? ¿Cuántas más lo había hecho Evangeline, la mejor amiga de Jane? Hasta los amigos de Lucien habían ido alguna vez. ¿Por qué Nathan no iba a tener el mismo derecho? Él no podía saber lo que existía entre Hugh y ella, solo sabía que quería compartir un rato con él y su familia. Y eso hablaba a favor de Hugh de nuevo, porque Nathan nunca había tenido la costumbre de invitar a sus amigos.

«Y tenía que empezar justo ahora», se dijo, y de nuevo se reprochó su pensamiento egoísta. Si al menos Jane hubiera podido acudir... Le había enviado una nota, pero Nora Clementine tenía un poco de fiebre y Jane no quería dejarla sola. Emma lo entendía, claro que sí, aunque eso significaba que no tendría a su hermana con ella, la persona en la que más confiaba en el mundo.

Una vez lista, respiró hondo un par de veces y trató de calmar su alocado corazón. «Solo será una cena —pensó—. Nada malo puede suceder en un par de horas».

Cambió de opinión en cuanto bajó al salón. Antes de llegar pudo escuchar las voces de su padre y sus hermanos, y también la de Hugh. Estuvo tentada de dar media vuelta y regresar a su cuarto, y tal vez esconderse bajo la cama. La señora Grant pasó a su lado con una bandeja de aperitivos y le dirigió una mirada interrogativa. Emma simuló estar recolocándose el guante y volvió a aspirar aire con fuerza, como si se lo fuesen a arrebatar de un momento a otro.

«Allá vamos», se dijo, mientras sus piernas comenzaban a moverse.

26

Hugh estaba a punto de dar un sorbo a la copa que le habían servido cuando la vio entrar. Dios, era preciosa. Procuró que no se le notara el impacto que había supuesto verla aparecer con aquel vestido rosa pálido, con algunos toques de un tono más intenso. El color no la favorecía demasiado, pero era tan bonita que hasta un saco de arpillera le habría caído bien.

Lo saludó con fría cortesía y aceptó la copa de jerez que le ofrecía Nathan, aunque Hugh sabía muy bien que Emma habría preferido un brandy, a pesar de ser una bebida mucho menos femenina. Tomó asiento lo más lejos que fue capaz y Hugh disimuló una sonrisa. Sin duda se sentía tan incómoda como él. Se preguntó si también lo echaría tanto de menos como él a ella.

—Hugh nos estaba hablando de uno de sus negocios —la informó el padre.

—Oh, pues continúe. —Emma lo miró directamente, con el rostro totalmente inexpresivo.

—No desearía aburrirla.

—Podemos hablar de moda si lo prefiere —replicó ella, un tanto ácida—, o intercambiar algún cotilleo. Esos suelen ser los temas de conversación favoritos de las mujeres, según tengo entendido.

—Emma... —Lucien la llamó al orden con voz suave—. Disculpe a mi hermana, señor Barrymore, ha estado unos días delicada de salud.

Vio como ella le lanzaba una mirada asesina a su hermano y se dio cuenta de que no quería que le hicieran partícipe de aquella información.

—No necesitas disculparte en mi nombre, Lucien —contratacó ella—. Soy perfectamente capaz de hablar por mí misma.

—A mi hermana no suelen aburrirle los temas masculinos, Barry —apuntó Nathan, que trataba de poner paz—. De hecho, los prefiere.

—Oh, entonces no le importará que continúe con mi explicación, ¿no es así, lady Emma? —preguntó Hugh, que conocía muy bien los temas que le interesaban.

—Por supuesto.

—Pues como le iba diciendo, milord —Hugh se dirigió al conde de Crampton, que era con quien estaba manteniendo la conversación antes de su llegada—, mi intención es construir varios barcos de gran capacidad para el transporte de mercancías. Ahora que la guerra ha finalizado, nuestros productos podrán llegar a todos los rincones del mundo.

—Es un plan ambicioso —comentó Nathan.

—En efecto, pero a la larga muy rentable. Tengo pensado abrir mis propios almacenes en los puertos más importantes del mundo, principalmente en el continente y en los Estados Unidos, por supuesto. Pero también en América del Sur, la India e incluso en China.

—Y está convencido de que con el tiempo esos barcos se moverán a vapor —comentó el padre, moviendo entre sus manos la copa de licor.

Hugh no se atrevió a mirar a Emma. Ella conocía su interés por aquel tema en concreto, aunque se abstuvo de comentar nada.

—Lo estoy —contestó.

El mayordomo apareció para anunciar que la cena estaba lista y todos se levantaron.

—¿Y cómo piensa abrir esos almacenes en lugares tan lejanos? —se interesó Lucien.

—Es probable que tenga que hacerlo personalmente —contestó Hugh—, o delegar en alguien de mi absoluta confianza.

—¿En alguien como yo? —bromeó Nathan.

—Sabes que el puesto sería tuyo si lo quisieras —respondió.

Vio como el padre y el hermano mayor intercambiaban una mirada.

—Creo que ya he viajado suficiente para toda una vida —contestó Nathan, palmeándole la espalda—. Pero gracias por el ofrecimiento.

Por el rabillo del ojo Hugh vio a Emma fruncir los labios y comprendió cómo debía de sentirse. A ella le habría encantado poder ocupar ese lugar, a pesar de ser consciente de que una mujer jamás podría viajar con seguridad a sitios tan lejanos. Lo peor era estar convencido de que ella habría sido capaz de llevar a cabo esa tarea a la perfección.

Emma se sentía enferma, pero no por los motivos que Hugh sospechaba. Al menos no del todo. Era cierto que, durante un breve segundo, se había imaginado viajando por el mundo y estableciendo esos almacenes en puertos tan distantes como Hong Kong o Buenos Aires, pero la idea se le había muerto en la cabeza antes siquiera de acabar de formularla. Era tan imposible como que a las personas les salieran alas y echaran a volar. No, su malestar se debía a la idea de que Hugh se marchara de Londres durante largos períodos de tiempo.

«¿Acaso debería importarte? —se reprochó—. Acaba de

abandonarte, no significas nada para él». Estaba siendo injusta, lo sabía, e incluso entendía los motivos de Hugh para alejarla de su vida. Aun así, no podía sustraerse a la sensación de haber sido rechazada por el único hombre que le importaba.

Tomaron asiento alrededor de la mesa. Emma ocupó su lugar habitual junto a su padre y Nathan se sentó frente a ella, con Hugh a su lado. ¿Por qué diantres había ocupado el asiento de Jane? De ese modo, cada vez que alzara la vista se tropezaría con la imagen de Barrymore. Lucien, por su parte, decidió no sentarse en el otro extremo y lo hizo junto a ella, a su izquierda, para que no quedasen sillas vacías entre él y los otros comensales.

Dos lacayos de librea, bajo el mando de Cedric Morton, el mayordomo, sirvieron la cena, un delicioso consomé seguido de cordero al romero con puré de zanahorias. Emma apenas fue capaz de probar bocado, aunque uno de los sirvientes tuvo que rellenarle la copa de vino hasta en tres ocasiones.

—Una cena deliciosa, lady Emma —la elogió Hugh, con los ojos brillantes. Sabía perfectamente que ella no había tenido nada que ver en su elaboración, pero era costumbre alabar la buena cocina a la dama de mayor edad que hubiera en la mesa y que fuese miembro de la familia.

—Nada que ver con la bazofia que comíamos en la guerra, ¿eh? —habló Nathan, masticando a dos carrillos. Parecía que los años ausente no habían servido para mejorar sus modales.

—Desde luego —aseveró Hugh—. Y eso que teníamos la suerte de comer en el camarote de oficiales.

—Que yo recuerde, eres capaz de comerte cualquier cosa —se burló Lucien—. Hasta las galletas rancias.

—Si las mojas en leche ni siquiera se nota.

—En el ejército hemos comido galletas rancias para toda una vida. —Hugh sonrió.

—¡Y sin leche! —rio Nathan.

—De todos modos —señaló Emma, dirigiéndose a Hugh—, el mérito no es mío. La señora Grant, nuestra ama de llaves, es quien se ocupa de los menús.

—Con su supervisión, imagino.

—Imagina mal —replicó ella, mordaz—. Pese a lo que pueda suponer, el papel de una mujer no se circunscribe únicamente a la dirección de un hogar.

—No he pretendido sugerir tal cosa —se defendió él, sorprendido por su acritud.

—Barry solo trataba de ser amable, Emma —intervino Nathan.

—Una mujer puede ser tan válida como un hombre en multitud de situaciones —insistió ella.

—No lo pongo en duda —contestó Hugh, seco—, aunque ser un hombre no se circunscribe únicamente a llevar unos pantalones.

—Pero facilita mucho las cosas. Para empezar, nadie cuestiona adónde va ni con quién.

—Que yo sepa —intervino Lucien—, las mujeres de nuestra familia han gozado de libertad para moverse a su antojo.

—¿En serio te lo parece, Lucien? —Miró a su hermano casi con rencor—. ¿Podría entonces ocupar un escaño en el Parlamento? ¿Tomarme una copa en el White's? ¿Ser aceptada como miembro de la Royal Society?

—¿Pantalones? —intervino entonces Oliver Milford, como si acabara de incorporarse a la mesa—. ¡Jesús! ¿Y qué haría una mujer con pantalones?

—¿Moverse con más libertad? —inquirió Emma—. Es evidente que ninguno de vosotros precisa usar corsé a diario —espetó.

Se hizo el silencio alrededor de la mesa. Hablar de la ropa

interior femenina estaba totalmente fuera de lugar, y menos frente a alguien ajeno a la familia. Emma sintió que sus mejillas enrojecían, volvió a llevarse la copa a los labios y la dejó vacía sobre la mesa. Hizo un gesto al lacayo para que volviese a llenársela, pero vio como él miraba por encima de su hombro y se volvió. Lucien negaba con la cabeza. Emma le lanzó una mirada furibunda.

—Creo que ya has bebido demasiado —le susurró su hermano.

—La temporada está a punto de finalizar. —Nathan cambió de tema, no sin antes dirigirle también un gesto admonitorio—. Nuestra familia tiene por costumbre pasar unos meses en nuestra propiedad de Bedfordshire —le decía a Hugh—, seguro que te encantaría.

—Oh, probablemente.

—Estupendo. Podrías venir a pasar unos días.

—¿Qué? —Hugh, aturdido, miró a Emma y luego a Nathan.

—Acostumbramos a irnos la primera quincena de agosto —comentó su amigo—. Podrías venir a la tercera semana. O la cuarta si te va mejor.

—Eh..., tendré mucho trabajo.

—¿En agosto? ¿Con la ciudad medio vacía?

—Sería un honor que aceptara la invitación, señor Barrymore —dijo su padre, para mayor asombro de Emma—. Estamos en deuda con usted.

—¿Conmigo?

—Salvó la vida de Nathan.

—Y él la mía. Dos veces si mal no recuerdo. —Emma lo miró con atención, y luego a su hermano, que no había comentado nada de aquello. No le extrañó, sin embargo. Nathan tenía por costumbre no alardear de sus propios logros.

—Aun así, insisto.

—Lo intentaré —accedió al fin, esta vez sin fijarse en ella.

Emma quería gritar. ¿De verdad Nathan acababa de invitar a Hugh a su casa en la campiña? ¿Tendría que pasar una semana entera viviendo bajo el mismo techo que él?

Miró su copa vacía y lamentó no tener a mano una botella del licor más fuerte que hubiera en la casa.

Lo iba a necesitar.

—¿Por qué invitaste anoche al señor Barrymore a nuestra casa? —increpó Emma a su hermano menor durante el desayuno.

Había deseado mantener esa conversación con él desde la noche anterior, pero le fue imposible. Después de la cena, sus dos hermanos y Hugh se marcharon juntos y ella se retiró a su cuarto.

—¿Y por qué no habría de hacerlo? —Nathan untaba con parsimonia la mantequilla en uno de los bollitos calientes.

—En agosto celebramos mi cumpleaños allí —respondió ella—, solo la familia.

—Eso es a mediados de mes, Emma —comentó su padre.

—Por eso le sugerí que fuese la tercera o la cuarta semana. —Nathan le sonrió—. No pienses que me he olvidado de tu cumpleaños.

—Pero es... ¡un desconocido!

—Es mi amigo, Emma. —Nathan estaba comenzando a enfadarse—. Te recuerdo que por allí han pasado, varias veces si no me equivoco, tus amigas Phoebe y Amelia; también Evangeline, la amiga de Jane; y al menos un par de los mejores amigos de Lucien. ¿No tengo yo el mismo derecho?

—Sí, claro, yo...

—Por cierto, anoche estuviste especialmente impertinente.

—¿Yo? —Emma compuso su cara más inocente. Por suerte

para ella, esa mañana Lucien no compartía el desayuno con ellos.

—Conozco bien tus ideas un tanto... rebeldes —continuó Nathan—. Transgresoras diría más bien, y sabes que comparto la mayoría de ellas. Pero Barry no te conoce. Debe de haber creído que eres una loca.

—¿Eso te ha dicho?

—¿Qué? ¡¡¡No!!! Aunque no te lo parezca, es un caballero, y se habrá guardado sus opiniones para él. Pero, por favor, te ruego que no me avergüences durante su visita en Bedfordshire.

—Oh, descuida —repuso ella, sarcástica—. No te dejaré en evidencia. Si quieres, incluso puedo encerrarme en mi cuarto mientras dure su estancia.

—Hummm, no sería mala idea —dijo él, burlón—. Yo te subiré la comida y la cena.

Emma le lanzó la bola de miga de pan que había estado amasando con los dedos. Su hermano la esquivó sin dificultad, como casi siempre.

—Tienes que mejorar tu puntería, hermanita.

—Ahora que has vuelto, pienso dedicarme a ello a conciencia.

—Vas a necesitar años de práctica.

—No pienso irme a ningún sitio. —Le lanzó otro proyectil, con idéntico resultado. Era rápido, más que antes incluso.

Nathan aprovechó su desconcierto para arrojarle un pedazo de pan, que impactó contra su mejilla, y soltó una carcajada. Emma buscó con los ojos algo con lo que contraatacar.

—Niños, no juguéis con la comida. —Oliver Milford bajó el periódico que había estado leyendo y los miró con el ceño ligeramente fruncido. Luego volvió a ocultarse tras su improvisado parapeto.

Emma y Nathan intercambiaron una sonrisa cómplice y abandonaron su pequeña contienda.

Pese a todo lo que estaba sucediendo en su vida, se sentía feliz por su regreso.

Emma se avergonzaba de su comportamiento de la noche anterior, cuando había sentido la necesidad de atacar a Hugh. Después de su pequeño arranque de mal humor, el resto de la cena había transcurrido con normalidad, y él se había mostrado cortés y considerado. Emma había sido consciente del modo en que la miraba, y ella no había sido capaz tampoco de ignorarlo. Su presencia parecía invadir toda la casa. Su casa, el lugar en el que siempre se había considerado a salvo.

Sabía que no le era indiferente, el modo en que sus ojos parecían acariciarla se lo decía, y le extrañaba que ni su padre ni sus hermanos se hubieran dado cuenta de ello. Existía algo entre los dos, algo que no estaba dispuesta a dejar marchar. Si lograba hablar con él tal vez conseguiría que lo viese del mismo modo.

Esa misma noche volvió a salir a hurtadillas, ataviada como Evan Mullins, y alquiló un coche hasta Baker Street. Una vez frente a la puerta, se retorció las manos, indecisa. ¿Estaba haciendo bien? ¿Se enfadaría por su inesperada visita?

Le abrió el mayordomo.

—El señor Barrymore no se encuentra en casa.

—Oh. —Aquello era una contrariedad—. No importa, lo esperaré en la biblioteca.

Emma ascendió el último peldaño, pero el mayordomo no se retiró de la puerta.

—Lo siento, señor, pero el señor Barrymore ha dejado instrucciones claras de no permitir la entrada a nadie si él no se encuentra en la casa.

—Comprendo —dijo, contrariada—. Volveré en otra ocasión entonces.

—Por supuesto, señor —repuso el mayordomo—. Tal vez sería más conveniente que enviara una nota con antelación.

—Eh, sí, claro.

Se sentía tan avergonzada que no podía ni respirar. Hugh había dado órdenes de no dejarla entrar en su casa. Y estaba convencida de que, si él se hubiera encontrado en el interior, la actuación del mayordomo habría sido la misma.

No quería volver a verla.

27

Hugh se sentía mal por Emma. Su mayordomo le había mencionado su visita de la noche anterior, mientras él se encontraba con Markus en el club. Pensó en que había hecho bien en dar esas instrucciones al servicio, porque intuía que ella regresaría más pronto que tarde. Y Hugh no era tan fuerte como para resistirse a la tentación que suponía Emma Milford.

Recordó la cena en su casa y cómo había intentado provocarlo. Por fortuna, apenas habían sido un puñado de frases, pero le pareció magnífica, defendiendo su postura frente a cuatro hombres que, según apreció, la entendían mucho mejor de lo que ella pensaba.

Ni se atrevió a imaginarla frente a su puerta, rechazada por su mayordomo, en la misma casa en la que ambos habían compartido tantos momentos. Se habría sentido herida, dolida, triste... Así era al menos como él se sentía en ese instante.

—¿No te gusta el asado, Hugh? —le preguntó Candice Barrymore.

—Es excelente, madre.

—¿Algún problema con tus negocios?

—No, ninguno.

Hugh observó a su familia. Todos parecían pendientes de sus palabras. Maldijo en voz baja, aunque no lo bastante como

295

para que Grace no lo escuchara y soltara una risita. Iba a ser verdad que el rostro era un espejo del alma.

—Los Milford me han invitado a su casa en la campiña —anunció.

—Oh, qué amable por parte de Nathan —comentó su madre. Aún no conocían a su amigo, pero les había hablado tanto de él que ya era como un miembro más de la familia.

—Sí, mucho —contestó, lacónico.

—No tienes por qué ir si no te apetece.

—¿Por qué no le iba a apetecer? —intervino su padre—. Los Milford son una de las mejores familias de Londres.

—En esta ocasión no se trata de hacer contactos, padre.

—Siempre se trata de hacer contactos, hijo.

Hugh asintió. No le apetecía discutir con él. Para el patriarca de los Barrymore cualquier situación era apropiada para establecer lazos para el futuro. Así era como había conseguido ser uno de los hombres más ricos del país, pero a Hugh le gustaba pensar que él no era igual. Había cosas que estaban por encima de eso. Nathan era una de ellas, por supuesto y, por extensión, su familia. Sobre todo Emma.

Después de la comida, su madre expresó su deseo de dar una vuelta por el jardín y le pidió a Hugh que la acompañara. Se armó de paciencia, porque intuía que iba a recibir un sermón.

—¿No te parece que las rosas están preciosas? —le preguntó al pasar junto a uno de los parterres. Iba cogida de su brazo y ambos caminaban entre los setos y las flores.

—Sin duda.

—¿Quién es ella?

—¿Quién?

—La mujer de la que te has enamorado.

—Madre...

—No intentes negarlo. Te conozco, Hugh, aunque no seas

fruto de mi vientre. —Le dirigió una mirada cargada de ternu-ra—. Apenas comes, tienes los ojos tristes y los hombros hundi-dos. Solo hay una cosa capaz de provocar eso en un hombre.

—Su nombre no importa.

—¿No?

—Es una mujer testaruda, demasiado osada y peligrosa.

—Esas son las mejores.

—¡Ja!

—¿Sabes por qué las rosas son mis flores preferidas? —le preguntó, aunque Hugh intuyó que no esperaba su respuesta—. Son delicadas pero fuertes al mismo tiempo. Y peligrosas.

—Ya.

—Tal vez esa joven sea tu rosa, Hugh.

—Me temo que no desea crecer en mi jardín.

—Quizá tiene miedo de que la cortes.

Hugh miró a su madre. ¿Cómo podía ser tan perspicaz? Sí, se había enamorado de Emma, casi sin darse cuenta. Lo que em-pezó siendo una aventura se había convertido en algo más, en algo tan inmenso y tan poderoso que le daba vértigo. Amaba su rebeldía, su valentía a la hora de disfrazarse para ver con sus propios ojos cómo era el mundo que le estaba vedado. Amaba su pasión por las cosas que le gustaban, su risa cristalina y la forma en la que ladeaba la cabeza cuando lo escuchaba con aten-ción. Adoraba sus suspiros, la tersura de su piel y el modo en el que ronroneaba cuando se pegaba a ella. Amaba cada fibra de su ser con una fuerza que lo iba a partir en dos.

Hugh Barrymore era un hombre perdido.

Emma apenas había sido consciente del paso de los días, como si hubieran transcurrido en una nebulosa difícil de atravesar. Oh, había hecho muchas cosas durante la última semana y media, entre ellas asistir a un par de fiestas, dar un paseo con Jane y sus hermanos por Hyde Park y asistir a la ópera de nuevo con lady Ophelia y lady Cicely.

El vizconde Washburn también había ido a visitarla, y ambos habían charlado sobre las dos posibles candidatas a convertirse en la futura vizcondesa, aunque él no parecía realmente interesado por ninguna de las dos. Al final habían decidido olvidar el asunto y charlar sobre cuestiones más amenas. Hasta la había hecho reír, algo que, en ese momento, consideró toda una proeza.

—Tal vez tenga más suerte en la próxima temporada —le dijo.

—Es una decisión demasiado importante para tomarla con prisas. —Emma le dedicó un gesto amable.

—Con un poco de suerte, quizá el año que viene encuentre a otra lady Emma.

—Creo que me tiene en demasiada consideración, milord.

—Lo dudo —insistió Washburn—. No he conocido a ninguna joven que muestre un carácter tan vivaz ni tan honesto.

—¿Honesto?

—Tengo la sensación de que es fiel a sí misma y que no utiliza una falsa apariencia para ocultar sus verdaderos pensamientos.

—Supongo que no.

—Eso no es fácil de encontrar. La mayoría de las jóvenes se comportan como se espera de ellas, y resulta muy difícil averiguar cuál es su verdadera naturaleza.

Emma pensó mucho en esas palabras en los días siguientes. Ella había procurado mostrarse siempre como era en realidad, aunque solo con Hugh había llevado eso hasta el extremo. Con él no tenía que callarse sus opiniones, ni disimular sus intereses, ni siquiera esconder sus pensamientos, al menos los que no tenían que ver directamente con él. Esos se los escondía hasta a ella misma, porque temía analizar lo que ese hombre la hacía sentir.

Estaba deseando que finalizase la temporada para poder irse al campo con su familia. Era cierto que Hugh pasaría unos días con ellos, pero luego se marcharía, y ella dispondría de semanas, de meses enteros, para olvidarse de él. Cuando regresara a Londres sería una mujer nueva. Podría buscarse otro amante y, desde luego, necesitaba un nuevo plan para sus salidas nocturnas. No se había atrevido a acudir a los lugares que Hugh frecuentaba porque ahora era probable que Nathan lo acompañase, y a él no podría engañarlo ni con el mejor disfraz del mundo.

Sí, solo necesitaba tiempo para recuperarse, como si Hugh fuese algún tipo de enfermedad. Lo superaría. Tenía que hacerlo.

Esa noche se vistió con esmero. Era la última fiesta a la que acudiría como debutante y Nathan la acompañaba. Lo había tanteado con disimulo para asegurarse de que no se tropezaría con Hugh en el baile, y sintió una mezcla de alegría y decepción al descubrir que no estaría allí.

Había mucha gente, casi tanta como en el baile que había celebrado Jane en la mansión Heyworth, y Emma recibió numerosas invitaciones para bailar, entre ellas dos del vizconde Washburn. Aceptó todas ellas, como si fuese una especie de despedida de aquellos salones que, a partir de entonces, pensaba visitar con mucha menos frecuencia.

Le encantó descubrir allí a sus amigas Phoebe y Amelia, y estuvo tentada de invitarlas a su fiesta de cumpleaños en Bedfordshire. Sin embargo, ahora eran mujeres casadas y tenían otras obligaciones, y ella tampoco se encontraba en su mejor momento. «El año próximo», se dijo. Phoebe sugirió salir un rato al jardín y las tres abandonaron el salón a través de las enormes puertas que conducían al exterior.

—Ya se acaba otra temporada —suspiró Phoebe.

—¿Alguna buena noticia que darnos, Emma? —se interesó Amelia.

—¿Como qué?

—Como una propuesta de matrimonio, claro.

—Me temo que no.

—¿El vizconde Washburn no...?

—Solo somos amigos.

—¿Amigos? —preguntó Phoebe—. Un hombre y una mujer no pueden ser amigos.

—¿Qué? ¿Por qué no?

—Tarde o temprano uno se enamoraría del otro.

—Eso es una estupidez.

—¿Tú crees?

Emma torció el gesto. ¿Sería cierto?

—Bueno, ¿vas a invitarnos a tu fiesta de cumpleaños? —preguntó su amiga—. Nos hemos perdido las dos últimas, creo que ya va siendo hora de recuperar nuestras viejas costumbres.

—¡¡¡Sí!!! —palmeó Amelia, encantada.

—Yo... creía que tendríais compromisos...

—Ninguno tan importante. —Phoebe la tomó del brazo y le dio un beso en la mejilla.

—Además, hace tiempo que no nos hablas de ninguna de esas novelas que tanto te gusta leer... —Amelia le sonrió.

Emma no quiso confesar que hacía mucho tiempo que no leía aquellas historias románticas que ahora le parecían fantasiosas, ni que había dejado de creer en la magia que se suponía que se creaba entre dos personas que se amaban de verdad.

—En Bedfordshire hay suficientes habitaciones de invitados —comentó, como si reflexionara sobre ello.

—¿Invitados? ¿No vamos a dormir las tres en la misma habitación, como antes?

—Bueno, no creo que vuestros maridos se muestren muy conformes —rio Emma.

—¿Maridos? —Phoebe intercambió una mirada con Amelia—. ¿Quién ha hablado de maridos?

—Pero...

—No creo que a Basil le importe que me ausente un par de días —comentó Amelia.

—Ni a Richard —dijo Phoebe—. De hecho, ya le he dicho que no cuente conmigo durante esas fechas.

Emma tragó saliva, de repente emocionada. La perspectiva de volver a estar las tres juntas era demasiado hermosa para ser cierta. Sin añadir nada, abrazó con fuerza a sus dos amigas.

Al menos, su estancia en Bedfordshire comenzaría con buen pie.

Volvía a tener calor. Había bailado las tres últimas piezas, la última con un joven que la había pisado en dos ocasiones. En cuanto la dejó, Emma se dirigió a la mesa de las bebidas, necesitaba con urgencia un vaso de limonada. Se esforzó para no bebérsela de un trago y fue dándole pequeños sorbos.

Observó el concurrido salón. Ahora conocía a la mayoría de aquellas personas, aunque gran parte de ellas le resultaban indiferentes. Distinguió a lady Marguerite Osburn bailando con un hombre mucho mayor que ella y bastante obeso. No muy lejos, su madre, la vizcondesa Ashland, observaba a su hija con una mueca de aprobación. No hacía ni dos semanas que habían anunciado su compromiso. Emma recordó lo interesada que se había mostrado la madre en invitarla a tomar el té, y en que llevara a Lucien con ella.

—A veces es mejor permanecer soltera, ¿no le parece?

Emma volvió la cabeza. Junto a ella se encontraba la exuberante lady Ethel Beaumont, con un vestido de lo más escotado y sus rizos rubios recogidos en un sofisticado moño. Miraba en la misma dirección y entonces se volvió hacia Emma con una sonrisa. Uno de los ojos de la mujer, de un azul claro, se inclinaba ligeramente hacia dentro, lo que le confería un aspecto muy particular y una asimetría encantadora.

—El matrimonio no es siempre la mejor opción —aclaró.

—Creo que lady Marguerite ya estaba en su cuarta temporada —comentó Emma—. Y su madre parece encantada con el compromiso.

—Algunas madres olvidan que un título no lo es todo —señaló la mujer—. Esa joven podría haberse casado hace al menos dos años con un hombre que la habría hecho mucho más feliz, aunque fuese un plebeyo.

—No sabía nada.

—Hay mujeres que no están dispuestas a perder su tratamiento de lady después del matrimonio, y eso es lo que suele ocurrir cuando una aristócrata contrae matrimonio con alguien que no lo es.

—¿Y qué importancia puede tener eso?

—Exacto.

—Estará feliz entonces. Ahora será marquesa.

—Espero que esa felicidad le dure muchos años.

Emma volvió a mirar a la pareja. Aunque lady Marguerite no le resultase simpática, tampoco deseaba que fuese desgraciada.

—Es una pena que las mujeres solteras tengan tan pocas opciones —añadió lady Ethel.

—No tener que aguantar a alguien como él ya me parece un regalo.

—Tal vez, pero depender de la caridad de los padres o los hermanos tampoco me parece una panacea. No disponer de dinero propio, ni de casa, ni ser dueña de su propia vida... es un atraso.

Emma no supo qué responder. Sabía que tenía razón, por supuesto. En su caso sería distinto. Su familia la apoyaba y podía contar con ellos. Con el tiempo, cuando alcanzase una edad en la que su reputación ya no le importase a nadie, podría tener incluso todo eso. Era lo que siempre había deseado. La perspectiva, sin embargo, no le pareció tan luminosa como semanas atrás.

—Ha sido un placer, lady Emma —se despidió la mujer—. Confío en que nos veremos pronto.

—Será un honor, milady.

La vio alejarse de ella, e incorporarse a un pequeño grupo que charlaba en un rincón. Hasta ese día, esa mujer y ella no habían intercambiado más que un puñado de frases de cortesía, y se preguntó a qué habría venido aquella conversación.

De forma inevitable, pensó en lady Minerva.

Todo estaba listo para partir. El equipaje de la familia al completo había salido el día anterior en dirección a Bedfordshire, y los carruajes los esperaban frente a la entrada principal. En la casa todo eran prisas por no olvidar nada importante, como si se fuesen al otro lado del mundo.

Emma oyó correr a Kenneth por el pasillo y a Lucien llamarla desde el piso de abajo. La estaban esperando. La temporada había concluido y la ciudad había comenzado a vaciarse hasta que el Parlamento reanudase sus sesiones en enero. A partir de ese instante, casi toda la vida social se llevaría a cabo en la campiña, aunque a un nivel más reducido.

Sentada frente al tocador, Emma releyó la última carta que había recibido de lady Minerva, justo esa mañana.

Querida lady Emma:

Encontrar el amor es una tarea que puede llevarle toda la vida. La temporada que ahora finaliza ha sido solo una oportunidad para conocer a distintos miembros del sexo opuesto y tratar de descubrir si alguno de ellos puede ser objeto de ese afecto. En su caso, por fortuna, no necesita casarse ni por dinero ni por cualquier otro motivo ajeno a sus propios sentimientos, así que, si no ha encontrado a ningún caballero capaz de despertar su interés, no se dé por vencida.

En la campiña, nuestras rígidas costumbres sociales parecen relajarse. Las fiestas campestres pueden convertirse en una excelente oportunidad para observar su entorno y a las personas que la rodean, y las suaves temperaturas nocturnas invitan a los paseos íntimos y las confidencias. Aproveche esas ventajas, querida, quizá aún está a tiempo de descubrir todo lo que podría perderse en el futuro.

Si no tuviera la suerte de hallar el amor durante estos meses, confío en contar con su presencia en los salones londinenses la próxima temporada.

Suya afectuosa,

LADY MINERVA

Emma no tenía intención de asistir a muchas de esas fiestas campestres que mencionaba lady Minerva, pero también sabía que no podía encerrarse en su casa hasta después de Navidad. Tampoco sentía deseos de encontrar ese amor al que aludía. ¿No había sido feliz con Hugh sin necesidad de ese tipo de interferencias? El amor podía atarla a alguien de por vida, sin posibilidad de huida.

Con una mueca de fastidio, dobló la misiva y la guardó junto a las otras, en el fondo del cajón. En el último momento, sin embargo, decidió llevárselas consigo. Los criados aprovechaban la ausencia de los señores para limpiar la casa a fondo y no quería que alguna de las criadas las encontrase por casualidad. Con ella estarían más seguras.

Salió de su habitación y, antes de cerrar la puerta, se despidió de su cuarto, como hacía cada verano.

«Cuando vuelva —se prometió—, seré una mujer diferente».

28

Veinte años. Emma sintió un pequeño vértigo al pensar en su nueva edad, en el verdadero inicio de su época como mujer adulta. La fiesta de cumpleaños había resultado ser incluso mejor que las anteriores, y a ello había contribuido el hecho de contar con sus amigas, que habían pasado con ella dos días fantásticos y llenos de risas. Phoebe y Amelia ya se habían marchado y en la finca solo quedaba la familia.

Jane y Blake pasaban allí todos los meses de agosto y luego alternaban sus visitas con su mansión en Kent. Lo mismo hacían lady Ophelia y lady Cicely, que en septiembre regresarían a Londres, aunque volverían de tanto en tanto.

A Emma le encantaba Milford House, rodeada de un frondoso jardín y, más allá, de grandes extensiones de prados por tres de sus lados, y por un pequeño lago y un bosquecillo en el restante. Su ventana daba precisamente sobre esa parte de la propiedad y podía pasarse horas contemplando el reflejo del cielo sobre las aguas mansas, más allá de los límites del jardín. Siempre le había transmitido mucha paz y bien sabía Dios que en ese momento la necesitaba.

La llegada de Hugh era inminente. En las casi dos semanas que llevaba allí, Emma había logrado recuperar su ánimo acostumbrado. Al menos estaba convencida de ello, y lo estuvo hasta última hora de la tarde. Jane y ella jugaban a las cartas con lady Ophelia y lady Cicely en el salón cuando se escuchó el ruido de un carruaje. Sus músculos se volvieron de piedra y procuró que su semblante no la delatara cuando todas se levantaron para darle la bienvenida al recién llegado.

Emma se quedó un poco rezagada, templando su espíritu antes de unirse a los demás, que aguardaban sobre la escalinata que daba acceso a la casa. Solo Nathan bajó para recibir el vehículo, del que emergió Hugh Barrymore con una sonrisa. Lo vio abrazar a su hermano antes de que sus ojos se posaran en el pequeño grupo de bienvenida. Cuando se cruzaron con los de ella, Emma sintió que un rayo la alcanzaba.

Hugh llevaba todo el día metido en aquel carruaje, desde que había dejado Londres al despuntar el alba. Había procurado mantenerse ocupado revisando algunos documentos, aunque el vaivén del vehículo no contribuyó a facilitarle la tarea. Procuró pensar en Emma lo menos posible y, cuando al fin vislumbró la propiedad de los Milford, ahogó una exclamación. El edificio, de grandes dimensiones, contaba con varios anexos, todo construido en piedra gris, con los techos de tejas oscuras. Contaba con multitud de ventanales cuyos marcos habían pintado de blanco, y estaba rodeada de árboles y de una zona ajardinada. Parecía una joya resplandeciente dejada por los dioses en mitad de una interminable pradera ondulada.

Al bajar del vehículo, Nathan lo esperaba.

—Bienvenido a Milford House —le dijo con un abrazo.

Hugh vio a todas aquellas personas que lo aguardaban y procedió a realizar los pertinentes saludos, sin hacer caso de la descarga que había sufrido su cuerpo al ver a Emma entre ellos. El último sol de la tarde bañaba de cobre su cabello castaño y lo único que deseó fue abrirse paso entre sus anfitriones para ir a buscarla.

El recibimiento fue más caluroso de lo que esperaba, especialmente por parte de Kenneth, el benjamín de la familia, que le estrechó la mano como un caballero.

Superó con nota los primeros minutos y poco después se encontró en la habitación que le habían asignado, donde pudo al fin refrescarse y cambiarse de ropa para la cena. Era una estancia espaciosa, con dos amplios ventanales que daban a la parte trasera de la casa, desde donde podía apreciar la superficie de un lago y un bosquecillo detrás. Uno de los criados subió a ejercer como ayuda de cámara, deshizo su equipaje, se ocupó de que le subieran agua caliente e incluso se ofreció para ayudarlo a vestirse, pero Hugh declinó la oferta. No tenía por costumbre contar con nadie para algo tan sencillo.

Cuando se reunió con la familia en el salón se sentía un hombre distinto, uno que volvía a ser dueño de sí mismo. Le entristeció no encontrar allí al joven Kenneth, y dedujo que habría cenado antes que ellos y ya estaría en la cama.

—¿Qué tal el viaje desde Londres, señor Barrymore? —le preguntó lady Ophelia. Siempre le sorprendía la elegancia y la belleza de aquella mujer, que debía de tener casi la edad de su madre.

—Más agradable ahora que he llegado a mi destino —contestó, cortés.

—Alguien tendría que hacer algo con esos caminos —replicó la dama—. Están tan llenos de baches que es un milagro que no ocurran accidentes a diario.

—Ahora que ha terminado la guerra —apuntó Lucien, mientras le servía una copa de un aparador situado en el rincón—, tal vez la Corona decida invertir en infraestructuras.

—Las carreteras serían un buen comienzo —convino Hugh,

que aceptó el vaso que Lucien le tendía—. Son esenciales para el comercio.

—Tengo entendido que uno de sus principales intereses es la manufactura textil. —Blake Norwood, marqués de Heyworth, le hablaba desde una butaca sobre cuyo brazo había tomado asiento su bella esposa.

—Así es —respondió—. Y Gran Bretaña necesita con urgencia la materia prima.

—En los estados del sur de los Estados Unidos se encuentra el mejor algodón.

—Soy consciente —le sonrió—. De hecho, antes de regresar a Inglaterra firmé algunos contratos con varios importantes plantadores de la zona.

—Yo prefiero sin duda la seda —señaló lady Ophelia—, aunque he de reconocer que ya no resulta un producto tan exclusivo como antes.

—Con los telares modernos —comentó Heyworth—, una pieza que antes precisaba de varias semanas de trabajo ahora puede hacerse en unas horas, y eso abarata el producto.

—Por no hablar de que pueden fabricar la misma pieza, exactamente igual, una y otra vez. —Hugh había visto trabajar varias máquinas de esas.

—Es terrible.

—Es el progreso, milady.

—El progreso no siempre es bueno, señor Barrymore.

—¿No?

—Uno puede acostumbrarse a vivir demasiado rápido, y perder de vista las cosas realmente importantes. —Hugh asintió, aunque no sabía si entendía lo que la dama trataba de decirle.

—Tal vez sería el momento apropiado para dejar de interrogar a mi invitado —intervino Nathan con una mueca divertida.

—Oh, querido, no estaba haciendo tal cosa.

—Deberíamos pasar ya al comedor. —Lady Jane se levantó de la butaca que compartía con su esposo y los demás la imitaron.

Nathan se situó al lado de Hugh e indicó con el brazo el camino a seguir. Antes de dar el primer paso, Hugh miró a Emma, que no había pronunciado palabra, pero cuya mirada había sentido clavada en él todo el tiempo. Ella le sonrió, algo tímida. Aquella joven no se parecía en nada a la que había conocido en Londres, tan osada y divertida. Intuyó que él era la razón de que se mostrase retraída, y lo lamentó de veras.

Echaba de menos a la señorita Mullins.

Habían servido ya el segundo plato y Emma continuaba respirando, para su propia sorpresa. De hecho, la cena estaba resultando distendida, e incluso había participado en las conversaciones, tratando de ignorar el hecho de que Hugh se encontraba cerca de ella. En realidad, demasiado cerca, pues ocupaba la silla contigua a la suya. Intentaba mantenerse ajena al calor que parecía desprender el cuerpo del joven, que actuaba como una llama que la atraía sin piedad. Y procuraba también que los ojos no se le fueran de continuo hacia aquellas manos grandes de dedos largos, aquellas manos que la habían recorrido entera una y otra vez. El fuego que ascendía desde su bajo vientre la estaba consumiendo.

No tenía ni idea de cómo habían acabado tan próximos, pues su tía había sido la encargada de distribuir los asientos. ¿Sospecharía algo? Por si acaso, intercambió algunas frases de estudiada cortesía con él, y le preguntó por su familia. No dirigirle la palabra en toda la noche habría resultado aún más llamativo.

Fue entonces cuando su hermano mayor sacó a relucir aquel

viejo cuento, y ella y Jane se echaron a reír, Emma quizá con demasiado entusiasmo, como si de ese modo pudiera descargar parte de la tensión que la atenazaba.

—¿Nathan le ha hablado de los fantasmas de Milford House? —preguntó Lucien.

—¡¡¡Lucien!!! —exclamó Nathan—. ¿Acaso pretendes avergonzarme?

—¿Milford House tiene fantasmas? —Hugh parecía entre asombrado y divertido.

—¿Hay alguna vieja mansión que no cuente con alguno? —preguntó Emma con picardía.

—No sé si deberías tomártelo tan a broma, Emma —señaló Nathan—. Te recuerdo que te escondías en mi cuarto.

—En el de Jane —puntualizó ella.

—Solo la mitad de las veces, la otra mitad te colabas en mi habitación.

—Y antes de eso tú te metías en la mía, Nathan —rio Lucien.

—¡Tenía cuatro años!

—¿Pero hay fantasmas o no? —inquirió Blake, divertido.

—Cuando éramos niños lo creíamos —explicó Nathan—. Por las noches siempre se oían ruidos extraños.

—¿Qué ruidos?

—Crujir de maderas, como si alguien caminase por los pasillos de la casa, corrientes de aire... y a veces incluso una especie de aullido que te helaba la sangre.

—Las casas antiguas emiten ese tipo de sonidos por la noche —explicó Hugh—. Tengo entendido que tiene que ver con el descenso de las temperaturas nocturnas. Hacen que la madera se contraiga después de haberse dilatado durante el día y, por lo tanto, que emita esos crujidos tan característicos. Y el viento a menudo cambia de dirección, provocando esas corrientes inesperadas que...

—Barrymore, es usted un aguafiestas —señaló Lucien con una carcajada.

—Oh, no era mi intención —se disculpó él—, aunque me temo que no tengo explicación para lo de los aullidos.

Emma había escuchado aquella pormenorizada explicación sobre los ruidos de Milford House. Una de las cosas que más le gustaban de Hugh era que parecía saber un poco de todo, y recordó la multitud de veces que lo había escuchado hablar sobre cualquier tema, embelesada.

—De eso se encargó nuestro padre unos años más tarde —señaló Nathan.

Todos miraron en dirección a la cabecera de la mesa, donde Oliver Milford había asistido en silencio a la charla entre sus hijos con evidentes muestras de encontrarse a gusto.

—Solo hubo que localizar la rendija por la que se colaba el viento, haciendo ese ruido infernal —comentó, quitándole importancia al hecho.

—Y el fantasma desapareció. —Jane parecía decepcionada. Emma vio que Blake la tomaba de la mano, como si tratara de consolarla por algo tan nimio y tan lejano—. Pero antes de eso lo habíamos buscado por toda la casa, durante años, y solo de día, claro. Era divertido.

—Hasta el día que Lucien decidió ponerse aquella vieja sábana encima —rio Nathan.

—Oh, Dios, no me lo recuerdes. Aún me duelen las costillas.

—Nathan, Jane y yo decidimos ir en busca del fantasma una noche —explicó Emma, mirando más a Blake que a Hugh—. Lucien quiso darnos un susto, pero los tres íbamos armados.

—Yo llevaba el atizador de la chimenea. —Nathan se llevó una mano a la frente—. Y Jane una escoba. No recuerdo qué llevabas tú, Emma.

—Hummm, yo tampoco.

—Ah, sí. —Nathan volvió a reír.

—Nathan, no... —suplicó Jane, aunque demasiado tarde.

—Llevabas tu orinal.

—No encontré nada más a mano. —Emma enrojeció hasta la raíz del cabello y sorprendió la tierna mirada de Hugh fija en ella.

—Tenía cuatro o cinco años, Nathan —comentó Jane.

—No importa, el caso es que Lucien nos salió al paso y nos dio un susto de muerte —continuó—, y, en lugar de huir, nos envalentonamos y los tres comenzamos a pegarle.

—Hasta que comencé a gritar —siguió Lucien—. No conseguía quitarme aquella maldita sábana de encima.

—Y entonces apareció papá, y nos dio un susto aún más grande. —Jane también se reía.

—Mamá te castigó, ¿verdad? —le preguntó Emma a Lucien.

—Ya lo creo, y también papá. Al final la broma me costó bien cara.

—Caray, podríamos haberte hecho mucho daño —comentó Nathan, más serio—. No lo había pensado hasta hoy. Hacía años que no recordaba esa anécdota.

—Éramos unos niños.

Se produjo un breve silencio, aunque no resultó incómodo. Entonces Hugh alzó su copa en alto.

—Por los niños que fuimos —brindó, y los demás lo imitaron.

En ese instante, Emma lo habría besado hasta morirse.

La velada no se había alargado demasiado. Hugh se retiró temprano con la excusa de estar agotado tras el viaje, y era verdad que parecía cansado. Los demás no tardaron en imitarlo, aunque a Emma le costó mucho rato dormirse. Sabía que Hugh se alojaba dos puertas más allá, y que entre él y ella solo se encontraba la habitación de Nathan, un pequeño espacio que en ese instante era como un abismo insalvable.

Aun así, su cercanía alteraba todo su cuerpo, como un incendio sin control. Tuvo que levantarse y refrescarse con el agua de la jofaina, tan fría que se le puso la piel de gallina. La sensación de alivio le duró unos minutos y tuvo que repetir la operación. Al final consiguió dormirse, aunque sus sueños se poblaron de imágenes de ambos entre sábanas revueltas, lo que no contribuyó a aplacar el fuego que le ardía bajo la piel.

Con la primera luz de la mañana, Emma se aseó y se vistió con su traje de montar preferido, confeccionado en gamuza verde musgo. Era el más viejo que tenía, pero también el más cómodo. Los paseos matutinos a caballo eran una de sus actividades preferidas en Bedfordshire, y esa mañana lo necesitaba más que nunca.

Pasó por el comedor y tomó un trozo de bizcocho, que se comió en un santiamén. Por lo que parecía, nadie más se había levantado, y se fue directa a las cuadras. August, un alazán de pura sangre inglés, la recibió con un relincho de alegría.

—Buenos días, bonito. —Le acarició la testuz y le dio un beso—. ¿Te apetece dar un paseo?

—¿Quiere que lo ensille, lady Emma? —le preguntó el mozo de cuadras.

—Lo cepillaré un poco antes de salir, Billy, y yo misma me ocuparé de ponerle los arreos.

El joven asintió y desapareció de su vista, probablemente para darle de comer a los demás caballos. Allí los establos eran amplios, mucho más espaciosos que en Londres, y contaban con un buen número de animales. Emma tomó uno de los cepillos y comenzó a pasarlo por el pelo azafranado de August, que relinchó con suavidad, satisfecho.

—Es un animal precioso. —La voz sonó muy cerca de ella y ladeó un poco la cabeza. Hugh Barrymore estaba allí.

Emma lo miró, sorprendida por su presencia. No sabía cómo reaccionar.

—No pretendía asustarte —le dijo él, retirándose un paso—. He quedado aquí con Nathan, pensé que ya me estaría esperando.

—Mi hermano tiene tendencia a quedarse pegado a las sábanas.

—¿En serio? —Hugh alzó una ceja—. En la Marina era de los primeros en levantarse.

—No me lo creo —sonrió, más relajada.

—Te lo aseguro. Algunas veces ya estaba hasta vestido cuando yo abría los ojos.

—¿Seguro que estás hablando de Nathan Milford?

—Sí —rio él.

—¿Por qué te llama Barry? —le preguntó ella, que se sentía torpe con el cepillo aún en la mano—. Nunca te lo he preguntado.

—Por nada en particular —contestó—. Quiero decir que no tiene ningún significado preciso. Había otro Hugh en nuestro pelotón, así que al comienzo todos me llamaban Barrymore, y luego lo acortaron a Barry, que era más fácil y rápido de pronunciar.

—Sí, parece lógico.

—Emma... —Su tono de voz había cambiado y ella volvió a sentir que su piel se erizaba—. Lamento mucho todo esto. Yo... no supe cómo negarme cuando Nathan me invitó.

—Lo sé —musitó ella.

—Intentaré molestar lo menos posible.

—Tú no...

—¡Veo que ya estás aquí! —Nathan entró por la puerta—. Oh, Emma, buenos días a ti también.

—¿Vais a salir a cabalgar un rato? —preguntó ella, que volvió a centrarse en su caballo. No quería que su hermano notara su turbación. «Tú no molestas», había querido decirle a Hugh antes de que Nathan llegara. Esperaba que él hubiera captado su intención.

—Sí. ¿Te apetece acompañarnos? —Nathan la miraba sonriente.

—Claro, me encantaría —contestó. Siempre le había gustado galopar con su hermano y él lo sabía.

—Le pediré a Billy que ensille mi caballo —le dijo—. Barry, acompáñame y elige el que más te guste.

Ambos desaparecieron y Emma soltó un suspiro. Abandonó el cepillo y cogió la silla de montar, la que utilizaba normalmente. No se trataba de la habitual montura destinada a las mujeres, sino de una silla masculina, para poder hacerlo a horcajadas, que era como más le gustaba. La otra solo la usaban cuando tenían visita. Y en ese momento no consideraba a Hugh un extraño.

Estuvo lista antes que ellos, salió al patio y montó de un salto con su natural agilidad. Observó el cielo, tan limpio como un estanque, y supo que haría un día magnífico. Billy salió de los establos con los dos animales de las bridas, seguido por Nathan y Hugh. Su hermano la miró un instante y vio la silla que había elegido y ella alzó una ceja, retándolo con la mirada.

—Debo decirle que me parece un acierto su elección, lady Emma —comentó Hugh, mientras subía a su montura con tanta agilidad como ella—. Así la carrera estará más igualada.

—¿Qué carrera?

—Nathan acaba de apostarse diez libras conmigo a que hoy nos ganará a los dos.

—Pero eso es injusto —rio ella—, usted no conoce el terreno.

317

—Hemos convenido que será a la vuelta —señaló Nathan—, no soy tan desconsiderado.

—Ya —bromeó ella, y espoleó a su caballo, que inició el trote.

Nathan y Hugh la flanquearon y, poco a poco, aumentaron la velocidad de sus monturas, hasta que los tres acabaron galopando por la pradera. Ella permitió que la adelantaran un poco, no quería cansar a August demasiado. Estaba decidida a ganar la apuesta de su hermano.

Mientras tanto, se limitó a disfrutar del viento en su cara y de la imagen de Hugh galopando unos metros por delante de ella.

29

Hugh no había visto jamás a una mujer cabalgar de esa manera, como si formara parte del viento. La imagen de Emma galopando unos metros por delante de él, de regreso a Milford House, con el moño deshecho y el cabello al aire, era algo que no podría olvidar fácilmente. Como si no tuviera ya un millón de escenas para recordarla.

En el último momento, sin embargo, Nathan la había adelantado y había ganado la apuesta por muy poco. Ambos se habían bajado de los animales riendo, con las mejillas encendidas y los ojos brillantes, y Hugh se unió a ellos con la extraña sensación de que, por unos instantes, también formaba parte de aquella familia.

Más tarde, los dos amigos habían salido de nuevo a recorrer la propiedad. Nathan quería mostrársela y él aceptó de buen grado. También visitaron el pueblo más cercano, una pintoresca población de encantadoras casitas de piedra, y comieron en una de las tabernas, que hacía las veces de posada, un edificio amplio y decorado con más elegancia de la que esperaba. Era una de las cuatro que había en la localidad, y a Hugh le extrañó el elevado número de establecimientos para un enclave tan pequeño.

—No creas, a veces se quedan cortas —explicó Nathan—, sobre todo si se celebra alguna fiesta por los alrededores.

—Comprendo.

—Hacia el este se encuentra la mansión de los Bancroft, y al sur la de los Hinckley —le explicó. Hugh no recordaba a los primeros, pero sí a los segundos. Lady Pauline Hinckley era una de las damas más hermosas y sofisticadas de Londres y su marido, uno de los caballeros más respetados—. Aunque los Hinckley se acaban de instalar en ella, antes era poco menos que un montón de ruinas. Y entre ambos están las tierras de los marqueses de Sheffield. Más al sur, aunque ya en Hertfordshire, tienen su residencia los Waverley. Y así podría seguir en cualquier dirección... Aunque ya no estemos en Londres, la vida social no se detiene hasta bien entrado el invierno. Si se celebra algún evento de cierta magnitud, muchos invitados se ven obligados a hospedarse en alguna de estas posadas. Entre las cuatro cuentan con habitaciones suficientes.

—Muy cómodo.

—Sí, y muy rentable para los lugareños. Tengo entendido que durante estos meses ganan más que en todo el resto del año. —Nathan bebió un trago de su jarra de cerveza, una bebida a la que Hugh no estaba muy acostumbrado—. La próxima semana los Sheffield celebran un baile. Si aún estás por aquí podrías venir.

—No creo que sea posible, no puedo ausentarme durante tanto tiempo —mintió Hugh. Lo cierto era que podía permitirse permanecer allí hasta entonces, e incluso más si así lo deseaba, pero eso podría costarle la cordura.

—Claro, a veces olvido que eres un hombre muy ocupado.

—Pronto tú también lo serás —comentó Hugh, con una sonrisa cómplice. Nathan se había pasado el último año que habían estado juntos comentando lo que iba a hacer con su vida una vez que finalizara la guerra. Hugh sabía que disponía de una pequeña propiedad en Norfolk que le había legado su padre, y cuyas rentas le habrían dado para vivir con holgura, pero él quería hacer algo más.

—Chisss, eso aún es un secreto —rio Nathan.

Hugh acompañó su risa y ambos brindaron por el futuro. A Hugh le costó imaginar el suyo sin la presencia de Emma Milford.

Era una noche cálida. Soplaba una ligera brisa que mecía suavemente las copas de los árboles. Con la excepción de Kenneth y de lady Ophelia y lady Cicely, que se habían retirado ya, todos se habían reunido en la terraza principal después de la cena. Varios sofás y butacas se distribuían alrededor de pequeñas mesas de centro, y el jardín se había iluminado con varias lámparas. El ambiente era acogedor e íntimo.

Emma había ocupado un asiento lo más lejos posible de Hugh, que había vuelto a ser su compañero de mesa. Esta vez había intentado evitar a toda costa contemplar sus manos, aunque no se sentía del todo satisfecha con el resultado; sus ojos parecían ignorar las órdenes de su cerebro. En ese momento, Hugh se encontraba en diagonal a ella y solo podía verlo si giraba un poco la cabeza en su dirección. Suponía un alivio no tropezarse con su mirada cada vez que miraba al frente.

—Mañana, después de cenar, podríamos tomar una copa en alguna de las tabernas locales —señaló Lucien.

—Hoy hemos comido en el Black Pony —comentó Nathan.

—Me gusta más el Cat's Whiskers —dijo Blake—, aunque nunca he entendido por qué le pusieron un nombre tan inusual: Bigotes de Gato.

—Fue su antiguo propietario, el señor Hanks —explicó Oliver Milford—. Su hijo pequeño, Ethan, que es quien lo regenta ahora, tenía la costumbre de recoger a todos los gatos de los alrededores, incluso a los que tenían dueño. Cuando Hanks decidió ampliar su casa y convertirla en una taberna fue el niño quien escogió el nombre.

—¿Y cómo sabes eso, papá? —preguntó Emma.

—Durante los veranos de mi infancia yo ayudaba a Ethan a buscar gatos por todo el pueblo.

—¡Pero si nunca te han gustado! —rio Lucien.

—Eso no es cierto. De hecho, muchos de ellos terminaron aquí, hasta que descubrimos que mi primo Stuart era alérgico y enfermaba cada vez que se encontraba con uno de ellos —explicó jovial.

—¿Ese primo Stuart que es un...?

—Ese mismo. —Oliver Milford cortó a su hijo Nathan antes de que dijera algo inapropiado.

—Pues que sea el Cat's Whiskers entonces —sentenció Lucien.

—Os dais cuenta de que eso nos excluye a nosotras, ¿verdad? —preguntó Jane, poniendo en palabras el pensamiento de Emma.

—No es muy distinto a pasar un rato en el club, querida —dijo Blake—, aunque con gusto me quedaré aquí contigo.

—Yo tampoco iré —comentó el padre—. Ya no tengo edad para trasnochar tanto.

—¿Pero qué dices, papá? —Emma lo miró con una ceja alzada—. ¡Si aún eres muy joven!

—Cincuenta y ocho años ya, hija, por si lo has olvidado.

—¿Lo ves? Eres muy joven.

—Claro que vendrá con nosotros, padre —insistió Lucien.

—Sería descortés dejar a todas las mujeres solas en la casa —insistió Oliver Milford.

—Oh, papá, no te preocupes por eso. Seguro que sabremos encontrar un buen modo de entretenernos —dijo Jane, sentada a su derecha.

—Es una pena que no existan lugares así para las mujeres —señaló Emma.

—¿Qué lugares? —Lucien la miró con curiosidad.

—Clubes, tabernas... sitios así, solo para mujeres. —Emma se encogió de hombros.

Hubo un breve momento de silencio.

—Por lo poco que la conozco, lady Emma —dijo Hugh, que se había mantenido al margen de la conversación—, creo que usted sería la persona idónea para organizar algo así.

Emma lo miró. A través de la semipenumbra de la terraza, el brillo de sus ojos la traspasó de parte a parte.

—¿Cómo... dice? —balbuceó. Durante unos minutos, había olvidado que él también se encontraba allí.

—Un club para mujeres, en el corazón de Londres —respondió él.

—No pienso montar una réplica de Almack's —bufó Emma.

—Oh, no, yo había pensado más bien en algo parecido al White's o al Brooks's. Sin duda sus hermanos podrán explicarle cómo es uno de esos locales por dentro. —Emma detectó cierto retintín en la voz de Hugh, aunque quizá solo fueron imaginaciones suyas—. Un lugar elegante y exclusivo, solo para damas.

—Suena bien —intervino Jane con una sonrisa—. De tanto en tanto, me encantaría poder decirle a mi marido que me voy un rato al club.

—Si tú quieres, mañana abro uno para ti —respondió Blake, dedicándole a su esposa un gesto de cariño.

—¿Esta noche no? —Jane hizo un mohín.

—Podría intentarlo...

—Basta ya, tortolitos —Lucien interrumpió la escena—, o voy a tener que echaros un jarro de agua fría por encima.

Todos rieron, aunque Emma sorprendió entre su hermana y

su cuñado una mirada cargada de intenciones. Una de esas miradas que ella habría intercambiado con Hugh semanas atrás.

—Además de tomarse una copa, disfrutar de un rato de charla o jugar una partida de naipes, podrían llevarse a cabo otras actividades —continuó Hugh, como si nada hubiera interrumpido el curso de su pensamiento.

—Como presentaciones de libros —añadió Jane, que parecía entusiasmarse con la idea.

—O conferencias —comentó Emma—. Quizá algún miembro de la Royal Society se avendría a dar una charla sobre algún tema que pueda resultar atractivo.

—Yo podría ocuparme de eso —dijo el padre—. Os recuerdo que formo parte de ella.

—¿Estáis hablando en serio? —preguntó Lucien—. Hace un momento esto solo era una idea absurda.

—Tengo entendido que muchas damas londinenses son aficionadas a la pintura —intervino Nathan—. Se podría organizar una exposición con algunas de sus obras.

—¿Tú también, Nathan? —Lucien lo miró con una ceja alzada.

—¿Por qué no? Me parece un proyecto muy interesante.

Todos centraron su mirada en Lucien, el único que parecía reacio a continuar fantaseando con el club.

—Hummm, ¿conciertos? —se aventuró a decir, y Jane aplaudió entre risas.

—Oh, y quizá algunas clases también —dijo Jane.

—¿Clases? —Blake la miró.

—Bueno, tal vez esa no sea la palabra apropiada. Consejos sobre moda, por ejemplo.

—Conozco a más de una que los necesita con urgencia —bromeó Lucien—, por muy descortés que sea mi comentario.

—Estamos en familia —rio Emma.

Durante un rato siguieron haciendo propuestas y, conforme transcurría el tiempo, estas eran más y más descabelladas. Las carcajadas debían de escucharse hasta en el condado vecino. El tema fue languideciendo hasta desaparecer engullido por la noche. Oliver Milford aprovechó para retirarse y se quedaron solos los jóvenes.

Emma vio que Hugh se levantaba y se aproximaba a la barandilla para contemplar el jardín bajo la luz de la luna. Sus hermanos y Blake charlaban en ese momento acerca de los caballos que estaba criando Jane, y ella aprovechó para aproximarse a Hugh.

—Ha sido divertido —le dijo—. Gracias.

—Me alegra haber contribuido a amenizar la noche. —Hugh volvió la cabeza hacia ella y Emma quedó atrapada en medio de aquellas enigmáticas pupilas—. Sin embargo, sigo pensando que es una buena idea.

—Bueno...

—Y no se me ocurre nadie mejor que tú para llevarla a cabo.

—¿Yo? —Por el modo en que la observaba, sabía que hablaba totalmente en serio.

—Eres inteligente, decidida y capaz. Y pareces ser la única que no se da cuenta de ello. Tal vez deberías comenzar a dejar de subestimarte.

—Yo no hago tal cosa —se defendió, molesta.

—Toma las riendas de tu vida, Emma —le susurró—. No importa si es en ese proyecto o en cualquier otro. Tu familia te apoyará.

—Lo sé.

—Y si ellos no lo hacen, lo haré yo —musitó. Se había acercado un poco más a ella, lo suficiente como para que su calor la abrasara.

Emma pensó que iba a besarla, allí, delante de su familia. Se descubrió deseándolo con tanta intensidad que le provocó un ligero mareo. Pero no lo hizo. Se separó unos centímetros y anunció que se iba a dormir. Lo observó alejarse mientras ella se sujetaba con fuerza a la barandilla para no correr tras él.

Emma pasó gran parte de la noche dándole vueltas a la idea de Hugh y, cuanto más pensaba en ella, más atractiva le resultaba. Jamás había estado en el interior de clubes tan exclusivos como los que había mencionado, pero conocía el Anchor y, como él le había comentado en alguna ocasión, no era muy distinto a los que frecuentaban los miembros de la alta sociedad. Más pequeño y menos lujoso, pero muy similar.

Se imaginó sin esfuerzo al frente de un establecimiento de esas características y luego comenzaron a asaltarla las dudas. ¿Y si nadie quería formar parte de él? ¿Y si era un completo fracaso? Además, ella lo que deseaba de verdad era viajar, y luego escribir sobre viajes.

«Ambas cosas no son incompatibles —le dijo una vocecita interior—. A tu vuelta, incluso podrías dar pequeñas charlas contando tu experiencia».

Pero ¿a quién le iban a interesar sus viajes?

«No seas absurda —se reprochó—. ¡Si habías pensado en publicarlos!».

Se imaginó las responsabilidades que acarrearía un proyecto de esa magnitud y acabó por desinflarse.

Era evidente que Hugh Barrymore tenía mucha más fe en Emma Milford que ella misma.

∽ 30 ∽

Ese día, Hugh había salido con Nathan y Lucien. Al levantarse, había esperado volver a coincidir con Emma en los establos, pero al llegar solo encontró su caballo, que lo recibió con un relincho. Junto a los hermanos Milford recorrió la parte de la propiedad que su amigo no le había mostrado el día anterior, y los tres acabaron comiendo en otra de las tabernas, el Old Way, al parecer la más antigua del lugar. Lucien había insistido en ello y los había convencido al comentarles que la hija del posadero, que se encargaba de servir las mesas, era una beldad. Hugh tuvo que darle la razón. Era una muchacha preciosa, de cabello cobrizo ensortijado y ojos azules, con el cutis tan fino como la dama más refinada de Londres.

Regresaron a media tarde y encontraron al resto de la familia junto al pequeño lago, disfrutando de un picnic. Los criados habían colocado un par de mesas y varias sillas, y extendido unas mantas sobre la hierba. En una de ellas estaba sentada Emma, ataviada con un vestido de florecillas amarillo y con su sobrina Nora Clementine colocada sobre sus muslos, con la espalda apoyada contra su pecho. La imagen le resultó tan enternecedora que casi le provocó dolor físico. Se la imaginó ocupando ese mismo lugar, con los hijos de ambos correteando a su alrededor, y ese dolor se volvió insufrible.

—Puedes subir a descansar un rato si quieres —le comentó Nathan a su lado.

—¿Eh? —Hugh lo miró, desconcertado—. No hace falta, gracias.

—Hubiera jurado que estabas a punto de desmayarte.

—¡¡¡Barry!!! —Kenneth llegó corriendo a su lado—. ¿Quieres venir a pescar?

—¿Hay peces en este lago? —Echó un vistazo al agua.

—Un montón.

Miró a Nathan, que asintió con entusiasmo.

—Entonces de acuerdo. Deja que me quite la chaqueta. —Kenneth bailoteó a su alrededor—. Y creo que podrías llamarme Hugh.

—Pero Nathan te llama Barry.

—Nathan también tendrá que dejar de hacerlo. —Oyó a su amigo gruñir a su lado y le dedicó un gesto socarrón—. Ya no estamos en la guerra.

Hugh saludó a todo el mundo, a Emma con cierto reparo, dejó la chaqueta sobre una de las sillas y siguió al joven Milford, que comenzaba a rodear el lago. Llevaba un par de cañas bastante antiguas en la mano derecha y una cesta en la izquierda donde, supuso, guardaría los cebos. Hacía años que Hugh no iba de pesca. La última vez había sido cuando su hermano Owen era un niño y había transcurrido demasiado tiempo desde entonces.

El niño se detuvo junto a un pequeño embarcadero que se adentraba en el agua, donde había amarradas dos preciosas barcas pintadas de celeste. Una llevaba el nombre de Jane; la otra, el de Emma.

Kenneth caminó sobre la superficie de madera hasta casi al final, y allí se sentó con las piernas colgando, de espaldas a la casa y a la familia.

—Este es el mejor lugar de todos.

—¿Sí?

—Lucien me lo enseñó cuando era pequeño.

Hugh se quitó las botas y los calcetines. Se remangó los pantalones hasta la pantorrilla y tomó asiento a su lado. Como había sospechado, el agua le cubría hasta los tobillos. Kenneth le tendió una de las cañas y se dispuso a preparar la suya. Hugh lo observó. Sus movimientos eran delicados pero precisos y en un santiamén ya había lanzado el sedal al agua. El niño lo miró.

—¿Necesitas que te diga cómo se hace? —le preguntó.

Hugh observó los ojos del chico, tan verdes y luminosos como los de su hermana.

—Creo que no será necesario —le dijo—. Yo también pescaba con mis hermanos.

—¿Tienes hermanos pequeños?

—Dos, Owen y Grace. Aunque son mayores que tú.

—Yo ya tengo diez años —declaró, orgulloso.

—Pronto serás un hombre.

—Ya —confirmó, con una sonrisa.

Hugh sonrió también. A su edad, él también había querido crecer lo más rápido posible, con la absurda idea de que se estaba perdiendo todo lo importante.

Durante mucho rato, ninguno de los dos pronunció palabra, hasta que Kenneth pescó una trucha mediana que logró sacar del agua sin ayuda. Luego nada. Los peces parecían esquivarlos esa tarde. En un momento dado, Kenneth volvió la cabeza, como para cerciorarse de que su familia continuaba allí.

—¿Vas a casarte con mi hermana? —le preguntó a bocajarro.

—¿Con Emma?

—No tengo otra —rio el niño—. Bueno, sí, pero si quisieras casarte con Jane creo que Blake te arrancaría la cabeza.

—Es muy posible.

—¿Entonces?

—¿Por qué supones que quiero casarme con ella? —Hugh lo miró, curioso—. He venido porque soy amigo de Nathan.

—Pero la miras mucho.

—Hummm...

—Y creo que ella a ti también.

—¿Sí? —Hugh echó la vista hacia atrás, donde los Milford continuaban disfrutando de su picnic. Apenas distinguía los rasgos de Emma, aunque sí su vaporoso vestido.

—¡Igual le gustas! —canturreó el niño.

—Tal vez no lo suficiente.

—A lo mejor podrías pedírselo.

Hugh estuvo a punto de confesarle que ya lo había hecho, en dos ocasiones, pero intuyó que no sería buena idea.

—Quizá —dijo en cambio.

—También le gusta mucho el invernadero.

—¿Qué?

—A Emma. Casi todas las noches, antes de irse a dormir, va un rato allí.

—¿El invernadero?

—Era el sitio favorito de nuestra madre.

Hugh se aguantó las ganas de reírse. Aquel pillín estaba haciendo de celestino, pero decidió guardarse aquella información. Tal vez pudiera necesitarla.

—Es un hombre muy atractivo.

Jane, que había tomado asiento junto a Emma, sostenía ahora a su bebé entre los brazos.

—¿El señor Barrymore?

—No, nuestro mayordomo. —Jane miró hacia la derecha, donde el señor Collins permanecía atento a sus señores.

Tenía al menos cincuenta años, algo de papada y la cabeza prácticamente desprovista de pelo. Emma siguió la dirección de su mirada y soltó una risita.

—Eres cruel —le dijo.

—Por supuesto que me refiero al señor Barrymore. —Jane bajó el tono de voz—. No me dirás que ese es el hombre que...

—¡¡¡No!!!

—¿No? Pues por la forma en la que lo miras cualquiera lo diría.

—Yo no lo miro de ningún modo.

—Ya, bueno... —sonrió su hermana—, tampoco te había visto nunca esquivar a nadie con tanto ahínco.

—Son imaginaciones tuyas.

—¿Dónde lo conociste?

—¿A quién? —Lady Ophelia ocupó en ese momento una de las sillas del jardín. Ella y lady Cicely habían estado dando un paseo por la zona.

—A lord Washburn —improvisó Jane, y Emma sintió un alivio inmediato.

—Oh, un joven encantador —comentó su tía—, aunque no parece haber despertado mucho interés en nuestra Emma.

—Eso no es cierto, le tengo aprecio.

—Ah, eso está muy bien. Tal vez en la próxima temporada...

Su tía dejó la frase en el aire y los ojos de Emma se desviaron hacia el lago, hacia la figura que permanecía sentada junto a su hermano pequeño.

Hugh no había podido desprenderse de la sensación que le habían provocado las palabras de Kenneth Milford. Para ser un niño de tan corta edad, poseía una sabiduría innata y una capacidad de observación que habría sido la envidia de todos los espías de la Corona. Se preguntó si alguien más se habría percatado de su interés en Emma y rogó para que no fuese así. Por nada del mundo habría deseado ofender a aquella familia que lo había acogido en su hogar.

Durante el resto de la jornada intentó vestirse de indiferencia, sobre todo cuando se veía obligado a interactuar con ella, pero tenía la sensación de que era un pésimo actor. Debía hacer algo, cuanto antes.

Ahora sabía dónde se encontraba el invernadero, había sido lo primero que había hecho al regresar del lago, y había descubierto el mejor modo de llegar a él. Cuando la velada se dio por concluida y todo el mundo pareció retirarse, Hugh aguardó unos minutos y se deslizó con sigilo hasta allí. Sus ojos tardaron en acostumbrarse a la oscuridad, aunque la luna llena le facilitó la tarea. Distinguió la figura de Emma moviéndose por uno de los pasillos, contemplando las plantas. Se preguntó quién se ocuparía ahora de cuidarlas.

—Emma —susurró.

Ella se volvió hacia él, sobresaltada.

—Me has asustado.

—Lo siento.

—¿Cómo sabías que estaba aquí?

—Kenneth.

—Oh, esa pequeña sabandija.

Hugh ahogó una risa, porque sabía que no hablaba en serio. Los había visto juntos el tiempo suficiente para saber que se adoraban.

Con paso lento se acercó hasta ella. En la penumbra, sus ojos verdes parecían brillar con luz propia.

—Eres preciosa. —Su mano se alzó y acarició con delicadeza su mejilla.

Había acudido allí a hablar con ella, a hacer un último intento, pero, en cuanto la tuvo frente a sí, olvidó todas las palabras que había pensado decirle. Olvidó hasta pensar.

Se inclinó un poco y posó sus labios sobre los de ella, de forma suave. Quería darle la oportunidad de alejarse, pero ella no lo hizo. Primero permaneció unos segundos inmóvil, y luego sus labios se movieron y se amoldaron a los suyos. Cuando sus lenguas se encontraron, le rodeó el cuello con los brazos y pegó su cuerpo al de él. Hugh la envolvió y la apretó contra sí.

—Te he echado tanto de menos... —musitó Emma.

Hugh continuó besándola como si fuera a morirse de un momento a otro. La alzó por la cintura y recorrió los metros que los separaban del final del invernadero. Allí, ocultos tras unos arbustos, la apoyó contra uno de los postes y continuó saqueando su boca.

Ella respondía con la pasión que tan bien recordaba. Su cuerpo se arqueaba buscando su contacto, y Hugh bajó su mano para levantarle un poco la falda y acariciar sus piernas. Emma elevó una de ellas y la cerró en torno a sus caderas. En esa posición, Hugh tenía acceso a todo su muslo, su nalga y su particular entrada al Edén.

Comenzó a empujar con su pelvis inflamada, como si estuviera haciéndole el amor allí de pie, y ella a restregarse contra él, ahogando sus jadeos en el hueco de su cuello. Hugh la sujetó con ambas manos y la elevó un poco, lo suficiente para que quedara encajonada donde quería. Ella lo rodeó con sus fuertes piernas y él continuó moviéndose. Con la barbilla, logró bajar el escote y uno de los senos brilló bajo la luna, con el pezón reclamando ya atención. Mientras succionaba aquella delicia, estiró los dedos de una de sus manos para acariciar el centro de su femineidad por encima de las enaguas. Estaba caliente y húmedo, completamente listo para él.

Necesitaba estar dentro de ella, lo necesitaba como nunca

antes había necesitado nada. Emma continuaba gimiendo y frotándose contra él, enardeciéndolo. Hugh pensó en quitarle las enaguas. Aún mejor, la subiría hasta su habitación y...

La imagen de Nathan se abrió paso en su mente. Junto a la de él se encontraban Lucien y su padre, todos mirándolo con cara de desprecio.

—Emma...

—Hugh, no te pares —jadeó ella.

—Emma, no. —Se detuvo y la sujetó con fuerza, mientras ella volvía a poner los pies en el suelo—. No podemos hacer esto.

La sostuvo así, hasta que dejó de temblar.

—¿Por qué... no? —Ella lo miraba, herida y traspasada por el deseo.

—Nada ha cambiado desde la última vez.

—Hugh...

Apoyó su frente contra la de ella.

—Emma, por favor —suplicó—. Yo podría darte todo lo que deseas. La fuerza de mi apellido, mi fortuna y toda la libertad que quisieras.

—Ya tengo todo eso —replicó ella, que intentó separarse un poco.

—¿Y amor?

—¿Amor? —Lo miró, aturdida.

—Te quiero, Emma. Te amo tanto que voy a perder el juicio. —Le tomó el rostro entre las manos y se hundió en sus ojos de hierba—. Si pudieras quererme, aunque sea un poco..., yo te juro que dedicaré mi vida a enamorarte.

Hugh quería decirle tantas cosas que, en su camino hasta la garganta, se enredaron unas con otras.

—Ya te quiero... un poco —musitó ella, y Hugh creyó ver una lágrima asomando a uno de sus ojos.

Se retiró un paso, la tomó de la mano y la miró con determinación.

—Emma Milford, piensa bien tu respuesta porque esta es la última vez que voy a pedírtelo —le dijo—. ¿Quieres casarte conmigo?

Ella le sostuvo la mirada y Hugh creyó detectar en ella un atisbo de... tristeza. Soltó su mano, hundido, con el corazón a punto de derramarse de su pecho.

—Creo que ya tengo la respuesta que necesitaba —musitó.

Le dio un último beso en la frente y abandonó el invernadero. Sin mirar atrás.

Emma no había logrado conciliar el sueño hasta la madrugada. Durante unos instantes durante la noche anterior, había creído que Hugh y ella volverían a estar juntos. Saber que la amaba la había sacudido de tal modo que aún no había sido capaz de reaccionar. Si tanto la quería, ¿por qué le negaba lo que ambos deseaban? Existían miles de parejas que se profesaban un cariño sincero sin estar casadas. Lady Ophelia y lady Cicely eran una buena muestra de ello.

Dios, ¿cómo iba a mirarle a la cara durante el desayuno sabiendo lo que había ocurrido? ¿Cómo iban a jugar al críquet esa mañana, en el mismo equipo además, sin que todo lo sucedido se reflejara en su rostro? Lamentó haber sido precisamente ella la impulsora de aquel partido y pensó en excusarse, una vez más.

«No puedes hacer eso», se reprochó. Era cierto. Debía ser consecuente consigo misma y aceptar el peso de sus propias decisiones. En eso consistía convertirse en una persona adulta.

Se lavó y se vistió con cierta desgana, alargando los minutos para no coincidir con él. Tal vez hubiera vuelto a salir con Nathan.

Cuando bajó al comedor, solo encontró a Jane, Blake y su sobrina. Los tres formaban un cuadro de una felicidad tan absoluta que Emma perdió el poco apetito que tenía. Cogió un par de galletas y se dirigió al salón. Allí, medio tumbado sobre una de las butacas, estaba su hermano Nathan leyendo un periódico atrasado.

—¿Y... los demás? —preguntó.

—Papá y Lucien han salido a ver a algunos arrendatarios. La tía Ophelia y lady Cicely han ido al pueblo a hacer unas compras. Y Barry ha vuelto a Londres.

—¿Qué?

—Papá y Lucien... —volvió a comenzar su hermano, que la miró molesto.

—¿El señor Barrymore se ha ido?

—Sí, al parecer había olvidado que mañana tenía una cita importante en la ciudad.

—Pero volverá.

—Eh, no. No lo creo al menos.

—Ya.

Las piernas no la sostenían y se dejó caer sobre uno de los sofás. Nathan volvió a sumergirse en el periódico y ella luchó con todas sus fuerzas por no echarse a llorar.

~ 31 ~

Emma no encontró la manera de cancelar el partido. Kenneth parecía tan ilusionado que no fue capaz de arrebatarle el gusto. Blake, Kenneth y ella formaban un equipo, y Lucien, Jane y Nathan el otro. El padre hizo de árbitro, ya que la ausencia de Hugh había desequilibrado el juego. Emma intentó concentrarse con todas sus fuerzas, pero la opresión que sentía en el pecho no dejó de crecer hasta casi ahogarla. Cuando Lucien anotó un nuevo punto no pudo aguantar más la presión y cayó de rodillas sobre la hierba. Respiraba con dificultad, ahogándose con todas esas lágrimas que se negaba a derramar.

Todos corrieron hacia ella, pero Jane fue la primera en llegar.

—¡¡¡Emma!!! Por Dios, Emma, ¿qué te ocurre?

—No puedo... no puedo respirar —jadeó.

—Seguro que ha sido un golpe de calor —sentenció lady Ophelia, que había abandonado su cómodo asiento para correr hacia su sobrina—. No se puede jugar al críquet a estas horas, con estas temperaturas.

Emma notó las fuertes manos de Lucien alzándola.

—Te llevaré a tu cuarto y luego llamaremos al médico —le dijo, sin dejar de sostenerla.

—¿Será algo que ha comido? —Nathan estaba frente a ella.

Su padre, con el rostro ceniciento, posó una mano sobre su frente.

—No tiene fiebre —anunció con cierto alivio.

—Creo... creo que tía Ophelia tiene razón —logró balbucear—. Habrá sido el calor. Quisiera echarme un rato...

Jane la tomó del otro brazo y comenzaron a caminar en dirección a la casa.

—Te juro que si hubiera sabido que te lo ibas a tomar así, hubiera fallado el último lanzamiento —bromeó Lucien. Emma logró esbozar un atisbo de sonrisa.

—Puedo caminar sola —dijo al fin, y se soltó del agarre de su hermano. Las piernas la sostenían con dificultad, pero no quería preocuparlos aún más.

—Te acompaño arriba. —Jane no la soltó de la mano y ambas se alejaron del grupo.

Una vez en su cuarto, Emma se volvió hacia su hermana y se abrazó a ella. Solo entonces brotaron las lágrimas.

Llovía, y era un sonido que siempre había logrado sosegar su espíritu. Habían transcurrido dos días desde el episodio durante el partido. Jane la había consolado sin preguntarle nada y desde entonces todos habían estado tan pendientes de ella que creyó que se asfixiaría por no ser capaz de sacar la tristeza que llevaba dentro. Insistió en que la causa debía de haber sido un golpe de calor y nadie lo cuestionó. Participó en las actividades diarias, tuvo un intercambio de pullas con Nathan, le dedicó mimos a su sobrina y leyó un rato con Kenneth. Al finalizar cada día y meterse en su cama, pensaba que no lo estaba haciendo nada mal. Con el tiempo, no tendría que fingir. Entre Hugh y ella todo había terminado, y esta vez para siempre. Lo superaría.

Bajó las escaleras y escuchó los ruidos procedentes del salón. Todos parecían estar allí y, por el ruido que hacían, imaginó que jugando a algo. Las risas de Kenneth se oían por encima de las demás y le calentaron el corazón. La lluvia los obligaba a permanecer en el interior de la casa, pero eso no significaba que no hubiera modos de divertirse. A ella, en cambio, le apetecía algo de quietud, y se dirigió a la biblioteca. No estaba tan bien surtida como la de su casa en Londres, pero contaba con un buen número de ejemplares.

Cuando entró descubrió que no había sido la única en tener esa idea. Su padre estaba allí, sentado junto al fuego que había hecho encender, y de cara a los ventanales. La temperatura había descendido notablemente y Emma agradeció el calor.

—¿Molesto? —le preguntó desde el umbral.

—Claro que no —le contestó, y le señaló el sillón situado junto al suyo.

Emma vio que su padre no sostenía ningún libro entre las manos.

—¿Qué estabas haciendo?

—Contemplar la lluvia. —Emma giró un poco la cabeza y vio un millón de gotas desplazándose por el cristal—. Me ayuda a pensar.

—¿A pensar en qué? —Entró en la habitación y cerró la puerta.

—En tu madre, por ejemplo. —Emma tragó saliva y se detuvo en su intento de girar la otra butaca en dirección a la ventana.

—Puedo dejarte solo si lo prefieres.

—No lo prefiero. —Le guiñó un ojo y ella tomó asiento.

Durante un rato ninguno de los dos dijo nada. Emma se limitó a contemplar la lluvia y descubrió que era un espectáculo relajante, capaz de despejar su mente y aliviar su pecho.

—Amar y que te amen es un raro privilegio —habló su padre al fin—, un don que muy pocos alcanzan.

—Mamá y tú fuisteis afortunados.

—Jane y Blake también lo son.

—Cierto.

—Y tu tía Ophelia y Cicely.

—¡¡¡Papá!!! —Emma lo miró con estupor.

—¿Creías que no lo sabía? —rio—. Siempre lo he sabido.

—¿Y no te importa?

—¿Por qué habría de hacerlo? Dios elige extraños caminos para el amor, ¿quién soy yo para cuestionarlos? —Oliver Milford hizo una larga pausa—. Algún día, me gustaría que tú también fueses una de las afortunadas.

—Ya lo soy, papá —contestó ella, con la voz estrangulada—. Os tengo a todos vosotros.

Sin apartar la vista del cristal, su padre la tomó de la mano y se la apretó con cariño. Ambos continuaron observando las gotas de lluvia deslizarse en su carrera.

—No es suficiente, Emma —musitó mucho rato después—. No es suficiente.

Emma se tumbó sobre la alfombra del salón pequeño, frente a la chimenea. No llovía, pero había refrescado lo suficiente como para mantenerla encendida, al menos desde que el sol comenzaba a ocultarse. Aquella estancia era la destinada a las mujeres de la casa. Allí recibían visitas o se reunían para bordar, leer o charlar. Su madre la había decorado en tonos crema y era una habitación confortable, íntima y preciosa. No se usaba con mucha frecuencia, pero esa tarde todas se habían reunido allí. Su tía y lady Cicely jugaban a las cartas en un rincón, y Jane leía un rato, medio estirada en el sofá.

—Esa no es la forma apropiada de sentarse, Emma —le reprochó su tía, sin mirarla siquiera.

—Hablando de cosas inapropiadas... —Emma se incorporó y cruzó las piernas.

Jane alzó la vista y la miró, aterrada. Negó con la cabeza, en un vano intento de disuadirla. Su tía la miró, con las cejas elevadas. Lady Cicely también había perdido el interés en la partida y la observaba con cautela.

—¿No cree que hay algo que debería contarnos? —preguntó Emma.

—¿Algo como qué?

—Algo que concierne a lady Cicely.

—Emma, por favor —musitó Jane desde el sofá.

Vio como lady Ophelia y su dama de compañía intercambiaban una mirada preocupada, y solo entonces comprendió que sus palabras podían malinterpretarse. No pretendía obligarlas a reconocer su relación, eso no era asunto de nadie más que de ellas, así que se apresuró a aclararlo.

—¿Conoce a lady Minerva?

Jane suspiró, aliviada al parecer. Su tía echó ligeramente la cabeza hacia atrás, y lady Cicely alzó una ceja.

—No... no conozco a ninguna dama con ese nombre.

—Oh, yo creo que sí —dijo Emma con una risita—. En un principio pensé que solo se trataba de lady Cicely, pero no podía ser. Era imposible que ella supiera muchas de las cosas que explica lady Minerva en sus cartas.

—¿Qué... cartas? —Su tía simulaba cierta sorpresa, y no lo hacía del todo mal, pero Emma era ya una maestra en el arte del disimulo.

—Sé que las escribe lady Cicely, aunque imagino que es usted quien se las dicta —explicó—. Reconocí su letra cuando estuve en su casa.

Ambas mujeres volvieron a mirarse.

—No sé a qué te refieres, Emma —comentó lady Cicely, aunque no se atrevió a afrontar sus ojos.

—Puedo bajarlas si quiere.

—Oh, Dios, ¿las has traído aquí? —La expresión de alarma en el rostro de lady Ophelia acabó por delatarla.

—¡Lo sabía!

—¡Tía Ophelia! —exclamó Jane, sin poder ocultar su asombro.

—Era cuestión de tiempo que nos descubrieran. —Lady Cicely se cubrió el rostro con las manos.

—Haz el favor de traerlas aquí —le ordenó su tía—. Hay que quemarlas de inmediato.

—No pienso hacer tal cosa hasta que me diga el porqué.

—Es una historia muy larga.

—Tenemos tiempo. ¿A que sí, Jane?

—Blake puede ocuparse de Nora si se despierta —contestó su hermana—, porque yo no pienso moverme de este sofá.

Su tía las miró alternativamente, y luego clavó sus ojos en lady Cicely, algo más pálida de lo habitual.

—Pensamos que sería una especie de... ayuda —contestó al fin.

—¿Y no hubiera sido más fácil sentarnos y explicárnoslo todo? —inquirió Emma.

—¿Habría funcionado? —Su tía alzó una ceja—. Los jóvenes creen saberlo todo sobre la vida, y rara vez escuchan los consejos de sus mayores.

—Además, hubiera sido extraño hablar sobre asuntos tan delicados con muchas de las destinatarias —intervino lady Cicely.

—¿Muchas? —Emma miró a su hermana y luego hacia las dos mujeres—. ¿Cuántas son muchas?

—No importa. —Lady Ophelia se mantuvo firme.

—Al menos Evangeline, y Marguerite Osburn —comentó Jane.

—¿Marguerite también las recibió? —Emma no conocía aquella información.

—Durante su primera temporada al menos.

Emma dirigió una mirada desafiante a su tía.

—Solo las recibió aquella temporada —confirmó lady Ophelia—. Luego nos pareció inútil insistir, ya que no parecían servirle de mucho.

—¿Cuántas... más?

—Pues..., no sé. A una media de diez o doce jóvenes por temporada durante cinco...

—Seis —la cortó lady Cicely.

—¿Ya han pasado seis temporadas? El tiempo transcurre tan deprisa...

—¿Lleváis...? ¿Lleváis haciendo esto seis temporadas? —Emma no salía de su estupor.

—Es una locura —rio Jane.

—La mayoría de las mujeres de nuestro entorno habrían apreciado que alguien les hiciera saber algunas de esas cosas antes del matrimonio —se defendió su tía.

—Pero hay algo más, ¿verdad? —preguntó Emma.

—¿Algo más? No sé a qué te refieres.

—En las cartas se comentan cosas que es imposible que usted supiera, a menos que alguien se las hubiera mencionado.

—Cierto —corroboró Jane, a su lado—. Yo también sospeché de usted, tía, pero lo descarté por esa misma razón.

Lady Ophelia lanzó una sonrisa en dirección a su dama de compañía.

—La gente comenta cosas —dijo, volviendo a centrar su atención en sus sobrinas—. Solo hay que permanecer atenta a los pequeños rumores aquí y allá.

—¡En una de sus cartas nos comparó con caballos! —soltó Emma, entre molesta y divertida.

—Oh, cierto, eso fue idea de lady... de Cicely.

Su tía desvió la vista de inmediato, y Emma se dio cuenta de que les había mentido.

—Ay, Dios. —La dama de compañía volvió a cubrirse el rostro con las manos.

—¿De quién fue la idea? —preguntó Jane. Al parecer, también había detectado la mentira e iba a aprovechar la oportunidad.

Lady Ophelia decidió ignorarla y bajó la cabeza, como si los naipes hubieran reclamado de repente su atención.

—¿Tía? —insistió Emma.

—De lady Ethel Beaumont —soltó, sin alzar la vista.

—¡¿Qué?! —Jane casi saltó de su asiento.

—Debéis prometerme que no diréis nada, ¡jamás! —Lady Ophelia las miró, con una incongruente mezcla de alarma y súplica en el rostro—. Es demasiado peligroso. El escándalo...

—No diremos nada, tía —la cortó Emma. Era consciente de lo que supondría para todas esas mujeres que algo así se descubriera—. ¿Alguien más?

—Lady Pauline Hinckley —musitó lady Cicely.

—¡Madre de Dios! —Jane se dejó caer contra el sofá.

—¿Y? —continuó Emma.

—Nadie más —respondió lady Ophelia—. Nosotras cuatro somos lady Minerva.

—Pero... ¿cómo?

Emma sabía que aquellas mujeres se conocían, pero jamás las había visto interactuar más que para intercambiar las consabidas frases de cortesía.

—Fue... por accidente —contestó su tía.

—¿Escribieron cartas a jóvenes debutantes por accidente? —rio Emma.

—No, claro que no. —Lady Ophelia frunció el ceño—. Las cuatro coincidimos por accidente una noche. Habíamos bebido un poco y el tema surgió sin más. Todas estábamos o habíamos estado casadas y las cuatro coincidimos en que nos habría resultado muy útil saber un poco más acerca del género masculino y de nosotras mismas antes de llegar al matrimonio.

—¿Lady Cicely estuvo casada? —Emma miró con asombro a la dama de compañía.

—Solo unos meses —respondió la mujer sin mirarla, y Emma decidió no insistir más.

—Durante la temporada nos reunimos en secreto un par de veces a la semana —continuó su tía—, y así nos ponemos al día de lo que necesitamos saber para redactar las cartas. Cicely es quien se encarga de escribirlas, porque su letra es más difícil de reconocer. Muchas damas habrían reconocido mi letra en los sobres dirigidos a sus hijas, y eso habría resultado difícil de explicar.

—Muy listas —reconoció Emma.

—Cada año elegimos a un puñado de jóvenes. Las que nos parecen más simpáticas o las que consideramos que lo necesitan más. Las observamos y tratamos de guiarlas lo mejor que podemos. —Hizo una breve pausa—. Es una pena que lady Minerva tenga que desaparecer.

—¿Desaparecer? —preguntó Jane—. ¿Por qué?

—¿No es evidente? —Su tía chasqueó la lengua.

—No... no podéis matar a lady Minerva —dijo Emma.

—Emma, qué dramática eres —rio Jane.

—Nosotras guardaremos el secreto, ¿verdad, Jane?

—Por supuesto —respondió su hermana—. Aunque me desagrade la idea de haber sido espiada, estoy casi segura de que, sin las cartas de lady Minerva, probablemente no hubiera terminado casada con Blake.

Emma estuvo a punto de añadir que ella tampoco habría conocido a Hugh, o al menos no habría intimado con él como lo había hecho, aunque en ese momento pensara que tal vez habría sido mucho mejor.

Lady Ophelia sonrió a Jane, satisfecha y luego se volvió hacia Emma.

—¿Cómo lo has descubierto?

—La verdad es que no estaba segura del todo —reconoció—. Vi un sobre en la mesa del despacho, mientras estuve de visita, y creí reconocer la letra. He tenido serias dudas hasta hoy. Estaba convencida de que ambas lo negarían, y casi había decidido olvidarme del tema.

—Oh, vaya —se lamentó su tía.

—Deberías haberte mantenido más firme, Ophelia —le dijo lady Cicely con un deje burlón en la voz, al tiempo que le palmeaba la mano con afecto.

—Ahora haz el favor de bajar esas cartas —insistió lady Ophelia, dirigiéndose a Emma de nuevo—. Hay que quemarlas, y aquí tenemos un fuego estupendo.

—¡No pienso hacer tal cosa!

—Si tu padre o alguno de tus hermanos las descubre estamos perdidas. Tu padre al menos conoce la letra de Cicely.

—Oh, mierda —masculló.

—¡¡¡Emma!!! —soltaron las tres a la vez.

—Está bien, ya voy. —Emma se levantó—. Por cierto, ¿por qué lady Minerva?

—En la antigua Roma, era la diosa de las artes y la sabiduría —contestó su tía—. Nos pareció apropiado.

—Venus o Afrodita eran demasiado obvias —añadió lady Cicely.

Emma estuvo de acuerdo. Mientras subía a buscar aquellas comprometedoras cartas, descubrió con sorpresa que iba a echar de menos a lady Minerva.

La conversación con lady Ophelia y su dama de compañía supuso un respiro para Emma. Durante el resto del día, e incluso al siguiente, Jane y ella se pasaron el tiempo cuchicheando, hasta que ambas acabaron por agotar el tema. Después, la melancolía volvió a asaltarla. La ausencia de Hugh y todo lo que ello implicaba era una losa demasiado pesada. Llevaba varias noches sin poder dormir como debía, y estaba comenzando a pasarle factura. Esa noche, durante la cena, la cabeza parecía a punto de estallarle.

—Se echa de menos a Barrymore —señaló Lucien. Emma alzó la cabeza de su plato y miró a su hermano, que parecía dirigirse a Nathan.

—Tiene una mente muy despierta para los negocios —añadió Blake—. Creo que tendrá éxito en cualquier cosa que se proponga.

—Es un joven encantador y muy atractivo. —Lady Ophelia se llevó una cucharada de sopa a la boca—. La mujer que consiga cazarlo será afortunada.

La sola idea de que Hugh pudiera acariciar a otra mujer del mismo modo que la había tocado a ella le pareció una monstruosidad.

—Incluso un miembro de la aristocracia —comentó Jane—. Estoy segura de que cualquiera de las damas que conozco renunciaría a su título de lady sin pensárselo.

—Oh, no creo que Barry tuviera problemas con eso —intervino Nathan—. No le impresionan los títulos nobiliarios, y el hecho de que su esposa fuera noble no le haría sentir inferior. Jamás la obligaría a renunciar a su tratamiento de lady.

—Un hombre cabal y honesto —sentenció Oliver Milford desde la cabecera de la mesa.

—El mejor que he conocido. —Nathan asintió y tomó un sorbo de su copa de vino.

—Lástima que haya tenido que marcharse tan pronto —dijo Lucien.

—Sí —contestó su hermano—. Ni siquiera ha tenido tiempo de hablarnos sobre su hermano Owen.

—¿Qué le pasa? —preguntó Jane, curiosa.

—Tiene intención de presentarse a la Cámara de los Comunes cuando finalice sus estudios, y Hugh lo va a ayudar a preparar algunas propuestas de ley para mejorar la situación de las mujeres.

Emma se levantó de un salto, lo que sobresaltó a todos los presentes.

—Yo..., me duele mucho la cabeza. Con vuestro permiso, voy a retirarme ya —balbuceó. Si seguía escuchando cómo hablaban de Hugh se iba a volver loca.

—Claro, hija. —Su padre le sonrió con afecto desde su asiento.

Emma salió de la habitación con la mano pegada al estómago y dejó el comedor en completo silencio.

—¿Habrá tenido bastante? —preguntó Nathan tras cerciorarse de que Emma ya no los oía.

—¿Estás seguro de que Barrymore quiere casarse con ella? —le preguntó su padre.

—Él mismo me lo dijo antes de irse. No sé cómo ha sucedido, y prefiero no saberlo, la verdad, pero la ama.

—Y ella a él —dijo Jane—, solo que aún no se ha dado cuenta.

—Creo que hemos hecho suficiente —reconoció lady Ophelia.

—Solo nos ha faltado empujarla con la escoba para echarla de casa —rio Lucien.

—Con un poco de suerte, pronto tendremos a un Barrymore en la familia —dijo Nathan.

—Brindo por ello. —Oliver Milford alzó su copa.

❧ 32 ❧

Emma era una mentirosa. Enredada entre las sábanas de su cama rememoró las palabras que Hugh había pronunciado aquella noche en el invernadero, y las que ella le había dicho a él.

«Ya te quiero... un poco», le había confesado.

—Un poco, ja —dijo en voz alta, en la soledad de su cuarto.

¿A quién quería engañar? Amaba a Hugh Barrymore, lo amaba más que a su vida, más que a su libertad, más que a sus sueños. ¿De qué le serviría llegar a cumplirlos si no podía compartirlos con él? Era una estúpida. Una testaruda, obstinada, obcecada y cabezota. En ese momento no se le ocurrían más sinónimos, aunque estaba segura de que los había.

—¡Tozuda! —exclamó.

Conocía a ese hombre, lo conocía mejor de lo que nunca había imaginado llegar a conocer a nadie que no formara parte de su familia. La entendía, la apoyaba y, sobre todo, la amaba, a pesar de todos los motivos que le había dado para no hacerlo.

—Tengo que arreglarlo —le dijo al techo—, antes de que sea demasiado tarde.

«Si no lo es ya», le dijo esa vocecita interior.

—Oh, cállate, maldita sea.

Miró la hora en el reloj. Estaban a punto de dar las cinco. Se levantó y se echó una bata por encima. Salió al pasillo y se dirigió al cuarto de su hermana. Primero picó a la puerta con suavidad, y luego con insistencia.

Le abrió un Blake medio desnudo, con el cabello revuelto y los ojos medio cerrados.

—Será mejor que haya un incendio —masculló.

—¡¡¡Jane!!! —llamó Emma por encima de su hombro, ignorando el malhumor de su cuñado y aquel cuerpo escultural.

Su hermana apareció cubierta a medias por una sábana.

—Emma, ¿qué pasa? —preguntó, alarmada.

—Te necesito.

—¿Ahora?

—Ahora mismo. Tenemos que ir a Londres.

—Emma, ni siquiera ha amanecido.

—Tengo que contarte muchas cosas, Jane. Una historia muy larga...

—Pero...

Emma la cogió de la mano y tiró de ella.

—Pero te la contaré durante el viaje.

Jane se dejó arrastrar hasta más o menos la mitad del pasillo y allí plantó los pies.

—Jane, por favor, ¡tienes que darte prisa!

—¿Puedo vestirme primero?

Emma la miró y comprobó que estaba desnuda bajo la tela. La soltó de inmediato.

—Eh, sí, claro. Por supuesto.

—¿Quieres que avisemos a papá?

—¡No! A nadie, solas tú y yo.

—De acuerdo, está bien.

Emma corrió hacia su cuarto. Tenía mucho que hacer.

Jane se volvió hacia el suyo, con una sonrisa de oreja a oreja.

El viaje fue un infierno, sobre todo para Emma, que no paró de hablar durante la primera hora y media, mientras Jane la escuchaba, a veces divertida y otras tan asombrada que tuvo que repetirle algunas cosas dos veces.

—No puedo creer que te disfrazaras de hombre y te escaparas de casa —le dijo.

—¿Eso es lo que más te ha llamado la atención?

—Ojalá se nos hubiera ocurrido a Evangeline y a mí —reconoció—. Habría sido memorable.

—Jane, acabo de contarte que me he acostado con un hombre.

—Lo sé.

—Con Hugh. Varias veces.

—Cierto, sí.

—¿Y?

—¿Crees que yo llegué virgen al matrimonio?

—Con un marido como el tuyo, me extraña que llegaras virgen al día siguiente de conocerlo.

Las dos horas siguientes se las pasó hipando y maldiciendo su estupidez. Después de parar a almorzar, enumeró todas las virtudes de Hugh antes de echarse a llorar de nuevo y, cuando al fin entraron en la ciudad, estaba agotada.

Ordenó al cochero que se dirigiera a Marylebone y el vehículo se detuvo frente a la casa de Hugh en Baker Street. Durante unos minutos fue incapaz de bajarse del carruaje.

—Podemos regresar a Bedfordshire si quieres —le dijo Jane con suavidad.

—No.

—O a casa. No estamos lejos.

—No.

—Está bien. Esperaremos aquí todo el tiempo que necesites.

Emma asintió, con la vista fija en aquella puerta que había

cruzado tantas veces. Temía que él la rechazara, que le dijera que había llegado demasiado tarde. Hizo acopio de todo su aplomo y llevó su mano hasta la manija de la portezuela. El cochero la aguardaba al otro lado, impertérrito, y la ayudó a bajar. Emma echó la vista atrás y vio a Jane hacerle un gesto de ánimo.

Subió los escalones de acceso con celeridad y llamó a la puerta.

—Señorita Mullins... —la saludó el mayordomo.

—En realidad soy lady Emma Milford —le dijo—, y he venido a ver al señor Barrymore.

—Lo siento, milady, pero el señor no se encuentra en casa.

—Lo esperaré en la biblioteca —le dijo con firmeza—, y no pienso consentir que me prohíba la entrada.

—Oh, yo no haría tal cosa, milady. —El mayordomo pareció escandalizarse ante la mera idea—. Pero el señor Barrymore no volverá esta noche, ni en las siguientes.

—¿Qué? No. ¿Dónde está?

—Lo desconozco, milady. Tenemos instrucciones de contactar con su hermano Markus en caso de que se produzca una emergencia.

—¿Ha salido de viaje?

—No sabría decirle, milady.

Emma hundió los hombros. ¿Se habría marchado? ¿Adónde? ¿Norteamérica? ¿La India? Sintió el escozor de las lágrimas de nuevo.

—Lo que sí puedo decirle es que, si se ha marchado de viaje, no se ha llevado mucho equipaje. Por si le interesa...

Emma miró al hombre, que la contemplaba con una sonrisa. Movida por un impulso, le dio un rápido achuchón y corrió de nuevo hacia el carruaje. Hugh estaba en Londres. No sabía dónde, pero lo encontraría. Aunque le llevase mil y una noches.

—No me puedo creer que me hayas convencido para esto.

Jane se contemplaba en el espejo. Se había vestido con uno de los viejos trajes de Nathan, en perfecto estado pero algo pasado de moda. Emma la había maquillado y colocado una especie de bigote que no eran más que un puñado de pelos mal pegados.

—Lo siento, no tengo otro mejor —le había dicho, antes de fijárselo con aquella pomada que olía tan mal—. Ahora camina hasta la puerta y vuelve.

Jane hizo lo que le ordenaba.

—No, así no. Procura no balancear las caderas.

—¿Así?

Jane se movía como si la hubieran atado a un palo y Emma no pudo evitar reírse.

—Pareces un pato. Será mejor que uses un bastón.

—¿Y para qué voy a necesitar un bastón?

—Tus andares no parecerán tan extraños si simulas cojear.

—Oh, comprendo. —La miró con admiración—. ¿Qué harás tú?

—Me da igual.

—Seguro que papá tiene alguno en su habitación.

—Jane, ¿no te parece que quedaría un poco raro que fuésemos las dos con bastón, siendo además tan jóvenes?

—Cierto.

Emma observó el reflejo de ambas en el espejo. Los disfraces no eran perfectos, pero servirían. Tenían que servir.

Primero fueron al Anchor. Sospechaba que no lo encontraría allí, era el sitio más evidente, pero tampoco podía obviarlo. La recibieron con cortesía e incluso le preguntaron por su supuesta familia. Jane, a su lado, no paraba de observarlo todo con la boca abierta.

—Por Dios, Jane, compórtate como un hombre.

—Creí que lo estaba haciendo —replicó con retintín.

Dieron una vuelta por el club, pero Hugh no estaba allí, y Markus Barrymore tampoco. Visitaron un par de tabernas y otro club que sabía que él frecuentaba, sin éxito. Tal vez acudiría más tarde, pero eso significaba que tendría que volver a visitar los mismos lugares de nuevo. Se dejó caer sobre el asiento del carruaje con un bufido.

—Emma, aún estamos a tiempo de enviarle un mensaje a Hugh a través de su hermano.

—No. Esto tengo que hacerlo en persona.

—Pero podríamos haberle dicho que había alguna emergencia en su casa, y tú lo estarías esperando allí.

—Oh, diantres, no lo había pensado. —Emma la miró con las cejas alzadas. A Jane se le escapó la risa.

—Estás ridícula con las cejas así pintadas.

—Te recuerdo que a ti también te las he dibujado, y más gruesas que las mías.

—Mierda. —Jane se llevó una mano a la frente, pero Emma la detuvo, riendo. Su hermana rara vez utilizaba palabras malsonantes.

—Ahora no te las toques.

Emma valoró la propuesta de Jane, que le pareció de lo más sensata. ¿Por qué no se le había ocurrido a ella? Era el modo más fácil y lógico de actuar. Estaba claro: estar enamorada era volverse un poco idiota.

Iba a ordenarle al cochero que las llevara a casa. Dormirían unas horas y a la mañana siguiente pondrían en marcha el nuevo plan. Pero entonces recordó que había otro lugar al que no habían ido. The Dove, una de las más famosas tabernas de Hammersmith. Allí había visto a Hugh en una ocasión. Tal vez...

Dio al cochero la nueva dirección y el vehículo se puso en marcha.

—El último lugar, te lo juro —le dijo a su hermana—. Después nos iremos a casa.

Jane asintió, excitada con la posibilidad de visitar otro lugar prohibido a las mujeres. Emma se preguntó qué pensaría Blake si supiera que había arrastrado a su esposa por todo Londres vestida como un hombre.

—¿Vamos al club? —preguntó Markus.

—Aún no estoy lo bastante borracho —contestó Hugh.

—Al paso que vas eso no va a suceder hasta mañana.

—¿Eh?

—Llevas casi una hora con la misma copa en la mano.

Hugh contempló el vaso de brandy y lo vació de un trago.

—Nunca te había visto así.

—Nunca me había enamorado —confesó Hugh.

—Pues parece evidente que enamorarse no es muy recomendable.

—Duele.

Markus alzó una mano y uno de los camareros llenó de nuevo los vasos. Hugh tomó el suyo y lo contempló largo rato. ¿Aquel brandy no tenía exactamente el mismo color que el cabello de Emma?

Por más que bebiera, sabía que no podría cubrir el agujero que sentía en el centro del pecho. Solo había un modo de colmar ese hueco.

—Creo que voy a marcharme —musitó Hugh.

—Aún es temprano. —Markus sacó su reloj de bolsillo, pero no tuvo tiempo de abrirlo.

—De Londres.

—¡Jesús!

—Tal vez a la India.

—Esto... ¿no podría ser algo más cerca? Dicen que Manchester está muy bien...

—Necesito poner distancia.

—Pero no tienen por qué ser más de siete mil kilómetros.

Hugh alzó la vista y vio el rostro preocupado de su hermano. Fue incapaz de sostenerle la mirada y dejó que sus ojos vagaran por el local, bastante concurrido a esas horas. Y entonces la vio. O creyó verla más bien. ¿Ya se había vuelto loco? Porque no había bebido lo bastante como para imaginarse cosas. Estaba allí, en medio, de pie, sin moverse y mirando en su dirección.

Con el rabillo del ojo vio como su hermano se movía.

—No me lo puedo creer —lo oyó mascullar.

Hugh se levantó y fue al encuentro de Emma.

—¿Qué diablos estás haciendo aquí? —le espetó con cierta brusquedad.

—Necesito hablar contigo.

—Ya nos hemos dicho todo lo que tenemos que decirnos.

—Por favor...

—Señor Barrymore, hemos hecho un viaje muy largo —le dijo su acompañante, en el que no se había fijado hasta ese momento.

—¿Lady Heyworth? —Hugh la miró, con los ojos a punto de salírsele de las órbitas.

Casi se rio cuando ella fingió hacer una pequeña reverencia.

—¿Pero es que se han vuelto locas las dos?

—Solo será un minuto —le aseguró Emma.

Lo miró con aquellos ojos que habían sido su perdición. No tenía nada más que ofrecerle, ni nada que ella pudiera ya arrebatarle.

—Un minuto —concedió al fin.

Emma echó a caminar hacia la salida y él lanzó una mirada a su hermano. Con ella pretendía decirle que no lo necesitaba y que podía permanecer allí esperándolo, pero Markus prefirió no darse por enterado y se levantó para salir tras ellos.

Hugh la siguió con docilidad, preguntándose qué significaba todo aquello. La vio enfilar hacia un pequeño parque que había en las proximidades, apenas un puñado de árboles y setos y una considerable extensión de césped muy bien cuidado. Ella se internó en él y Hugh la acompañó. Echó la vista atrás y vio a su hermano a escasa distancia. Lady Heyworth estiró entonces un brazo en diagonal para impedirle continuar avanzando y que tuvieran algo de intimidad.

Emma al fin se detuvo y se volvió hacia él. Con una mano se quitó la peluca y con la otra el bigote falso. Sacó un pañuelo de su bolsillo y comenzó a frotarse la cara, hasta que acabó convertida en una horrible mezcla de manchurrones. Le pareció tan tierna y vulnerable que apretó los puños para resistir la tentación de tocarla. Incluso con aquel aspecto, le pareció la mujer más hermosa del mundo.

—No estabas en tu casa —le dijo ella.

—No.

—Yo... no sabía dónde buscarte.

—Estoy pasando unos días en la de Markus.

—Oh.

—Emma, ¿qué quieres?

Ella lo miró, un tanto aturdida.

—Querer es un milagro...

—¿Eh?

—No, no es así. Espera, dame un minuto. —La vio retorcer-
se las manos—. El don es un ¿milagro?

Hugh soltó un bufido.

—Creo que... estoy un poco nerviosa.

—El tiempo corre, Emma.

Ella lo miró, lo miró con tanta intensidad que Hugh se sintió desnudo de repente. Emma alzó una mano y acarició su mejilla con suavidad.

—Mi padre dice... —comenzó, con un hilo de voz— que amar
y que te amen es un raro privilegio, un don que muy pocos alcanzan. Yo... no he conseguido entenderlo hasta ahora. —Hizo
una pausa que a Hugh se le atragantó en el centro del pecho—.
Que tú me ames es algo que no merezco...

—Emma...

—Déjame terminar, por favor —le sonrió con dulzura y le
tomó la mano—. Hasta hace pocas horas no he comprendido
que el amor es solo una forma más de libertad, la de entregarse
uno mismo a la persona que ha elegido tu corazón. Y mi corazón te eligió a ti, hace mucho tiempo, solo que no he sido capaz
de entender lo que trataba de decirme hasta ahora. Te amo,
Hugh Barrymore, te amo por todo lo que eres y por todo lo que
soy cuando estoy contigo. Te amo por la forma en la que me
miras y me tocas, por el modo que tienes de escucharme, y por
tantas otras cosas que podría pasarme el resto de mi vida enu-
merándolas... —Hugh no sabía si estaba soñando o despierto y
optó por la primera opción cuando vio que ella clavaba una rodilla en tierra, sin soltarlo de la mano—. Así que, Hugh Barrymore, ¿me harías el honor de convertirme en tu esposa?

El corazón comenzó a bombear furioso dentro de su pecho.
Allí, bajo la menguante luz de la luna, estaba la mujer que le había robado el alma, la única capaz de recomponérsela, y le estaba
pidiendo matrimonio. Vio un par de lágrimas trazar un recorrido

por sus mejillas, y sintió su mano temblar cogida a la suya. Tiró de ella para ponerla en pie y la pegó a su cuerpo.

—¿Me amas? —le preguntó, sorprendido, asombrado y más feliz de lo que había sido jamás.

—Acabo de decírtelo. —Ella sonrió, vacilante—. Pero puedo volver a repetírtelo si quieres.

—Por favor...

—Te amo, Hugh, te amo tanto que creo que voy a morirme, y...

Y entonces la besó, la besó con el alma de nuevo completa, y la estrechó entre sus brazos como si temiera que fuese a escapar.

—Yo también te amo, Emma, más de lo que nunca seré capaz de expresar.

—Entonces ¿eso es un sí? —preguntó ella, riendo y llorando al mismo tiempo mientras él no paraba de besarla.

Hugh se inclinó hacia su oído.

—Emma Milford, tú eres mi privilegio, mi don, mi milagro...

A varios metros de distancia, Markus Barrymore observaba la escena, anonadado. Ladeó un poco la cabeza y observó al joven que tenía a su lado. Su aspecto le resultaba un tanto extraño.

—¿Usted también... también es una mujer?

—Sí, la mía —sonó una voz a su espalda.

Un hombre alto y fuerte, elegantemente vestido, se encontraba a dos pasos de ellos. Markus ni siquiera se había percatado de su presencia hasta ese instante. Lo vio acercarse y pasar un brazo por encima de los hombros de aquel joven, o de lo que fuera aquello.

—¿Te ha costado mucho seguir nuestros pasos, cariño? —le preguntó ella, apoyándose contra él—. Creí que mi hermana nos iba a hacer recorrer la ciudad entera.

¿Su hermana? Parecía que en aquella familia todos estaban un poco locos. ¿Irían así disfrazados por todo Londres? Igual ya se había cruzado con alguno de ellos con anterioridad sin darse cuenta. Entonces vio que el hombre extendía una mano hacia él y creyó reconocerlo al fin.

—Blake Norwood —se presentó—, creo que vamos a ser familia.

—¿El... marqués de Heyworth?

—El mismo.

—Y entonces usted debe de ser...

—Lady Heyworth. —Ella también extendió la mano, que Markus estrechó primero y luego se llevó a los labios, aturdido—. Jane para los amigos y la familia.

—Y ella es... —Markus miró en dirección a su hermano y al falso Mullins.

—Mi hermana. Lady Emma Milford.

Markus volvió a contemplar la estampa. Hugh besaba a aquella mujer como si le fuese la vida en ello. Entonces ella rio, se apartó un poco de él y los miró.

—¡Ha dicho que sí! —la oyó gritar, en mitad de la calle y a todo pulmón.

No había duda, aquellos Milford estaban locos. Su hermano parecía encantado con ello y Markus pensó que era un hombre afortunado. Sospechó que unirse a una de las familias más ricas y respetadas de Londres iba a ser toda una aventura. Tal vez, incluso, aquella locura fuese contagiosa.

Estaba deseando comprobarlo.

☙ Epílogo ❧

Londres, otoño de 1817

Emma no podía quedarse quieta. Había ido del sillón a la ventana al menos una docena de veces. ¿Dónde se habría metido su marido?

Un coche se detuvo al fin frente al 220 de Baker Street y Emma salió al vestíbulo. Allí estaba ya el equipaje preparado para ser enviado a Bedfordshire, donde iban a permanecer un par de meses con toda la familia.

Hugh entró al fin por la puerta con un paquete entre las manos y le dio un apasionado beso sin importarle que el mayordomo aún anduviera por ahí.

—Vamos a la biblioteca —le dijo.

Cogidos de la mano, entraron en la que se había convertido en la habitación favorita de la casa. Hugh depositó el paquete sobre una mesa y con un abrecartas cortó la cuerda y el papel que lo cubría. Varios ejemplares de un mismo libro quedaron al descubierto.

—Oh, Hugh, han quedado preciosos —exclamó ella, emocionada.

—La semana que viene estarán en todas las librerías. —Hugh tomó un volumen y se lo tendió—. Lady Emma Barrymore, aquí tiene su primer libro de viajes publicado.

—Nuestro, cariño.

Emocionada, contempló la portada del libro y los nombres de ella y de su marido en grandes letras doradas. Después de su matrimonio, que se había celebrado a finales del año anterior, habían viajado a la India y luego a China. Hugh había logrado establecer los almacenes que quería y ambos se habían dedicado a recorrer la zona con tanto entusiasmo como ilusión, tomando abundantes notas. Parte del resultado era aquel libro, en el que hablaban de la India que habían conocido, cada uno aportando su particular visión. El próximo año publicarían otro dedicado a China, en el que trabajaban en ese momento.

Dedicaron unos minutos a hojear el ejemplar y a leer algunos pasajes sueltos.

—¿Ya está todo listo? —le preguntó Hugh, cerrando el volumen que sostenía.

—Hummm, sí —respondió ella, sin alzar la mirada del libro.

—¿Llevas los bocetos?

—Claro —rio.

La idea del club femenino que había surgido aquella noche en Milford House había prosperado y, desde que habían regresado de su viaje, Emma había estado trabajando en ello. Ya disponían del establecimiento, un edificio de estilo neoclásico en St. James, uno de los barrios más exclusivos de la ciudad, que Hugh había comprado para ella. Blake y Jane también habían participado, porque su hermana quería formar parte de ello, y hasta su tía y lady Cicely aportaron su granito de arena. Aunque el proyecto le pertenecía especialmente a ella, Emma no pensaba hacer nada sin el beneplácito de sus socias, así que llevaba los bocetos que había preparado para la decoración y una gruesa carpeta de documentos que contenía desde menús hasta invitaciones, propuestas para actividades y el personal necesario para ponerlo en marcha.

—¿Cuándo quieres que salgamos? —insistió Hugh.

Emma alzó la vista.

—Cuando desees —le contestó, y abandonó el libro sobre la mesita. Conocía aquella mirada—. ¿Por qué?

—He pensado que esta noche podríamos salir —comentó, pícaro.

Hugh se había convertido en su nuevo compinche. De tanto en tanto, Emma volvía a disfrazarse de hombre y ambos recorrían la ciudad, e incluso habían salido un par de veces durante el día. Hugh había contratado a una actriz de teatro para que le diera algunos consejos sobre cómo mejorar el disfraz, y el resultado era espectacular. Ni siquiera Markus la había reconocido la primera vez. Aunque al principio su cuñado no parecía del todo conforme con aquel comportamiento, al final había terminado aceptándolo e incluso uniéndose a ellos.

—De acuerdo —contestó—. Hace más de un mes que no vamos al Anchor.

—Y había pensado que, antes de marcharnos, podríamos subir un rato a nuestro dormitorio —le dijo con voz melosa.

Emma se levantó, le dio un beso fugaz y se aproximó a la puerta para echar la llave. Luego comenzó a quitarse la blusa.

—Esta habitación me parece perfecta —ronroneó.

Hugh la tomó de la cintura y la pegó a su cuerpo.

—Cualquier lugar es perfecto si estás tú, amor mío —le dijo él.

Emma echó la cabeza hacia atrás mientras su marido comenzaba a recorrer su cuello con los labios y ella sentía aquel fuego atravesarla entera.

—Te amo, Hugh Barrymore.

—Y yo te adoro, lady Emma.

Antes de abandonarse por completo, Emma pensó que, a veces, si uno se atrevía a ser valiente, podía obtener incluso más de lo que se había atrevido a soñar

Mucho más.